GOLDMANN

Buch

Im rechtsrheinischen Teil von Bonn wird im Morgengrauen ein Toter entdeckt. Er wurde durch einen Genickschuß exekutiert. Hauptkommissar Freiberg findet neben den Papieren des Ermordeten, die ihn als Student Andreas Helmer ausweisen, einen Stadtplan von Antwerpen und ein 300 Gramm schweres Paket Heroin, das in das Jackenfutter eingenäht war. In der für einen Studenten etwas teuer eingerichteten Wohnung des Toten stoßen Freiberg und sein Team auf eine Diskette mit verschlüsselten Daten, deren Suchbegriffe umgedrehte Raubtiernamen sind (REGIT, DRAPOEL). Die Spur führt in den Junkie-Treff »Lokomotive«. Noch geben die Ermittlungen kein schlüssiges Bild, bis auf die Tatsache, daß Helmer die Dealer der »Lokomotive« mit Heroin belieferte. Als aber Freiberg sich als neuer Kurier aus Düsseldorf anbietet, kommt Bewegung in die Sache. Es wird immer klarer, daß es hier nicht um einen kleinen Bonner Revierkampf geht. Helmer bewegte sich in einem anderen Rahmen. Doch was hatte der Antwerpener Stadtplan in seiner Jackentasche zu bedeuten?

Autor

George und Renate – R. – Kristan (Pseudonym) leben in Bonn. Er kennt aus eigener Erfahrung die ministerielle Welt und ihre Verknüpfungen mit der Politik. Sie kennt das Geflecht mancher Beziehungen und sagt ihm, wo es langgeht, wenn es kriminell wird. Gemeinsam schreiben sie Kriminalromane, in denen auch Humor und Ironie nicht zu kurz kommen.

Außerdem als Goldmann Taschenbuch

Fehltritt im Siebengebirge (5003)
Spekulation in Bonn (5050)
Das Jagdhaus in der Eifel (5650)
Schnee im Regierungsviertel (5068)
Anschlag auf Bonn (5120)
Diplomat im Abseits (5154)
Die Dame aus Potsdam (5176)
Ein Staatsgeheimnis am Rhein (5019)

GEORG R. KRISTAN

STAATS-KAROSSEN

Kriminalroman

GOLDMANN VERLAG

Originalausgabe

Umwelthinweis:
Alle bedruckten Materialien dieses Taschenbuches
sind chlorfrei und umweltschonend.
Das Papier enthält Recyclinganteile.

Der Goldmann Verlag
ist ein Unternehmen der Verlagsgruppe Bertelsmann

Umschlaggestaltung: Design Team München
Umschlagmotiv: Loh Productions, Heidelberg
Satz: Uhl+Massopust, Aalen
Druck: Elsnerdruck, Berlin
Krimi 5848
Lektorat: Ulrich Genzler
Redaktion: Ursula Walther
Herstellung: Heidrun Nawrot
Made in Germany
ISBN 3-442-05848-1

10 9 8 7 6 5 4 3 2 1

1

Die Meldung ging am Mittwoch um sieben Uhr sechzehn in der Leitstelle des Präsidiums ein. Der Beamte vom Dienst gab sie unverzüglich an das 1. Kommissariat weiter. CEBI, die *C*omputerunterstützte *E*insatzleitung, *B*earbeitung und *I*nformation, hatte den Wortlaut durch eine der fünfunddreißig an der Rückwand installierten Tonbandmaschinen erfaßt und gespeichert. Jetzt war es an der Mordkommission, dem Großrechner weiteres Futter zu geben.

Die »Mannen« saßen zu dieser frühen Stunde zwar schon zur Dienstbesprechung um den Tisch in Zimmer 306, aber die lustlose Diskussion über Vermißte und unbekannte Tote hatte bisher nicht dazu beigetragen, die Nachwirkungen des Kegelabends zu vertreiben. Fräulein Kuhnert, die Seele des Kommissariats, Sekretärin und »Kommissarin im Ehrenamt«, versuchte mit einer großen Kanne Kaffee die Stimmung zu heben, als das Klingeln des Telefons das dahintröpfelnde Gespräch unterbrach. Schon nach den ersten Worten war Kriminalhauptkommissar Walter Freiberg hellwach und schaltete auf den Lautsprecher.

»Am Schwarzen Weg in Beuel liegt ein Toter mit Kopfverletzungen. Ein Arbeiter der Frühschicht hat den Mann gefunden«, erläuterte der Beamte vom Dienst. »Ich habe dem ehrlichen Finder gesagt, daß er auf die Polizei warten soll. Notarzt und Erkennungsdienst sind alarmiert. – Übernimmst du?«

»In Ordnung, die erste Mordkommission übernimmt. – Wir fahren gleich raus. Danke, Ende.«

Kommissar Freiberg nickte seinen Mitarbeitern zu. »Auf, Freunde, ihr habt's gehört, es gibt Arbeit.«

»Schon wieder eine Leiche auf nüchternen Magen«, stöhnte Kriminalhauptmeister »Lupus« Müller. »Und dann auch noch am Schwarzen Weg – wenn das kein böses Omen ist! Wo liegt der überhaupt?«

»Ich denke, du kennst Bonn«, wunderte sich Fräulein Kuhnert und fuhr triumphierend fort: »Unser Toter liegt am Fuße des Finkenbergs, von dessen höchstem Punkt schon Napoleon das Rheinland betrachtet hat.«

»Was sagt der Historiker mit den zwei Staatsexamen dazu?« fragte Lupus und sah seinen Chef lauernd an. »Ich meine das mit Napoleon.«

»Könnte sein«, entgegnete Freiberg, »eine Festung hat er hier jedenfalls nicht bauen lassen; das war in Köln, und die durften sie auch noch bezahlen. Aber die Ablenkung hilft dir nicht, Lupus. Wir müssen zum Tatort.« Freiberg trat vor den großen Stadtplan an der Rückwand des Raums. Der blonde Ahrens, Peters und »Jungkommissar« Singer gesellten sich zu ihm. Auch der etwas schwergewichtige Lupus wuchtete sich von seinem Stuhl hoch, um mißtrauisch den Plan zu beäugen.

Fräulein Kuhnert, sichtlich stolz darauf, ihren Mannen zeigen zu können, wo's langgeht bei den Ermittlungen der Mordkommission, fuhr mit dem Finger den dünn eingezeichneten Weg entlang.

»Ach, die Ecke kenne ich«, stellte Lupus beruhigt fest. »Das ist bei den Teerkochern für Dachbaustoffe, wo's immer mal wieder brennt.«

»Also dann!« sagte Freiberg. »Ahrens fährt. Lupus, du darfst auch vorn sitzen, weil du dich so gut auskennst in der ehemaligen Hauptstadt unseres Vaterlandes.«

»Für mich wäre auch noch Platz im Wagen«, meldete sich Singer, der im Kommissariat wegen seiner aufdringlichen Art immer noch wie das fünfte Rad am Wagen wirkte.

»Dein Platz ist bei den Akten«, blaffte Lupus, der ein besonders gespanntes Verhältnis zum »Jungkommissar« hatte. »Die kalte Mamsell vom Kottenforst ist immer noch nicht identifiziert. Komm, Ahrens.«

»Ja, gehen Sie der Sache nach, Singer«, meinte Freiberg abwesend, während er noch den Stadtplan studierte. Deutlich ließ sich erkennen, daß der Finkenberg ein altes Steinbruchgelände war. Zwei kleine Teiche und ein Schießstand hoben sich klar vom Grün der Landschaft ab. Der dort hinführende Nebenweg war als »Steinbruchweg« gekennzeichnet. Am Ende dieser Sackgasse schienen nur fünf oder sechs kleine Häuser zu stehen. Eine Industriebahn kreuzte den Schwarzen Weg gleich hinter dem Bedachungsunternehmen.

Ahrens warf seiner Octopussy eine Kußhand zu, seine Augen strahlten sie an. Sie blinzelte zurück.

Mit schnellen Schritten folgte Freiberg seinen Kollegen zur Ausfahrt, wo Ahrens mit UNI 81/12 vorfuhr. Lupus saß auf dem Beifahrersitz und grinste. »Die höheren Herren sitzen in Staatskarossen immer im Fond – aus Sicherheitsgründen.«

Freiberg ließ sich kommentarlos in die Polster fallen. »Abfahrt! Hast du den Status eingegeben?«

»Ist drin«, bestätigte Lupus und schaute mißbilligend auf den Infogeber am Armaturenbrett. »CEBI, das Ungeheuer, hat uns mal wieder in seinen Fängen. An den elektronischen Firlefanz werd' ich mich nie gewöhnen.«

»Du wiederholst dich«, unterbrach ihn Freiberg. »Das System hat sich längst bewährt, und es wird Zeit, daß auch du das einsiehst.«

»Ich weiß; wir haben ja auch schon davon profitiert. Aber trotzdem ist es mir unheimlich, ich bin zu alt für den Computerkram«, fügte er fast trotzig hinzu.

Ahrens nahm den Weg über die Konrad-Adenauer-Brücke, die unmittelbar vor dem Präsidium in die parallel zum Rhein laufende Bundesstraße 9 mündete.

»Mit Blaulicht?« fragte er, ohne den Kopf zu wenden.

»Keine Musik – so eilig haben wir es auch wieder nicht«, antwortete Freiberg und lehnte sich zurück.

Lupus sah nach rechts aus dem Fenster zum Siebengebirge, wo der Drachenfels, die Drachenburg und das Gästehaus der Bundesregierung auf dem Petersberg in der Sonne lagen. »Ein verdammt schönes Stück Erde«, kommentierte er die Aussicht. »Viel zu schade für die Politiker. Ich mache drei Kreuze, wenn die ganze Mischpoke das Rheinland geräumt hat. Ab mit ihnen nach Berlin. Dann gibt's endlich mehr Parkplätze.«

Ahrens fuhr die Abfahrt Ramersdorf zur Königswinterer Straße. Nach wenigen Minuten bog er auf den Schwarzen Weg ein. Einige hundert Meter voraus stand rechts ein Pulk Menschen. Zwei uniformierte Beamte vom Schutzbereich V bemühten sich, die Neugierigen zurückzuhalten, die leise das Geschehen diskutierten.

Ahrens drückte kurz auf die Hupe und stoppte, um seine Kollegen schon aussteigen zu lassen.

Freiberg sah sich um. »Wo liegt der Tote?«

»Gleich da vorn, hinter den Betonsteinen. Er scheint schon ein paar Stunden tot zu sein.«

Im Gras lag ein junger Mann in grauer Hose und dunkelblauer Clubjacke, alles etwas morgenfeucht.

»Krawattenträger«, stellte Lupus fest und wandte den Blick von dem blutverkrusteten Hinterkopf ab. Leichen waren nicht seine starke Seite, und er vermied es tunlichst, sie näher zu betrachten.

»Der Tote liegt doch so, daß man ihn vom Weg aus nicht sehen kann, also nicht so ohne weiteres zu entdecken«, überlegte Freiberg laut. »Ist der Mann noch hier, der im Präsidium angerufen hat?«

Ein Arbeiter im Overall, ungefähr fünfzig Jahre alt, trat vor. »Ich habe ihn durch Zufall gefunden.«

»Was heißt das?«

»Ich war auf dem Weg zur Arbeit und mußte mal dringend aus der Hose.« Der Mann im Overall lachte verlegen. »Mir ist gestern abend der Heringssalat nicht bekommen, und da wollte ich etwas in Deckung gehen. Aber dann lag da der Tote. – Mann, war das ein Schreck.«

»Und vor Schreck ist es dann in die Hose gegangen«, frotzelte Lupus.

»Im Gegenteil – vor Schreck erstarrt«, konterte der Arbeiter. »Ich bin zur Firma gelaufen und habe vom Pförtner aus die Polizei benachrichtigt. – Es war doch richtig, daß ich zurückgekommen bin, um zu warten?«

»Absolut«, sagte Freiberg. »Wir danken Ihnen. Wann haben Sie den Mann entdeckt?«

»So gegen sieben Uhr.«

»Waren noch andere Leute in der Nähe?«

»Ich glaube nicht.«

»Kraftfahrzeuge vielleicht?«

»Bestimmt nicht. Die fahren auf der besser ausgebauten Parallelstraße.«

»Hat jemand von Ihnen etwas Außergewöhnliches bemerkt?« wandte sich Freiberg an die neugierig Herumstehenden.

Nur verlegenes Zur-Seite-Schauen, keine Antwort.

Mit Blaulicht und Martinshorn kam der Notarztwagen herangeschossen und hielt hinter UNI 81/12.

»Je schöner der Morgen, um so schlechter das Ereignis«, begrüßte Dr. Kehlmann die Kripobeamten, bevor er sich über den Toten beugte. »Der Mann ist wahrscheinlich schon ein paar Stunden tot – Kopfschuß«, sagte er dann. »Wenn ich mich an meine Lehrbuchfälle richtig erinnere, ist das ein klassischer Genickschuß – sofort tödlich.«

»Das sieht aus wie eine Hinrichtung«, stellte Freiberg fest. »Ziemlich großes Kaliber, vermute ich. Die Waffe werden wir hier bestimmt nicht finden.«

»Das ist eure Sache«, sagte Dr. Kehlmann und sprach einige Stichworte in sein Taschendiktiergerät. »Ihr könnt den Bestatter anfordern, und ab in die Rechtsmedizin; dort werden wir weitersehen. Ich darf mich dann empfehlen. Adios, Freunde.«

Freiberg hob kurz die Hand. »Ahrens, sieh mal nach, was der Mann in den Taschen hat. Aber Vorsicht bitte, keine Spuren zertreten und nichts verändern, der Erkennungsdienst wird sonst sauer.«

Ahrens hatte keine Hemmungen, den Toten anzufassen. Er fingerte vorsichtig die Jacken- und Hosentaschen durch. Lupus drehte sich demonstrativ zur Seite. Die neugierigen Arbeiter bildeten, wie durch magische Kräfte gesteuert, einen immer enger werdenden Halbkreis, um das Tun der Polizei aus nächster Nähe zu beobachten. Das hier bot Stoff für wilde Spekulationen über Mordgeschichten, die man im Freundeskreis zum besten geben konnte.

»Ein Portemonnaie in der Gesäßtasche und eine Mappe mit Ausweis und Papieren in der Jackentasche«, zählte Ahrens auf und gab den Fund an den Kommissar weiter. »Halt, da ist noch etwas, ein Stadtplan von Antwerpen. Das wär's dann wohl.«

»Okay, laß es gut sein«, sagte Freiberg. »Der Rest ist für den Erkennungsdienst.«

»Und der naht mit Brausen«, ergänzte Lupus. »So, jetzt aber zurück mit den neugierigen Teerkochern. Wer uns nichts mitzuteilen hat, soll das Feld räumen. Der Tatort wird abgesperrt mit Verkehrsumleitung über die Maarstraße.«

Der Tatortwagen des Erkennungsdienstes bremste vorsichtig und hielt nur wenige Meter entfernt. Freiberg informierte den Kollegen kurz über den Befund des Notarztes und die bei dem Toten gefundenen Sachen. »Schön wär's, wenn ihr noch ein paar Extras ausgraben könntet – vielleicht eine Patronenhülse.«

Hauptkommissar Erbach winkte ab. »Wer so vorgeht wie hier, der nimmt seine Werkzeuge mit nach Hause. Aber wir werden noch ein paar Uniformierte anfordern und die Gegend durchkämmen. Ihr habt die Papiere doch schon – wer ist der Mann?«

Freiberg zog den Personalausweis aus der Mappe – das war eindeutig das Bild des Toten. »Sein Name ist Andreas Helmer, dreiundzwanzig Jahre alt.« Er drehte den Ausweis um. »Adresse: Bonn, Heerstraße 316a. – Und schon geht's weiter mit der Identifizierung: Studentenausweis der Friedrich-Wilhelms-Universität Bonn, noch gültig, Studienrichtung Mathematik und Informatik. – Hier ist auch noch der Führerschein.«

»Das ist ja mehr, als die Polizei erwarten darf«, meinte Lupus. »Aber warum liegt ein so prächtiges Kerlchen mit Genickschuß am Schwarzen Weg? Fast wie eine Liquidierung nach Art des Hauses; ich meine, nach Art des ehemaligen NKWD. Ich finde das Ganze sehr unfreundlich gegenüber den Studenten unserer Alma mater. Den Täter werde ich häuten!«

Der Chef vom Erkennungsdienst kannte die blumigen Sprüche des Kollegen und lächelte. Kommentarlos machte er sich mit seinen Leuten an die Arbeit.

»Und was haben wir hier noch zu tun?« fragte Lupus mißmutig. »Okay, okay, wie immer erst mal Klinken putzen in der Nachbarschaft«, fuhr er schnell fort, bevor Freiberg die obligatorische Antwort selbst geben konnte. »Zum Glück gibt es in dieser Gegend nicht viel zu putzen. Die paar bewohnten Hütten haben wir schnell durch.«

»Aber vergiß nicht den Steinbruchweg!«

Lupus nickte. »Ahrens hat die schnellsten Beine. Der kann sich ja die Häuser am Schießstand vornehmen. Unsere Uniformträger vom Schutzbereich V sollten ihn begleiten; die kennen sich hier aus, und außerdem macht es einen stärkeren Eindruck.«

»Also, Ahrens, ab. Laß dich anschließend von ihnen ins Präsidium zurückbringen.«

Freiberg faltete den ziemlich zerknitterten Stadtplan von Antwerpen auseinander und breitete ihn auf der Kühlerhaube von UNI 81/12 aus. Die Falze waren eingerissen und einige Felder des Gitternetzes vom häufigen Gebrauch besonders fleckig.

»Lupus, noch einen Moment – sieh mal her!« Freibergs Zeigefinger fuhr die Autobahnzufahrt hoch und tippte auf eine Stelle neben dem Hauptbahnhof. Das große P für Parking war mit einem Kugelschreiber durch ein Kreuz gekennzeichnet. »Das muß für unseren Toten, als er noch unter den Lebenden weilte, wichtig gewesen sein. Parkplatz am Bahnhof – das eröffnet viele Möglichkeiten.«

Lupus brummte. »Und gleich daneben der Zoo – Treffpunktgelände wie im Kriminalfilm.«

»Du hast recht! – Vielleicht wird ja eine Dienstreise nach Antwerpen fällig!«

2

Der blonde Ahrens war mit den beiden Uniformierten um die Biegung des Steinbruchwegs verschwunden. Rechts und links standen einige Häuser, die an ausgebaute Barakken erinnerten. Kleine Vorgärten, eingefaßt von Steinhägerkruken und buntgestrichenen Kantsteinen. Hölzerne Windmühlen und Gartenzwerge mit Politikergesichtern gaben der Anlage ein putziges Aussehen. Von hier lag das wohlhabende Bonn meilenweit entfernt!

Vor einer Fertiggarage werkelte ein junger Mann am Motor eines Autos; er sah nur kurz auf, als die Polizisten auf ihn zukamen.

»Einen schönen guten Morgen«, grüßte Ahrens. Der Mann hob nur die rechte Hand mit dem Schraubenschlüssel und steckte seinen Kopf wieder unter die Motorhaube.

»Hallo«, versuchte Ahrens es noch einmal. »Sie haben doch ein paar Minuten Zeit für uns.«

»Ne, muß gleich los zur Arbeit – die Motoraufhängung ist locker, verfluchter Mist.«

»Nur eine kurze Frage. Am Schwarzen Weg ist heute nacht ein Mann erschossen worden. Haben Sie zufällig etwas Verdächtiges wahrgenommen?«

»Ich?« Der Mann arbeitete unbeeindruckt weiter. »Ne, ich hab' bis vor einer Stunde gepennt.«

»Danke, mehr wollte ich nicht wisen.«

An den Fenstern des zurückliegenden Hauses waren die Jalousien heruntergelassen. Ahrens las den Namen Hausinger auf dem Türschild und läutete. »Nehmt euch schon mal die andere Straßenseite vor«, bat er die Kollegen.

Langsam öffnete sich die von einer Sperrkette gesicherte Haustür. Er hielt seinen Ausweis hoch. »Kriminalpolizei. Ich brauche nur ein paar Auskünfte.«

Die Kette wurde ausgehakt, und eine Frau im besten Mannesalter sah den frühen Besucher aus etwas verquollenen Augen an. »Kommen Sie herein. Vor einem so netten Mann braucht sich eine Dame ja wohl nicht zu fürchten, oder?«

»Bestimmt nicht! Ich habe nur einige Fragen, und Sie sind mich wieder los.«

»Schon gut – lassen Sie sich ruhig Zeit; ich muß ja erst richtig wach werden. Ihr Tag fängt früh an, und meiner ist in der Frühe zu Ende.« Sie führte ihn in den Wohnraum, wo viel Nippes, Deckchen und Häkelkissen an eine Puppenstube erinnerten. Die Tür zum Schlafzimmer stand offen. Vom Doppelbett war nur eine Hälfte benutzt.

»Setzen Sie sich doch!«

Ahrens quetschte sich in einen der zierlichen Rattansessel. Er hätte lieber einen Zeugen bei diesem Gespräch gehabt – doch jetzt mußte er die Situation allein durchstehen. »Sie sind Frau Hausinger?«

»Richtig, mit dem schönen Vornamen Gerda. Kommen Sie wegen Kuddel?«

Ahrens sah sie fragend an.

»Der Kerl hat hier früher mit mir gewohnt, aber vor einigen Monaten haben die Richter ihn aus dem Verkehr gezogen.« Sie seufzte theatralisch. »Sitzt in Rheinbach und läßt mich für zwei Jahre allein.«

Die mollige Gerda schob sich auf der ausladenden Couch noch etwas zurück und ließ erkennen, daß sie unter dem Morgenmantel nichts anderes trug als ihre Haut.

Ahrens stellte schnell seine Fragen.

»Nanu – ein Mord ganz in der Nähe? Und dann um Mitternacht?« Ihre Müdigkeit war plötzlich verflogen. »So gegen eins hab' ich mich am Schwarzen Weg absetzen lassen ...« Sie bemerkte seinen Blick und fuhr fort: »Wenn um diese Zeit bei mir ein Auto vorfährt, weiß sehr schnell die ganze Siedlung davon, und mein Kuddel schlägt zu, wenn er das erfährt.«

»Aha«, sagte Ahrens ziemlich einfallslos. »Und wer hat Sie abgesetzt?«

»Ein Mann mit mehr Mäusen, als Sie und ich zusammen haben, mit einem teuren, schweren Schlitten.« Und um der nächsten Frage zuvorzukommen, ergänzte sie: »Anfang dreißig, Durchschnittserscheinung, dunkles Brillengestell, Name unbekannt, geforderter Kosename Tiger. Ich habe ihn in der ›Lokomotive‹ am Bahnhof kennengelernt. Mehr kann ich nicht sagen.«

»Sind Sie mit ihm irgendwo aufs Zimmer gegangen?«

Gerda lachte. »Der war wohl nicht von hier, wollte mit auf meine Bude. Aber das ist bei mir nicht drin. Ich habe ihm im Auto ein bißchen Freude bereitet. Französisch, wenn Sie wissen, was ich meine, für 'nen Blauen.«

Ahrens gab sich Mühe, cool zu bleiben. »Haben Sie sich Wagentyp und Kennzeichen gemerkt?«

»Ich sagte doch schon, es war ein schwerer Schlitten – er roch noch ganz neu; aber Typ und Zulassungsnummer weiß ich nicht.«

»Wo hat der Wagen gestanden, als Sie ...?«

»Auf dem Schwarzen Weg, kurz bevor er die Eisenbahn kreuzt. Von dort bin ich dann zu Fuß nach Hause gegangen. Das ist alles.«

»Haben Sie noch andere Fahrzeuge gesehen?«

»Nein, als wir bei der Sache waren nicht. Aber kurz nachdem ich zum Steinbruch eingebogen bin, ist wohl ein Auto von der Königswinterer Straße her über den Schwarzen Weg gefahren. Ich habe aber nicht weiter darauf geachtet.«

»Hat der Wagen angehalten?«

»Ich sagte doch, ich habe nicht darauf geachtet.«

»Haben Sie vielleicht einen Schuß gehört?«

»Einen Schuß? Doch, ja, jetzt, wo Sie danach fragen ... Ich habe noch gedacht, welcher Idiot ballert um diese Zeit auf dem Schießstand rum. Aber richtig registriert habe ich das nicht. Der Weg da draußen ist ziemlich einsam, und ich wollte möglichst schnell nach Hause in mein Bett. Das ist alles.«

»War noch jemand in der Nähe?«

»Keine Menschenseele weit und breit.«

Ahrens stand auf. »Noch eine letzte Frage: Wann waren Sie wieder im Haus?«

»So um eins – vielleicht ein paar Minuten später; genauer kann ich es leider nicht sagen.«

»Dann sollten Sie jetzt den wohlverdienten Schlaf fortsetzen. Wenn wir noch Fragen haben sollten, melde ich mich. Tschüs.«

Gerda Hausinger stand auf und zeigte, was der Morgenmantel nicht zu verhüllen vermochte. »Sie dürfen jederzeit wiederkommen, ich habe auch Telefon.«

Ahrens murmelte einen undeutlichen Gruß und beeilte sich, das Feld zu räumen.

Nach knapp einer Stunde war das Klinkenputzen beendet – mit einem mageren Ergebnis. Niemand sonst hatte etwas gesehen oder gehört. Immerhin stand nach der Aussage von Gerda Hausinger die Tatzeit ziemlich genau fest. Wahrscheinlich war auch, daß der Tod des Studenten mit dem von der Königswinterer Straße auf den Schwarzen Weg eingebogenen Wagen zusammenhing und daß der tödliche Schuß in der Nähe des Fundorts der Leiche gefallen sein mußte.

Ahrens stieß zu den Kollegen in Freibergs Zimmer, wo die nächsten Schritte koordiniert werden sollten. Frischer Kaffee dampfte in den Tassen. Während Ahrens berichtete, steckte Hauptkommissar Erbach vom Erkennungsdienst seinen Kopf durch die Tür. »Danke für die Einladung«, sagte er und setzte sich mit an den Tisch. »Den Kaffee nehme ich schwarz, bitte.«

Fräulein Kuhnert holte noch eine Tasse und goß wortlos ein.

»Ah, das tut gut und macht die Gedanken frei«, seufzte der Selbsteinlader wohlig.

Freiberg sah den Besucher fragend an. »Nun komm schon rüber mit den Neuigkeiten, wir haben nicht viel Zeit für dumme Sprüche.«

»Ihr müßt demnächst besser filzen«, erklärte Erbach und genoß die Spannung.

Freiberg knurrte: »Nun mal sachte. Die Leichtenfledderei überlassen wir dem Erkennungsdienst.«

Erbach ließ sich nicht provozieren. »Meine Männer verstehen ihr Geschäft. Seht mal, was sie gefunden haben.« Damit zog er ein Päckchen aus der Tasche und legte es auf den Tisch.

»Eine Probe Streusalz für den Winter«, lästerte Lupus.

»Kokain oder Heroin oder so was«, meldete sich Singer mit wichtiger Miene.

»Der Mann gereicht der Mordkommission zur Zierde«, erklärte Erbach süffisant, wohl wissend, daß die übrigen da ganz anderer Meinung waren.

»Und?« fragte Freiberg kurz.

»Stimmt, Kokain, etwa dreihundert Gramm, in der Plastikhülle gewogen. Das Päckchen war in die Jacke eingenäht.«

»Haben wir die Scheißkerle schon wieder am Hals«, wetterte Lupus. »Kaum ist's aus mit dem ›Schnee im Regierungsviertel‹, und schon müssen wir uns an Genickschüsse aus dem Milieu gewöhnen. Das ist doch eine glatte Unverschämtheit!«

Freiberg schob das Päckchen auf dem Tisch hin und her. Das Loch für die Probeentnahme war mit einem Leukoplaststreifen verklebt, auf dem das Dienstsiegel prangte. »Wir brauchen Verstärkung vom zweiten K. – Ist Barbara Fendt im Hause?«

»Bestimmt, ich habe sie heute morgen auf der Treppe gesehen«, sagte Fräulein Kuhnert sofort.

»Gut. Ahrens informiert sie. Lupus und ich werden uns die Wohnung des Studenten vornehmen.«

»Darf ich in aller Bescheidenheit anmerken, daß meine Leute schon dorthin unterwegs sind?« sagte Erbach und lächelte selbstzufrieden. »Danke für den Kaffee. Das Päckchen nehme ich besser wieder mit; das liegt in der Asservatenkammer sicherer als im ersten K.«

»Unser lieber Gast nimmt doch wohl nicht an, daß Singer heimlich kokst?« fragte Lupus scheinheilig. »Bitte, Herr Hauptkommissar, es hat uns gefreut!« Damit öffnete er schwungvoll die Tür.

3

Der Tatortwagen des Erkennungsdienstes stand vor dem Haus Nummer 316a in der Heerstraße im Parkverbot. Die schmalen Stadthäuser waren ursprünglich für eine, allenfalls für zwei Familien geplant. Jetzt aber wohnten hier Altbonner, Studenten und Fremde eng beieinander. Kneipen mit exotischen Namen, Änderungsschneidereien und Geschäfte mit ausländischen Erzeugnissen machten in diesem Viertel deutlich, daß in Bonn so manche Völkerschaften ihre Spuren hinterlassen hatten. Hier gab's Mazzen und Fladen zu kaufen und Ökofreaks fanden ihr Körnerfutter und Gewürze aus allen Ländern der dritten Welt.

Die Fassade des Hauses war restauriert, aber an einigen Stellen blätterte die Farbe schon wieder ab. Die Schildchen an der Haustür, mit manchmal zwei oder drei Namen neben dem Klingelknopf, ließen vermuten, daß hier Studenten wohnten. Die Haustür stand offen, im Flur lehnten Fahrräder an der Wand.

Vom Zimmer des Andreas Helmer, erster Stock mit Blick auf den Innenhof, hatte die Spurensicherung Besitz ergriffen. Mit zwanzig Quadratmetern war es trotz der Enge des Hauses nicht einmal klein, und die Einrichtung hatte eine andere Qualität, als Freiberg und Lupus sonst in Studentenbuden gesehen hatten. Eine breite Schlafcouch mit Decken und Kissen stand an der Stirnwand. Die mit Büchern und Zeitschriften vollgestopften Regale, die zwei Wände einnahmen, ließen vermuten, daß hier auch gearbeitet wurde. Ein runder Tisch mit zwei kleinen Sesseln und einer Halogenleselampe bildete eine gemütliche Ecke. Unter dem Fenster stand ein breiter Arbeitstisch mit einem Personalcomputer, an dem ein Mann des Erkennungsdienstes saß, um die gespeicherten Daten durchzusehen.

Als Freiberg und Lupus den Raum betraten, sahen sie die junge Frau, die mit hochgezogenen Füßen in einem der Sessel hockte. Sie war eher schmächtig als schlank, trug einen bunten Jogginganzug und hatte die brünetten Haare zu einem Pferdeschwanz gebunden.

»Wir haben die Dame gebeten, hierzubleiben, bis ihr kommt«, erklärte der zweite Kollege, einen Korb mit Schriftsachen durchblätternd.

»Würden Sie uns bitte sagen, wer Sie sind?« fragte Freiberg, nachdem er sich und Lupus vorgestellt hatte.

Die junge Frau schien über kein stabiles Nervenkostüm zu verfügen; ein Muskel an der linken Wange zuckte, als sie ihren Namen nannte. »Ich heiße Kerstin Saller und bin Studentin an der Uni Bonn.«

»Haben Sie heute nacht hier geschlafen?« fragte Lupus,

der sich auf die Couch gesetzt hatte. Freiberg zog sich den anderen Sessel heran.

»Nein, ich war heute morgen um neun mit Andreas verabredet, aber er war nicht da. Als ich schon wieder gehen wollte, kamen die da.« Sie deutete mit dem Kopf auf die Kollegen vom Erkennungsdienst. »Was ist denn los, daß es hier nur so von Kripoleuten wimmelt?«

Freiberg konnte ihr den Schock nicht ersparen. »Andreas Helmer ist in der letzten Nacht auf der anderen Rheinseite ermordet aufgefunden worden.«

»O nein!« Impulsiv riß Kerstin Saller ihre Hand vor den Mund. Sie sah stumm von einem zum anderen.

»Sind Sie miteinander befreundet?« fragte der Kommissar weiter.

Sie zögerte mit der Antwort. »Nun ja – aber nicht so richtig. Wir sehen uns sporadisch alle zwei, drei Wochen.«

»War Andreas Helmer Ihr Geliebter?«

Sie versuchte zu lächeln. »Eine etwas altmodische Formulierung.«

»Habt Ihr miteinander gebumst?« fragte Lupus um einiges deutlicher.

»Manchmal schon, meist nach der Arbeit. Aber das hat keine besondere Bedeutung.«

»Was war das für eine Arbeit?« übernahm Freiberg wieder das Gespräch.

»Er half mir beim VW-Studium.«

»Aber wieso? Andreas studierte doch Mathe und Informatik.«

»Schon, aber hier in Bonn muß man die mathematischen Methoden der Wirtschaftstheorie beherrschen. Ich komme damit nicht zurecht. Andreas ging die Sache mit dem Computer an. Aber jetzt ist's ja wohl aus damit. So ein Mist!«

»Was machte er sonst – abends, in der Freizeit?«

»Er war viel unterwegs, hat aber nie darüber gesprochen. Das interessierte mich auch nicht, ich hatte schließlich meine eigenen Probleme mit den Scheiß-Mathemethoden. Jetzt muß ich wieder jemanden suchen, der mir weiterhilft.«

Lupus grinste sie unverschämt an. »Sie werden bestimmt ohne Schwierigkeiten einen Kommilitonen finden, dem Ihre Lerntechnik Spaß macht.«

Freiberg sah Lupus mißbilligend an. »Hatte Andreas ein Auto?«

»Ich glaube nicht. Einmal hab' ich gesehen, daß er einen großen Mercedes weiter oben in der Straße einparkte. Der gehöre dem alten Herrn eines Bekannten, hat er nur kurz auf meine Frage geantwortet. Ich hatte das Gefühl, daß er nicht darüber sprechen wollte, und für mich war es kein Thema, ich mußte mich auf eine Klausur vorbereiten.«

»Haben Sie bei ihm Kollegen oder Freunde getroffen?« schob Lupus nach.

»Nein. Freunde schien Andreas – jedenfalls hier – nicht zu haben. Wenn ich kam, war er allein. Wir haben immer feste Termine ausgemacht. Das war ihm lieber.«

»Wie sind Sie vorhin in dieses Zimmer gekommen?«

Kerstin Saller faßte in die Hosentasche des Jogginganzugs. »Hier, ich hab' 'nen Schlüssel!«

Freiberg streckte die Hand aus. »Den müssen Sie jetzt uns überlassen.«

»Natürlich. Was soll ich noch damit? Bitte.« Sie wirkte erleichtert, den Schlüssel los zu sein. Er steckte in einem Lederetui mit Prägung.

»Danke«, sagte Freiberg. »Jetzt brauche ich noch Ihre Adresse; dann können Sie gehen.«

Sie antwortete brav: »Ich habe meine Bude im Florentiusgraben 202. Mein Gott, war das ein Schreck in der

Morgenstunde.« Damit klemmte sie sich ihre Kollegmappe unter den Arm, grüßte kurz und verschwand.

»Was für ein herziges Ding«, brummelte Lupus. »Die wird schnell jemanden finden, der sie in die Geheimnisse der mathematischen Methoden der Wirtschaftstheorie einweist. Aber warum hast du sie nicht auf Koks angesprochen? Die sah mir ganz so aus, als ob sie damit schon Bekanntschaft gemacht hätte.«

Freiberg strich mit den mittleren drei Fingern der linken Hand über die Stirn. Lupus war diese Geste vertraut. Er wußte, daß sein Chef an einem Problem knabberte.

Zögernd kam die Antwort: »Ich wollte keine schlafenden Hunde wecken. Erst mal soll sich Barbara vom zweiten K. damit befassen. Aber kannst du mir mal sagen, warum diese Kerstin einen Schlüssel hatte, wenn sie sich nur nach vorheriger Verabredung mit ihrem Studenten getroffen hat?«

Lupus schüttelte den Kopf. »Die Studiker sehen das nicht so eng. Die haben immer ’ne offene Bude.«

»Das glaube ich nicht.« Freiberg verzog skeptisch das Gesicht. »Hier steht mir zuviel wertvolles Zeugs herum. Allein der PC mit Monitor und Drucker dürfte ein paar Tausender wert sein. Er drehte das Schlüsseletui von der einen Seite auf die andere. »Versuchen wir doch mal, die Prägung zu entziffern. Sieh mal einer an: Das Atomium und die Adresse einer Tankstelle mit Dépannage ›Lafite‹ an der Rue de Laeken. Die Straße führt durch das Brüsseler Vergnügungsviertel. Übrigens: Antwerpen–Brüssel–Aachen, das ist die Schiene, auf der seit Jahren das Kokain nach Deutschland kommt, wenn es nicht über Amsterdam eingeschleust wird.«

»Da haben wir ja schon einige Anhaltspunkte für die schöne Barbara von Rausch und Sex«, sagte Lupus zufrieden.

Freiberg ging zum Computer, wo Kommissar Weinert, der Spezialist vom Erkennungsdienst, versuchte, dem Highscreen seine Geheimnisse zu entlocken. Der leise arbeitende Tintenstrahldrucker hatte schon einige Blätter abgelegt.

Freiberg verfolgte, wie Weinerts Finger über die Tastatur glitten. »Bringt's was?«

»Bisher wenig. – Ich habe gehört, was das Mädchen über das VW-Matheprogramm gesagt hat. Das steckt wirklich drin. Ich hab's mal ausgedruckt. Die Studenten basteln sich die komplizierteste Software zusammen – oder sie klauen wie die Raben. Da ist man sprachlos.«

»Nichts drin über Rauschgift, wie Heroin, Kokain, Crack oder LSD? Vielleicht ist sogar ein Netzplan mit Lieferanten und Abnehmern gespeichert?«

»Schön wär's! Bisher habe ich jedenfalls nichts. Aber ich muß noch die Disketten abfragen. Das kann allerdings Stunden, wenn nicht Tage dauern. Ein paar Inhaltsangaben von der Festplatte scheinen verschlüsselt zu sein. – Keine Angst, den Code knacken wir schon.«

Wohl zwei Dutzend 3½-Zoll-Disketten lagen in einem Kasten. Die Aufschriften ließen die Speicherung von Mathematik- und Informatikstoffen vermuten. Das alles mußte überprüft und über den Bildschirm ausgewertet werden – konnte sich dahinter doch etwas anderes verbergen, als angegeben war.

»Dann grab mal schön weiter! Wir müssen uns noch bei den anderen Hausbewohnern umsehen.«

Wie gerufen stand ein blasser Jüngling in der Tür. Sein dunkles Haupthaar hatte schon erste Schwunderscheinungen. »Darf man fragen, was hier los ist?«

»Kripo«, antwortete Freiberg. »Wir sehen uns ein bißchen um. Und wer sind Sie?«

»Der Nachbar. Ich habe die andere Hälfte der Wohnung. Mein Name ist Larsen, 9. Semester Medizin. Ist was mit Helmer?«

»Andreas Helmer wurde heute nacht ermordet«, sagte Kommissar Freiberg förmlich.

Larsen trat erschreckt einen Schritt zurück. »Doch wohl nicht hier?«

»Nein, er wurde auf der anderen Rheinseite gefunden. Können Sie uns etwas über ihn erzählen? Mit wem hatte er Umgang, wer hat ihn hier besucht, waren Sie mit ihm befreundet?«

»Ich mit dem befreundet?« Die Handbewegung war deutlich. »Bestimmt nicht! Hier im Haus war der kaum bekannt. Das war ein Einzelgänger. Das Mädchen, das eben weggegangen ist, hat ihn einige Male besucht. Ansonsten war Helmer dauernd unterwegs, aber was er getrieben hat, weiß wohl keiner von uns.«

»Sonst haben Sie niemanden gesehen?«

»Vor ein paar Tagen, Moment mal – ich kam von der Molekulargenetik, also war es vorige Woche Donnerstag gegen sechzehn Uhr. Er brachte einen Mann an die Haustür. Der wirkte ziemlich distinguiert, gedeckter Anzug, Krawatte, Geschäftsleutetyp, bestimmt kein Student. Ich bin sicher, die sprachen französisch miteinander. Aus den Wohnungen hört man sonst nichts; die Wände sind ziemlich solide, und die Verbindungstür ist zugemauert. Außerdem bin ich auch nicht allzuviel in meiner Bude – Vorlesungen und Praktika, oder ich bin bei meiner Freundin in Röttgen.«

»Wissen Sie, ob Helmer ein Auto hatte?«

»Ich glaube nicht. Aber ich habe ihn mal in einem großen BMW gesehen, so vor drei Wochen ungefähr, auf dem Bahnhofsparkplatz. Er scheint wohl aus einem reichen Stall zu kommen; er hatte sogar Geld für Taxen. Also, wenn Sie mich fragen oder auch nicht fragen: ein kollegialer Typ war Helmer nicht. Wie ist er denn umgekommen?«

Freiberg wollte nicht mehr sagen, als Presse-Mauser am nächsten Morgen in der Zeitung bringen würde. »Kopfschuß! Die näheren Umstände sind noch nicht klar.«

»Das kann man ja seinem besten Feind nicht wünschen«, murmelte Larsen und zog sich in seine Bude zurück, wo er hörbar den Schlüssel umdrehte.

Als sich Freiberg und Lupus nach vergeblicher Klingeltour an den auf dem Flur abgestellten Fahrrädern vorbeidrückten, tönte es aus Helmers Wohnung: »Hallo, erstes K. – Ich hab' da vielleicht was!«

Kurz darauf standen die Ermittler wieder am PC-Tisch. Weinert schob ihnen einen ausgedruckten DIN-A4-Bogen zu. »Ich habe das über MS-DOS von der Festplatte geholt.«

»Hör auf mit deinem Computer-Chinesisch«, sagte Lupus säuerlich. »Uns ist es doch egal, von welchen Innereien das stammt. Hauptsache, wir können was damit anfangen.«

Freiberg nahm den mit kurzen Zeilen bedruckten Bogen in die Hand. Weinert erläuterte: »Scheint eine Art Kalendarium zu sein, offene Daten und Uhrzeiten. Allerdings ohne weitere Hinweise, aber mit kurios erscheinenden Stichworten, zum Beispiel REHTNAP oder DRAPOEL. Erst dachte ich, das seien Kürzel für bestimmte Orte, Treffpunkte oder so etwas. Aber es ist viel simpler, ohne daß es dadurch klarer wird.«

»Was dir dieser elektronische Blödmann erzählt, ist doch Kokolores«, meckerte Lupus. »DRAPOEL – was soll der Quatsch?«

»Leopard!« sagte Freiberg. »Schlichte Inversion. Na, sehr klug scheint der Herr damit nicht vorgegangen zu sein. Oder doch? Was steckt hinter den Worten?«

»Im PC habe ich keine Erläuterungen gefunden«, erklärte Weinert. »Vielleicht handelt es sich um Codes, deren Schlüssel unser Geheimniskrämer im Kopf hatte und für immer in die Ewigkeit mitgenommen hat. Aber ich werde weitersuchen!«

»Pack den Tiger in den Tank!« drängte Lupus. »Wir möchten schnellstens Klarheit haben.«

Kommissar Weinert zeigte auf den Monitor. »Einen REGIT kann ich euch auch bieten. Da scheint sich eine ganze Menagerie zu tummeln. Ich werde alles ausdrucken, was in diese Richtung läuft. Aber schnell geht das ...«

Freiberg unterbrach ihn: »Schon gut! Mach's trotzdem so schnell wie möglich. Was steht noch dabei?«

»Mittwoch, 22 Uhr. Das war wohl gestern.«

Lupus pfiff durch die Zähne. »Puh – drei Stunden später war der Tierfreund tot!«

»Ein Tiger ist uns heute schon über den Weg gelaufen«, stellte Freiberg fest.

»... und der wurde im Auto von einer liebevollen Frau gezähmt«, ergänzte Lupus.

Weinert sah die beiden verständnislos an. »Orakelt nur so weiter. Das fördert die Zusammenarbeit ungemein. Ich kann den PC ja mal mit ein paar Viren impfen, dann sieht die Mordkommission ganz schön alt aus!«

»Tu uns das nicht an«, versuchte Freiberg abzuwiegeln. »Ahrens hat heute morgen eine Frau vernommen, die in der Nacht gegen ein Uhr am Schwarzen Weg, unweit des Tatorts, von einem Mann in einem teuren Wagen abgesetzt worden ist. Den Freier hat sie in der ›Lokomotive‹ aufgetan – ihm war der französische Spaß einen Blauen wert. Dafür durfte sie ihn Tiger nennen.«

»Donnerwetter, da könnte es ja Zusammenhänge geben!« Weinert schien das Jagdfieber gepackt zu haben.

»Sei nicht zu optimistisch«, bremste Lupus. »Was

meinst du wohl, wie viele Männer das Raubtier spielen, wenn es um Sex und Liebe geht – oder was sie dafür halten.«

»Genug der Vermutungen!« Freiberg gab dem Mann am PC einen Klaps auf die Schulter. »Mach weiter so! Wir nehmen dir alles ab, was du ausdruckst. – Heute abend sieht sich das erste K. jedenfalls mal im Lokomotivschuppen um.«

»Saufen im Dienst – und das auch noch auf Staatskosten«, seufzte Weinert. »Ich scheine doch wohl mit den falschen Programmen im falschen Stall zu arbeiten.«

4

Der Coup wurde seit Wochen vorbereitet. Die Lebensgewohnheiten des Europaministers waren bis ins Detail ausgekundschaftet worden. Roland Kissenbrock, ein drahtiger Mittvierziger, war kein Mann, der die Büroarbeit schätzte, und obwohl der Kanzler bei den regelmäßig am Mittwoch stattfindenden Beratungen des Bundeskabinetts wiederholt darauf hinwies, daß der Europäer ebenso wie die anderen Kollegen Kabinettsdisziplin zu üben habe, waren es immer unabweisbare Termine im Ausland, die Kissenbrock hinderten, rechtzeitig in Bonn zu sein. Bei der nächsten Kabinettsumbildung würde es wohl einen neuen Europaminister geben, so jedenfalls wurde in den Ressorts kolportiert.

Auch die Ehefrau von dem umtriebigen Politiker war überfordert – sie lebte die meiste Zeit im elterlichen Ferienhaus am Gardasee. Die dadurch beim Gatten ausgelösten Entzugserscheinungen trugen allerdings nicht zu dessen Beruhigung bei. Obwohl jedem Minister bei Tag und

Nacht ein Dienstwagen mit Fahrer zur Verfügung steht, schwang sich Kissenbrock bei jeder Gelegenheit in seinen privaten Porsche 928 und preschte in die Freiheit, wie er es nannte. Ziel war oft die Rhön, wo er Spaß am Drachenfliegen gewonnen hatte – das beanspruchte den ganzen Mann. Im Club der Ikarusse hieß er nur »der schnelle Rolli«, sein Job interessierte hier niemanden. Wenn es um Vergnügungen anderer Art ging, boten die Aufenthalte im Ausland Möglichkeiten genug.

Bei den Fahrten nach Brüssel zum Europäischen Ministerrat machte der Herr Minister regelmäßig von seinem Recht Gebrauch, sich selbst ans Steuer seines schnellen Dienstwagens zu setzen – und das war ein Mercedes 300, der einiges hergab. Der erste Cheffahrer hatte sich gleich wieder ablösen lassen und gemeint, er wolle lieber Post fahren, als sich auf dem Beifahrersitz den Fahrkünsten dieses verhinderten Rennfahrers anzuvertrauen. Sein Nachfolger, der eher gemächliche Willi Mense, hatte der Sache schon bald die angenehmeren Seiten abgewonnen, brachte sie ihm doch viel Freizeit. Nicht selten fuhr er am Zielort auf Kosten des Chefs mit dem Taxi ins Kino, oder wohin er wollte, vor allem dann, wenn sein Minister nach der Sitzung auf Tour ging.

Alle diese Gewohnheiten waren dem Schatten aus Bonn, der den Minister seit Wochen observierte, wohlvertraut. Fred Schöbel, sechsundzwanzig Jahre alt, eine Durchschnittserscheinung, die niemandem auffiel, hatte es bei all seinen Aktionen verstanden, unentdeckt zu bleiben. Weder Personenbeschreibung noch seine Fingerabdrücke waren bisher im Meldenetz der Polizei hängengeblieben.

Die für diesen Tag terminierte Sitzung des Ministerrats in Brüssel würde eine gute Gelegenheit bieten, das Ding zu drehen. Die Auftraggeber hatten schon fünftausend US-

Dollar als Anzahlung geleistet und wollten endlich Erfolge sehen. Der Schatten hatte telefonisch avisiert, daß er in der Nacht am Objekt sein werde, um die Aktion durchzuziehen.

Die Figur im Hintergrund war Marek Lepinski, ein mittelgroßer Mann, Anfang fünfzig, gepflegt, mit kräftigen Händen, die immer in Handschuhen steckten. Er hatte sich nach Schöbels Anruf vergewissert, daß im Kellerraum eine Matratze und Decken bereitlagen; zwei Flaschen Mineralwasser, Brot und Dauerwurst standen auf einer Obstkiste. Der Metallring saß fest in der Wand, und die Ketten würden jeder Belastung durch einen Gefangenen standhalten.

Mit Gegenwehr und Renitenz war nicht zu rechnen, denn der etwas beschränkte, aber treue Cok Hiddema, genannt Coki, hütete das Haus und wußte aus mehrjähriger Erfahrung hinter Gittern, wie man jedes Aufbegehren wirkungsvoll erstickt. Er lebte nur von der Gunst seines Bosses und war ihm hündisch ergeben, obwohl er ihn nur selten sah. Was Marek sagte, wurde getan.

An einen längeren Aufenthalt für den Gast war allerdings nicht gedacht – vierundzwanzig Stunden mußten genügen.

Die Sitzung des Ministerrats fand wieder im Berlaymont statt, nachdem das Haus vom Asbest befreit und vollständig renoviert worden war. Die zähen Verhandlungen über das Budget der Europäischen Union konnten sich bis weit nach Mitternacht hinziehen. Anschließend sollte ein Umtrunk anläßlich der Wiederaufnahme der Beratungen im sanierten Haus stattfinden. Minister Kissenbrock hatte seinen Fahrer Mense gebeten, auf ihn zu warten, denn nach einer feuchtfröhlichen Runde wollte er sich nicht selbst ans Steuer seines Dienstwagens setzen. Einen Alkoholunfall konnte sich ein deutscher Minister im Ausland am allerwenigsten leisten.

Die Sitzung endete kurz vor Mitternacht. Im Nebensaal war ein üppiges Buffet aufgebaut, dessen Kosten man sicherlich aus den Baumitteln abgezweigt hatte. Über zweihundert Politiker, Beamte, Dolmetscher, dazu viele akkreditierte Journalisten warteten darauf, daß sich die Türen öffneten. Die hatte der Chef des Inneren Dienstes wohlweislich bis zum Ende der Sitzung geschlossen gehalten, denn sonst wäre für die Aktivisten im Großen Saal von der kulinarischen Pracht nicht viel übriggeblieben.

Roland Kissenbrock hatte keine Lust, in diesem Gedränge um ein paar Kanapees zu kämpfen. Er wollte lieber in Ruhe essen und dem Rest der Nacht noch etwas Freude abgewinnen. Er ging die Treppe hinunter zum Fahrerzimmer. Willi Mense döste in einem Sessel und schreckte auf, als der Chef ihn ansprach. »Kommen Sie, Mense, mir reicht's hier! Ich kann meine Zeit besser nutzen, als da oben herumgestoßen zu werden. Haben die Fahrer etwas zu essen bekommen?«

Mense nickte zufrieden. »O ja, die Verwaltung hat uns gut bewirtet – alkoholfrei, versteht sich.«

»Gut, fahren wir zum Place de Brouckère.«

Brüssel kam auch am späten Abend nicht zur Ruhe. Die Rue de la Loi schien Rennstrecke für diejenigen zu sein, die ihren Frust mit dem Fuß auf dem Gaspedal zu bewältigen versuchten. Ein strikter Rechts-vor-links-Verkehr machte das Durchqueren der Innenstadt zur Tortur. Willi Mense konnte sich mit den rüden Fahrmethoden nicht anfreunden und hatte seine liebe Mühe, in vertretbarer Zeit ans Ziel zu gelangen.

Vor dem »Le Renard qui rit« – dem lachenden Fuchs – war natürlich kein Parkplatz zu finden. »Versuchen wir es an der Rue de Laeken«, sagte der Minister. »Ich gehe dann die paar Meter zu Fuß.«

Mense fand wider Erwarten an der Ecke zur Rue de Hirondelle eine Lücke und parkte ein.

»Na, da haben wir ja Schwein gehabt«, atmete Kissenbrock erleichtert auf. »Der Wagen kann hier stehenbleiben. Ich fahre dann zurück, und Sie können sich aufs Ohr legen. Morgen früh Abfahrt zum Berlaymont um halb zehn.«

Willi Mense war froh, daß er nicht auf den Chef warten mußte, denn das konnte eine lange Nacht werden. Bis zum Hotel Amigo gleich hinter dem Rathaus am Grand Place war es nicht weit. Eine gute Gelegenheit, sich noch etwas die Füße zu vertreten. In diesem luxuriösen, aber auch ein wenig altbackenen Hotel hatte der Minister sein Stammquartier, und mit dem Fahrerzimmer war Mense auch zufrieden. Im Roi d'Espagne vis-à-vis gönnte er sich am Kamin noch ein Bier. Das »Stella Artois« war zwar nicht nach deutschem Reinheitsgebot gebraut, schmeckte aber vorzüglich. Bald hatte Mense die nötige Bettschwere und ging ins Hotel.

Kurz vor eins riß ihn das Telefon aus dem Tiefschlaf. »Ja, was ist denn?« murmelte er schlaftrunken.

»Hallo, Mense! Wa... wach werden!« dröhnte es aus der Hörmuschel. »Sie müssen mich fahren.«

Die Stimme des Ministers klang verzerrt. Aus dem Hintergrund röhrte Musik, dazu Stimmengewirr. »Ha'm Sie die Papiere? Ich hab' zuviel getrunken – müssen mich abholen am R... Renard.«

Schon wurde aufgelegt.

Willi Mense schüttelte sich. So betrunken hatte er seinen Minister noch nie erlebt. Immerhin hatte er noch soviel Verstand, sich nicht selbst ans Steuer zu setzen. Mense kämpfte mit der Zudecke. Er haßte die Sitte, sie an den

Seiten fest unter die Matratze zu stecken. Wenn man sich vor dem Einschlafen nicht freistrampelte, war man eingepreßt wie die Wurst in der Pelle. Sein Minister hatte sich als Dauergast eine Daunensteppdecke ausbedungen, aber für Fahrer war dieser Service nicht vorgesehen.

Ein paar Hände voll Wasser mußten genügen, um wach zu werden. Der Fußweg zum Place de Brouckère würde die restliche Müdigkeit schon vertreiben. Der Portier sah nur kurz von der Zeitung auf, als der Gast das Hotel verließ.

Für den von Scheinwerfern angestrahlten Prachtbau der Börse hatte Willi Mense keinen Blick. Dort lungerten einige Gestalten herum, denen man als Einzelgänger besser nicht zu nahe kam. Auf dem Boulevard Anspach hatte der Verkehr etwas nachgelassen. Den Wagen, der plötzlich neben ihm hielt, hatte Mense erst im letzten Moment bemerkt. Durch die heruntergekurbelte Scheibe fragte der Fahrer in englisch nach der Rue de Laeken. Menses Versuche, den Weg in einem Gemisch aus Deutsch und englischen Brocken erklären zu wollen, scheiterten kläglich. »Ich auch Laeken«, radebrechte er. »Ich mitfahren?«

»Ah, that's fine«, sagte der Mann am Steuer und schob die Tür zum Beifahrersitz auf. *»Please get in!«*

Mense ließ sich auf den Sitz fallen. Er hörte noch das Geräusch der elektrischen Rundumverriegelung. – Dann traf ihn der aus dem Fond geführte Schlag mit dem lederummantelten Rohr seitlich am Kopf. Er nahm nicht mehr wahr, daß der Liegesitz heruntergekurbelt wurde und daß der Schläger ihm einen bis über die Augen reichenden Kopfschmuck verpaßte, der unter dem Kinn mit Paketklebeband befestigt wurde – es sah aus wie ein Kopfverband. Die Hände steckten in einer dünnen Durchzugfessel. Mit dieser Transportverpackung konnte er leicht dirigiert werden.

Der Schlag war so heftig gewesen, daß Mense erst wieder zu sich kam, als er mit ein paar Rippenstößen und den Worten *»Go on!«* zum Aussteigen gezwungen wurde.

Seine Frage »Was ist los? Was wollt ihr?« provozierte nur einen weiteren kräftigen Stoß. *»Shut up!«* Was nach Menses Kenntnissen aus der Westernlektüre »Maul halten« bedeutete. Es ging wohl ein Dutzend Stufen in einen Keller hinunter, dann klappte eine Metalltür. Jemand löste die Handfessel und streifte ihm das Jackett ab. Auch die Hosentaschen wurden geleert.

Siedend heiß fiel Mense ein, warum er das Hotel verlassen hatte. »Mein Minister wartet auf...«

Ein kräftiger Schlag gegen seinen Turban traf den Kopf an der Stelle, die schon reichlich lädiert war, und ließ Mense aufschreien.

»Shut up, Bastard! Du nix sprechen, dann *no pain.*« Der Schlag, der den mit harter Stimme formulierten Befehl begleitete, traf zwar nur seinen Oberarm, war aber deutlich genug. Weitere Schläge auf den Turban wollte er erst gar nicht riskieren. Willi Mense schwieg.

Er wurde zum Bett geführt und an einen Eisenring gekettet. *»Shut up! You sleep!«* Diese Stimme war leise und der Schlag ganz sanft, mehr eine Demonstration für die guten Absichten des Mannes, der ihm jetzt den Turban abstreifte und neben ihm stehen blieb. Ein grelles Spotlight traf die Augen. Der »Klopper«, wie Mense seinen Peiniger getauft hatte, stand im Hintergrund. Beide Männer hatten Skimützen übergestreift, aus denen nur die Augen leuchteten. Das war kein erfreulicher Anblick. Mense beschloß, kein Risiko einzugehen, und legte sich sofort zurück, als er noch einmal die Aufforderung *»Sleep!«* hörte. Eine muffig riechende Decke wurde über seinen Körper geworfen, das Spotlight erlosch, nur eine nackte Glühbirne unter der Decke verbreitete funzeliges

Licht. Dann schloß sich die Tür, Schritte entfernten sich – Mense war allein.

5

Die »Lokomotive« hatte in den letzten Monaten einiges von ihrer Zugkraft eingebüßt. Die Einrichtung einer ständigen Polizeiwache im »Bonner Loch« hatte bewirkt, daß die Junkies sich von hier zurückzogen; auch die Versicherung, daß sie nichts zu befürchten hätten und daß man ihnen im Gegenteil helfen wolle, aus der Drogenszene auszusteigen, machte keinen Eindruck. Streetworker bemühten sich auch um die Stadtstreicher, die in der Unterwelt des Bahnhofs etwas Wärme und Geborgenheit suchten. Wie nicht anders zu erwarten war, verschob sich der Schwerpunkt der Fixer und Wermutbrüder, so daß der Lokomotivschuppen nicht mehr Mittelpunkt war. Aber wer Stoff brauchte, mußte sich hier versorgen, denn das Bermudadreieck am Alten Friedhof hatten die Drogenfahnder auf der Suche nach dem Schnee im Regierungsviertel trockengelegt.

In dieser Nacht fand im Billardkeller ein Meeting der Dealer statt, die als Zwischenhändler ihre Errand-Boys und Contact-Girls versorgten. In den Clubsesseln lauerten einige der Raubtiere, die in Helmers Computer eingefangen waren.

Anders als bei früheren Treffen hatte man nicht zu Queue und Kreide gegriffen, um vorab ein Spielchen am grünen Tisch zu machen. Die Lage war zu ernst und unübersichtlich, und die Dealer-Crew hatte gehöriges Muffensausen, nachdem ihr Kurier umgelegt worden war.

Tiger saß angespannt in seinem Sessel und gab einen

Schuß Cognac in seinen bitterschwarzen Kaffee. Immer wieder fuhr er sich mit dem Taschentuch über die Stirn. Er hatte in der letzten Zeit zugenommen und schwitzte bei jeder Gelegenheit – als Boß bot er kein beeindruckendes Bild.

»Freunde, wir wissen aus dem Polizeibericht von Radio Bonn, daß Helmer durch einen Genickschuß liquidiert worden ist. Darum haben wir gestern vergeblich auf ihn gewartet. Aber wer steckt hinter dieser verdammten Sauerei? Hat vielleicht jemand von euch Warnungen von Hades erhalten? Ich jedenfalls nicht.«

Kopfschütteln und Ratlosigkeit in der Runde.

»Mich würde nicht wundern, wenn die Heroinbosse uns auf diese Weise wieder einmal zu verstehen geben, daß sie keine Konkurrenz wünschen«, meinte Panther schließlich. Das Kindergesicht und der bürgerliche Name Kribbeling wollten nicht recht zu seinem Spitznamen passen. »Das erinnert mich an damals, als sie unseren Kubitzka mit der Bombe im Bordcase vom Himmel geholt haben.«

»Aber wir haben uns doch mit denen im Markt arrangiert«, meinte Löwe, der durch einen Rauschebart sogar einige Ähnlichkeit mit seinem Namensgeber aus dem Tierreich aufwies. »Wir schaufeln Koks in den Unibereich und versorgen den gebildeten Klüngel. Hades bedient die hardboiled Typen, denen Kokain nicht schmeckt. Warum sollten die uns einen Mann wegpusten?«

Tiger hob die Schultern. »Was weiß ich! Jedenfalls hat es Helmer erwischt. Gleichwohl hat man ihm das Päckchen Koks nicht abgenommen. Das spricht doch dafür, daß er bloßgestellt werden sollte. Jetzt haben wir nicht nur die schöne Barbara vom zweiten K. am Hals, sondern auch die Mordkommission. – Besten Dank für die Blumen! Wenn H dahintersteckt, haben die wieder mal ein großes Rad gedreht, unter dem wir zerquetscht werden können.«

»Uns fehlt sowieso schon Stoff«, stellte Panther bedauernd fest. »Helmer hat zwar beste Ware rangeschafft, aber zu wenig. Ob unser Leopard das ausgleichen kann, wage ich zu bezweifeln, er scheint keinen richtigen Biß mehr zu haben.«

Tiger wurde ungeduldig, er hielt nichts vom Lamentieren; für ihn waren Fakten eben Fakten – und Helmer war tot. »Knappe Ware ist gut für den Preis«, stellte er fest. »Außerdem werden wir Leopard einen Helfer beigeben, am besten eine Frau. Grenzübertritte sind ja kein Problem mehr. Jetzt also freie Fahrt dem Tüchtigen.«

»Wie wär's mit meiner Kerstin – die hat doch auch mit dem Helmer kooperiert? Wenn ich die mit Stoff kurzhalte, macht sie alles, was ich will.« Das Kindergesicht des Panthers lächelte hart.

»Hat deine Puppe nicht auch rumgebumst mit dem?« fragte der Rauschebart mit einem hinterhältigen Grinsen.

»Ist mir doch egal, mit wem sie sonst noch rummacht – Hauptsache, sie spurt«, meinte Panther großzügig.

»Also gut«, faßte Tiger zusammen. »Wir geben Leopard die Kerstin als Verstärkung. Die beiden sollen sich aber nicht nur in Antwerpen, sondern auch in Amsterdam an unsere Meddelin-Leute halten. Aber wer hat Helmer erschossen? Die Frage ist ja noch nicht beantwortet.«

»Hast du mir nicht vorhin so ganz nebenbei erzählt, daß du um die fragliche Zeit draußen am Schwarzen Weg warst, um dich französisch bedienen zu lassen?«

Diese Frage des Löwen ließ die Köpfe herumfahren.

Tiger tupfte sich mit fahrigen Handbewegungen dicke Schweißperlen von der Stirn. »Nun stellt hier keine falschen Vermutungen an. Das war reiner Zufall. Ich habe mir gestern abend dieses Pummelchen aufgerissen und nach Hause gebracht. Das ist verdammt noch mal alles!«

»Ich hoffe nur, daß du den Bullen das auch klarmachen kannst«, stichelte Löwe weiter.

»Wie sollten die denn auf mich kommen? Ich hab' dieser Zufallsbekanntschaft nicht mal meinen Namen genannt.«

Panther schüttelte den Kopf. »Aber sie weiß, wo du sie oder sie dich aufgegabelt hat. Am besten, du verschwindest für einige Zeit und machst eine Studienreise nach Berlin; dort haben wir ja auch ein paar Freunde, die bei der Stange gehalten werden müssen.«

Tiger schien von dem Vorschlag nicht erbaut zu sein. »Ich bleibe hier, im Augenblick jedenfalls. Aber ich werd' mich mehr um mein Studium kümmern. Im Schuppen lasse ich mich erst wieder sehen, wenn die Bullen ihr Interesse an uns verloren haben.« Er stand auf und griff zum Queue. »Wie wär's mit einer Partie Billard?«

Löwe winkte ab. »Bin nicht in der richtigen Stimmung.«

»Und ich muß mich um Kerstin kümmern«, erklärte Panther. »Die braucht nach dem Schreck in der Heerstraße bestimmt ein paar Gramm extra – eine gute Gelegenheit, sie auf die neue Connection mit Leopard einzustimmen. Mit dem hatte sie bisher nicht viel im Sinn.«

»Wann wird er aus Amsterdam zurückerwartet?« fragte Löwe.

Tiger hatte sein Queue wieder in die Halterung gestellt und gab der roten Kugel einen Stoß mit dem Zeigefinger. »Ich denke, heute noch. Wir müssen versuchen, ihn abzufangen, damit er der schönen Barbara nicht gleich in die Arme läuft. Und sonst *business as usual.* Aber unsere Freunde im Saal müssen rechtzeitig gewarnt werden.«

Löwe grinste breit und strich über seinen Bart. »Ein Discjockey weiß, was sich gehört. Ich werde den Schneewalzer auflegen, wenn der Besuch eintrudelt.« Sein Grinsen wurde noch breiter. »Und zur Entwarnung, wie immer, den Kriminaltango.«

Die Einsatzbesprechung fand diesmal nicht im Präsidium statt, sondern bei Schnittchen und Bier in der Brentanostraße, wo Freiberg und Sabine Hayden ihre Beziehungskiste unter ein gemeinsames Dach gebracht hatten. Sabine, Freibergs »studentische Hilfskraft«, wie er sie immer noch nannte, obwohl sie inzwischen als Dr. phil. in der Universitätsbibliothek einen guten Job hatte, betrachtete skeptisch das »kalte Buffet«. »Ob das reicht?« murmelte sie. Aus Vorräten und dem Inhalt des Kühlschranks hatte sie eine bunte Mahlzeit improvisiert.

Lupus hielt den bequemsten Sessel besetzt. Ahrens fühlte sich zwischen seiner »Octopussy«, der Kommissarin im Ehrenamt, und Barbara Fendt vom 2. Kommissariat auf der Couch recht wohl. Sabine hatte sich einen Hocker herangezogen und sah ihren Waldi erwartungsvoll an, als er das Glas hob.

»Zum Wohl, Freunde, laßt es euch schmecken! Die Nacht kann noch dauern.«

Lupus langte als erster zu. »Danke für die Einladung. Wir wissen ja, hier gibt's immer prima Futter. Was also plant unser Erster Hauptkommissar?«

Freiberg nahm sich mit der Antwort Zeit. Als alle fleißig mümmelten, nahm er noch einen kräftigen Schluck und sagte dann: »Ich denke, wir entwickeln für den Besuch in der ›Lokomotive‹ eine Art Doppelstrategie.«

»Und wie soll die aussehen?« fragte Barbara Fendt, die sich in der wie auf den Leib geschneiderten schwarzen Lederkluft sichtlich wohl fühlte.

»Wir besuchen heute nacht den Schuppen am Bahnhof, sehen uns gründlich um und machen lange Ohren.«

Die schöne Barbara schüttelte den Kopf. »Kein so toller Vorschlag! Ihr wißt doch, daß ich bei den Junkies bekannt bin wie ein bunter Hund. Wenn wir zusammen dort aufkreuzen, seid ihr auch enttarnt.«

Freiberg nickte. »Stimmt! Darum rücken wir nicht gemeinsam an. Erst mischen sich Ahrens und unsere Kuhnert unter die Gäste, wenn sie einverstanden ist.«

»Und ob! Endlich wieder ein Einsatz.« Die Ehrenkommissarin strahlte.

»Eine Viertelstunde später werde ich mit Sabine kommen, wenn sie einverstanden ist.«

Sabine verzog das Gesicht. »Das klingt wieder mal sehr nach Erpressung. Ich habe ja geahnt, daß mein Commissarius etwas im Schilde führt.«

»Nun gib deiner Seele schon einen Stoß!« ermunterte Lupus sie. »Für so einen Lebensgefährten muß die Frau durchs Feuer gehen.«

»Nicht zu fassen! Jetzt werde ich also Opfer eines Komplotts. Aber das sage ich gleich: Die Zeche bezahlt mein Waldi!«

»Aber selbstverständlich«, bestätigte Freiberg prompt. »Das sind Ermittlungskosten.«

»Ich gehe von hier gleich nach Hause, damit meine Helga ihren Angetrauten mal wieder bei Tageslicht betrachten kann«, erklärte Lupus. »In der ›Lokomotive‹ bin ich nicht weniger bekannt als die liebe Kollegin vom zweiten K.«

»Eben darum kommt ihr gemeinsam nach uns rein«, fuhr Freiberg fort. »Dann nehmen euch die Junkies und Dealer ins Visier. Ihr stellt ein paar Fragen und verschwindet bald wieder. Unsere Klientel wähnt sich in Sicherheit, und wir vom ersten K. schnüffeln ungestört dort herum. Wir wollen doch mal sehen, was da so läuft und kolportiert wird.«

Barbara Fendt nickte zustimmend. »Gute Idee.«

»Schön hinterhältig«, bestätigte Sabine. »Ganz mein schlauer Waldi. Vielleicht denkt er auch mal dran, daß ich einen soliden Job habe und um acht in der UB sein muß.«

Freiberg zog Sabines Hand an seine Lippen und hauchte einen Kuß darauf. »Kein Problem. Wenn du genug hast, machst du auf schickern oder vollgedröhnt und verschwindest einfach. Ich werd' dann schon ein Herzchen finden, daß sich meiner annimmt.«

Ihr Rippenstoß war nicht von der sanften Art. »Du Lumpenhund! Man sollte auch Dackeln den Schwanz coupieren.«

»Vorsicht, keine Selbstverstümmelung im Dienst«, mahnte Lupus. »Aber befürchtest du nicht, Freund Walter, daß man auch dich erkennt?«

»Ach wo! Ich lege mir ein Menjoubärtchen zu, schmiere tüchtig Gel in die Haare und bin nicht mehr zu erkennen.«

Sabine wehrte mit beiden Händen ab. »Entsetzlich! Worauf lasse ich mich da wieder ein?« Sie sah die strahlende Kuhnert kopfschüttelnd an. »Was haben wir nur an diesen selbstherrlichen Bullen gefressen.«

6

Schnelle Autos, edle Steine und flotte Frauen – dafür riskierte Fred Schöbel einiges. Dafür hatte er sogar sein Studium der Kunstgeschichte geschmissen. Doch die Liebe zu Edelsteinen und Ikonen war geblieben. Zwei-, dreimal im Jahr zum Teutonengrill an die Costa del Sol oder Côte d'Azur, vielleicht auch ein paar Wochen im Club Med – das erwartete Fred vom Leben.

Die ständige Begleiterin an seiner Seite, eine große Blonde mit Puppengesicht, viel Busen und Hüftschwung, erwartete das auch. Sie hatte Fred in ihrer kleinen Schmuckboutique in der Sternstraße kennengelernt. Larissa Valin hatte ihm manchen Tip gegeben, wie man als weltgewandter Student sein Einkommen aufbessern konnte. Kirchenschmuck und Edelsteine waren im Westen immer gefragt und konnten östlich der Oder ohne zu großes Risiko beschafft werden.

»Du mußt Kunstgeschichte praktizieren und nicht studieren«, war ihr Leitmotiv, an dem er zunehmend Gefallen gefunden hatte. Auch eine weitere Anregung hatte er übernommen. »Nutz deine Sprachkenntnisse und bau unsere Geschäftsbeziehungen aus, dann hast du noch Zeit und Mittel für dein Hobby. Ich sehe mich auch gern in schickem Dreß in einem Oldtimer.«

So hatte er die Universität Bonn schon seit einigen Semestern gemieden, war aber immer noch immatrikuliert und wußte seinen Status als Student zu nutzen.

Fred nannte sich auch schon mal »Ferry-Pilot« nach dem Vorbild der wagemutigen Piloten, die kleine Sportflugzeuge über die Nordroute von Amerika nach Europa überführen. Nur waren es bei ihm teure Autos, die insbesondere im Maghreb, neuerdings auch in Polen, Rußland und auf dem Balkan gefragt waren. Die dafür erforderliche Reisetätigkeit ließ sich mit der Liebe zu edlem Schmuck gut verbinden.

Der neue Auftrag war besonders spektakulär. Wenn alles klappte, würde er in der nächsten Zeit viel zu tun bekommen und reichlich Dollars machen. Die Organisation CARITRUST hatte Dependancen in vielen Ländern der Welt. Ein Großteil der über hunderttausend allein in Deutschland jährlich gestohlenen Wagen ging auf ihr Konto. Fred hatte schon einen kleineren Auftrag zur Zufriedenheit von Marek Lepinski, dem Europa-Repräsentanten des Unternehmens, erledigt. Der war eines Tages mit einem Lancia vor der Werkstatt am Rheinhafen aufgekreuzt, um einen harmlosen Blechschaden am Kotflügel beseitigen zu lassen. Doch der wahre Grund des Besuchs –

das erfuhr Fred schon bald – war der, ihn für die Mitarbeiter bei CARITRUST, dem Car-Import-Trust, zu gewinnen. Der Vertrag wurde mit Handschlag, einem Tausender und dem vertraulichen »Du« besiegelt.

Schon am nächsten Tag ging die vereinbarte Probeaktion über die Bühne. Den großen BMW eines Kölner Kleinunternehmers hatte Fred ohne Schwierigkeiten »entparkt« und, mit neuer Farbe und neuen Papieren versehen, zum Verladen nach Amsterdam gebracht. Marek hatte prompt bezahlt. Das Honorar von tausend Mark war allerdings schnell wieder dahingeschmolzen. Doch jetzt hatte Fred das Meisterstück vor sich, und das würde ihm die fünffache Summe bringen.

Bisher war in Brüssel alles glatt gelaufen. Für seinen Auftritt als Engländer hätte Fred nicht einmal besondere Sprachkenntnisse gebraucht, bald mußte ohnehin wieder deutsch gesprochen werden. Seinen Chef würde er schon in der nächsten halben Stunde am Nordbahnhof abholen, um mit ihm auf Strecke zu gehen.

Marek Lepinski war es gewöhnt zu repräsentieren, denn die Abnehmer seiner Fahrzeuge der Sonderklasse sollten das Gefühl haben, von einem seriösen Geschäftsmann bedient zu werden. Das noch recht volle Haar mit ein paar grauen Strähnen war stets zu einer gepflegten Frisur gefönt und betonte den Habitus. Dunkelblauer Anzug mit dezentem Kavaliertuch und dunkelrot getupfter Krawatte bestimmten das Outfit.

Sein Diplomatenkoffer mit einigen Schriftstücken und Zeitungsausschnitten hätte bei flüchtigem Hineinsehen den Eindruck erwecken können, einem vielbeschäftigten Politiker zu gehören. Selbst bei genauerer Untersuchung des doppelten Bodens konnte man den Inhalt des Geheimfachs noch einem Mann des öffentlichen Lebens zuordnen. Das reichte ihm zur Tarnung.

Marek Lepinski erwartete »seinen« Wagen am Seiteneingang des Gare du Nord.

Inzwischen steckte Fred Schöbel in dem vor drei Tagen gekauften grauen Anzug, hatte die Fahrzeugpapiere auf Vollständigkeit überprüft und mit seinem Führerschein zusammen in der Jackentasche verstaut. Er ging langsam zum geparkten Mercedes, wischte ein Stäubchen vom Kotflügel, schloß auf und setzte sich ans Steuer.

Der Europaminister hatte auf ein gepanzertes Fahrzeug verzichtet, dafür aber größten Wert auf eine komfortable Innenausstattung gelegt. Klimaanlage, getönte Isolierglasscheiben, Radio mit Kassettendeck für Aufnahme und Wiedergabe und ein erstklassiges Autotelefon gehörten dazu; ABS und Airbag waren in dieser Klasse serienmäßig vorhanden.

So konnte Fred Schöbel ein Fahrzeug übernehmen, das keine Wünsche offenließ. Er steuerte besonders vorsichtig aus der Parklücke, um nicht schon zu Beginn der Reise Spuren zu hinterlassen oder gar angehalten zu werden. Beim Wegfahren sah er mit Genugtuung, daß sofort ein anderes Fahrzeug in die Lücke einscherte. Wer wollte da noch genau wissen, wo der Mercedes gestanden hatte? Genau neun Minuten später war er am Gare du Nord und ließ seinen »Minister« einsteigen.

Marek Lepinski nahm standesgemäß im Fond Platz. »Alles klar?« fragte er.

»Keine Probleme«, antwortete Fred und fügte, um sich der neuen Rolle anzupassen, devot hinzu: »Herr Minister.«

»Gut, also fahren wir. Ich denke, wir haben genug Zeit, um Berlin ungestört zu erreichen. Danach könnte es allerdings eng werden.«

»Ganz Ihrer Meinung, Herr Minister. Bestimmt rechnet niemand damit, daß wir nach Deutschland fahren.«

»Ist unser Gast gesund?«

»Selbstverständlich, Herr Minister. Coki hat ihn beruhigt. Die Übernahme von Kfz-Schlüssel und Papieren lief glatt. Ich habe unserem Freund allerdings Reisepaß und Führerschein gelassen.«

»Sehr richtig«, lobte Lepinski. »Wir wollen keine vermeidbaren Probleme schaffen. Nun lassen Sie die Pferdchen mal traben, Schöbel! Aber bitte keine Geschwindigkeitsüberschreitung um mehr als zehn Prozent. Die belgische Polizei zeigt wenig Respekt vor ausländischen Politikern, die bei Gesetzesübertretungen erwischt werden.«

Marek Lepinski entnahm seinem Koffer die letzte Ausgabe der *Financial Times* und der *Frankfurter Allgemeinen Zeitung* und legte sie gut sichtbar auf den freien Sitz neben sich; dazu noch ein Aktenstück mit angeknicktem Lesezeichen. Ein deutscher Minister ist eben immer im Dienst und mit wichtigen Papieren befaßt.

Fred Schöbel nahm die Autobahn über Lüttich; sie war ihm seit Jahren vertraut. Durch den Wegfall der Zollkontrollen in der EG aufgrund des Schengener Abkommens würde es auch keine Probleme am Grenzübergang Aachen geben, wo nur noch der gewerbliche Güterverkehr seinen Papierkrieg zu führen hatte.

Um diese Zeit herrschte nicht mehr viel Verkehr auf der Autobahn, und die Versuchung, kräftig aufs Gaspedal zu treten, war groß. Doch Fred wahrte Disziplin und ließ sich von manchem schwächeren Wagen überholen.

Gut eine Stunde später passierten sie die deutsche Grenze. Die Kontrollstation für einreisende Pkw beim Zollamt Autobahn war, wie erwartet, nicht besetzt. Sie fuhren zügig durch; es war nicht anders, als führe man von Hessen nach Thüringen.

Endlich ließ sich der Tacho hochjagen, und schon bald

reflektierte eine dünne Wolkendecke über Köln die diffusen Lichter der Stadt am Rhein. Nach dem Leverkusener Kreuz hielt sich noch einige Minuten das leuchtende Warenzeichen von Bayer im Rückspiegel. Der Motor surrte wie ein Uhrwerk, und Fred nahm auch an den Langsamfahrstrecken den Fuß nicht vom Gas. Die Polizei würde den Dienstwagen eines Ministers um diese Zeit schon nicht anhalten. Beamte müssen ja auch mal schlafen.

Die Schilder an den Ausfahrten Bielefeld, Hannover, Braunschweig huschten vorbei, und gegen sechs Uhr war die Grenze zur Ex-DDR erreicht. Fred Schöbel fuhr die Tankstelle Helmstedt an, um zu tanken.

»Ich muß mal kurz und will wegen unserer Rückfahrt telefonieren«, sagte Lepinski. »Ich habe da einen Mann in der Nähe von Berlin, der das übernimmt.«

»Wir haben doch Autotelefon!«

Lepinski schüttelte energisch den Kopf. »Du bist wohl total verrückt? Zu leichtsinnig für unser Geschäft. Ich werd' doch keine Spur legen.«

»Schon gut – ist ja recht«, sagte Fred hastig. »Nach dem Tanken muß ich auch mal für kleine Jungen, und dann kann's von mir aus weitergehen. Ich habe vor, drei Tage bei einem Freund in Potsdam zu bleiben; Berlin ist auch eine Reise wert.«

»Okay. Ich bringe noch zwanzig Tafeln Schokolade und zwei Flaschen Cognac mit, die könnten nützlich sein bei unseren Freunden.«

Der Aufenthalt dauerte nicht lange, und nach zehn Minuten waren sie wieder unterwegs.

»Soll ich dich eine Weile am Steuer ablösen?« fragte Lepinski. Er hatte auf dem Rücksitz gedöst und fühlte sich ausgeruht.

»Nein, ich bin noch putzmunter«, wehrte Fred ab. »So ein Wagen unterm Hintern ist das reinste Vergnügen. Da kommt Freude auf, aber keine Müdigkeit. Aber jetzt bis Berlin fahre ich etwas langsamer, die Strecke ist nicht die beste, und uns jagt niemand.«

»Hoffentlich!« sagte Lepinski. »Ich möchte zu gern wissen, ob der Herr Europaminister schon geschnallt hat, daß er einen neuen Wagen braucht. Vielleicht nimmt er sogar an, daß sein Fahrer eine kleine Extratour fährt. Dann wartet er bis zur üblichen Abholzeit, bevor er merkt, daß etwas nicht stimmt. Dadurch würde die Polizei später alarmiert und unser Vorsprung ausgebaut.«

7

Im »Le Renard qui rit« wurde gestrippt, was das Zeug hergab. Nicht einmal eine Tangakordel blieb als Dekoration. Das neue Programm mit einer Schau der Kontinente war die Attraktion der Saison in Brüssel. Zarte Japanerinnen und Thaimädchen zeigten zwar wenig Busen, dafür aber viel erotische Akrobatik. Mit einigen tapsigen Touristen wurde auf der Bühne die Kunst der Thaimassage demonstriert. Die verschleierten Orientalinnen wirkten ganz ohne längst nicht so exotisch wie die kupferbraunen Schönen aus Rio. Der Höhepunkt war *Black and White* – ein Farbiger, wie er dunkler nicht sein konnte, beglückte eine Madonna, die so weiß war wie ihr Schleier. Ein ebenso dunkler Busenstar bewies einem Herrn mit Tropenhelm aus dem kühlen Norden, daß es in Afrika außer der Missionarsstellung noch einiges zu entdecken gab.

Roland Kissenbrock hatte gut gegessen und dabei die Bühne nicht aus den Augen gelassen. Die Probleme des Ministerrats waren konturlos geworden. Im lachenden Fuchs gab es – wie konnte es anders sein – Wild- und

Geflügelspezialitäten. Kissenbrock schätzte ganz besonders das zarte Reh und hatte zum *Rôti de chevreuil* einen sanften Rosé genommen. Als er das Dessert verzehrt hatte, trat ein Mädchen der Truppe an seinen Tisch und bat, Platz nehmen zu dürfen. Sie hatte, dem Ritual des Hauses folgend, gewartet, bis der Gast gespeist hatte.

Kissenbrock erhob sich andeutungsweise und bot ihr den freien Stuhl an. »Aber gern, bitte.«

»Ein deutscher Herr?« fragte das Mädchen leise.

»In der Tat; es läßt sich nicht ändern.«

»Das ist schön. Ich bin Nanita. Zwei Jahre in Düsseldorf, Königsallee – *Big Show*.«

Kissenbrock schmunzelte. »Da werden wir uns ja prächtig verstehen. Was darf ich bestellen?«

»Vielleicht ein Sandwich und ein Glas Champagner.«

»Das ist bescheiden.«

Ein verlorenes Lächeln huschte über Nanitas Gesicht. »Man muß nicht viel essen und trinken.«

Kissenbrock sah sie prüfend an. Das war eine rundum zarte und angenehme Erscheinung. »Aber da ich auch ein Glas mit Ihnen trinken möchte, werden Sie nicht widersprechen, wenn ich etwas mehr bestelle. – *Garçon! Moët et Chandon, une bouteille, s'il vous plaît, et quelques Sandwiches.*«

»Sehr wohl, mein Herr!« antwortete der Kellner in akzentfreiem Deutsch.

Roland Kissenbrock wußte, daß die ohnehin schon saftige Rechnung um wenigstens dreihundert Mark höher wurde; aber das sollte ihm der Abend und der zu erwartende Spaß mit Nanita wert sein. Die Rechnung würde sich schon irgendwie als Bewirtungskosten im Repräsentationsfonds des Ministers unterbringen lassen.

»Hat es Ihnen gefallen in Düsseldorf?«

»*Mais oui,* schöne Stadt und gute Menschen, aber auch

etwas böse gegen Ausland. – Darum Tournee: *Once around the world.*«

Nanitas Deutsch war im internationalen Jargon des Entertainments aufgegangen.

»Und wo ist Ihre Heimat? *Where are you born?*«

»*Manila. Mon père a travaillé à Subic Bay-Harbour.* – Jetzt *very poor.* Alle Amis weg von Philippinen. Raus, kein neuer Vertrag. Politiker viel dumm.«

Kissenbrock lachte. »Stimmt, viel dumm. *Faire l'amour* ist besser als alle Politik.«

»O ja – Liebe ist bestes.«

Der Kellner hatte zwei Schalen mit Champagner gefüllt und die Flasche in den Kühler gestellt.

Kissenbrock hob sein Glas. »*A votre santé, Nanita!*«

»Prost, mein Herr«, antwortete sie mit einem verschmitzten Lächeln. »Ich habe schön Zimmer, kostet nur vierhundert Mark. *Service compris.*«

»Na, wären nicht dreihundert auch genug?« versuchte Kissenbrock zu handeln, dem plötzlich die Haushaltsdebatte im Berlaymont wieder einfiel.

Nanita drehte ihr Glas. »Oh, ein sparsamer Mann – wohl nicht aus Düsseldorf?«

Eine Antwort erübrigte sich, da sie lächelnd sagte: »*Alors,* ein so netter Herr kann auch für dreihundert Mark Zimmer haben.«

Kissenbrock nickte und schenkte nach. »Es wird schon nicht zu knapp werden – vielleicht komme ich ja doch aus Düsseldorf.«

Das Zimmer in der zweiten Etage war zwar klein, aber sehr ansprechend eingerichtet. Die Sessel standen etwas eng um den kleinen Tisch, dafür hatte das Bett sehr einladende Maße. Nanita konnte sogar einen selbst aufgebrühten Kaffee anbieten. Danach erwies sich ihr Service in der Tat als so perfekt, daß der Besucher bis vier Uhr gar nicht auf den Gedanken kam, noch einmal über das Honorar zu sprechen. Nach dem gebotenen Preis-Leistungs-Verhältnis hätte sogar ein Banker aus Frankfurt das Gefühl gehabt, auf seine Kosten gekommen zu sein. Der Abschied verhieß ein Wiederkommen.

Roland Kissenbrock war schon eine halbe Stunde suchend durch die Rue de Laeken und einige Nebenstraßen gelaufen, bevor ihm klar wurde, daß sein Mercedes nicht dort stand, wo er sein sollte. Aber noch bewirkten Alkohol und die Erinnerung an Nanitas Liebesspiel, daß er die Sache nicht ganz so ernst nahm.

Wahrscheinlich war alles ein Mißverständnis, und Willi Mense hatte den Wagen doch in die Hotelgarage gefahren, wo er sicherer untergebracht war. Um halb zehn würde Mense wie üblich vorfahren, um seinen Chef zum Berlaymont zu bringen. Also schlenderte Kissenbrock zu Fuß zum Amigo. An der Rezeption bat er, um Viertel vor neun geweckt zu werden und bestellte das Frühstück aufs Zimmer. Zehn Minuten später lag er im Bett und schlief einem ereignisreichen Tag entgegen.

Vier Stunden Schlaf genügten Roland Kissenbrock, um zu regenerieren. Schon nach dem ersten Klingeln des Wecktelefons war er wach, sprang aus dem Bett, schaltete das Radio ein und stellte sich kurz unter die heiß-kalte Dusche. Es blieb noch Zeit für ein ausgiebiges Frühstück, und pünktlich um neun Uhr dreißig trat der Herr Europaminister gut gelaunt aus dem Hoteleingang. Er ging ein paar Schritte und vergewisserte sich mit einem Blick auf seine Armbanduhr, daß Mense längst hätte dasein müssen.

»Wissen Sie, wo mein Wagen steht?« wandte er sich an den Portier.

»*Non, Monsieur le Ministre* – ich habe ihn noch nicht gesehen.«

Kissenbrock bedauerte jetzt, daß er sich nicht in dem Hotel einquartiert hatte, in dem die anderen Mitglieder der deutschen Delegation abgestiegen waren. Dort logierte auch sein persönlichr Referent Dr. Krämer, der sich um Organisation und Abläufe kümmerte.

Dem Minister wurde die Zeit knapp. »Portier, rufen Sie mir bitte ein Taxi. Wenn mein Fahrer aufkreuzt, schicken Sie ihn zum Berlaymont, er soll sich unverzüglich bei mir melden.«

Kaum zwei Minuten später war ein Taxi vorgefahren, so daß Roland Kissenbrock noch rechtzeitig zum Sitzungsbeginn eintraf. Seine Laune hatte allerdings einen deutlichen Dämpfer erhalten.

In einer Verhandlungspause, so gegen elf Uhr, fragte er seinen Referenten, ob Mense sich gemeldet habe.

»Bis jetzt nicht, Herr Minister.«

»Stellen Sie mal fest, was da los ist«, ordnete Kissenbrock an. »Unpünktlichkeit ist gar nicht Menses Art. Langsam mache ich mir Sorgen. Sie fahren am besten ins Hotel.«

Dort stellte man fest, daß Mense zwar sein Bett benutzt hatte, aber von niemandem gesehen worden war. Wie Krämer sich vergewisserte, stand der Dienstwagen nicht in der Garage. Bei der Fahrbereitschaft in Bonn hatte Mense sich auch nicht gemeldet, wie ein Anruf dort ergab. Die Kontaktaufnahme mit der Heimatdienststelle war üblich, wenn ein Defekt am Fahrzeug auftrat und ein Ersatzwagen gestellt werden mußte.

Nun begann die Geschichte mulmig zu werden.

Nach Rücksprache mit seinem Minister erhielt der Persönliche den Auftrag, sich mit der Brüsseler Polizei in Verbindung zu setzen und Willi Mense samt Dienstwagen als vermißt zu melden. Inzwischen war es Mittag geworden. *High noon* auch für die Karriere eines Ministers.

8

Der blonde Ahrens und seine Octopussy Kuhnert hatten ihre tristesten Klamotten angezogen, um sich dem Publikum in der »Lokomotive« anzugleichen. Der Schuppen war rappelvoll, als sie sich ins Gewühl stürzten. Man saß nicht nur eng gedrängt auf alten Eisenbahnbänken der dritten und vierten Wagenklasse, auch die Stehtische waren umlagert, und an der Bar war kaum noch ein Plätzchen zu ergattern. Ein altes Emailleschild mit der Aufschrift »Reisende mit Traglasten« baumelte gleich neben dem Spruch *»Non sputare della Carrozza«*. Auch der Hinweis: »Notbremse – widerrechtliche Betätigung wird bestraft« fehlte nicht.

Über die Lautsprecher kam Softrock. Der Platz zwischen den hinteren Tischen diente als Tanzfläche, auf der sich Kindfrauen und Junghelden ineinander verkeilt hatten. Der bärtige Rothaarige hinter der Bar, der auch die Musikanlage bediente, hatte eine ganze Batterie von alten Schallplatten im Regal; der kratzige Sound paßte gut zur Kulisse und den hier versammelten Typen.

Die Kuhnert ließ ihren Ahrens stehen und schob sich zwischen die dampfenden Tänzer. Ein Jüngling mit tiefschwarz gefärbtem Haarschopf und Cowboyweste schob seine Begleiterin beiseite und zog die Neue mit einem energischen Griff zu sich heran. »Komm, Puppe, zeig mal, was du drauf hast!«

»Hoy, hoy, nun laß mal nicht gleich den Harten raus«, hielt die Kuhnert dagegen, ohne sich ganz zu sperren. »Ich hab' heute nicht meinen besten Tag.«

Der Jüngling fuhr mit einer lüsternen Handbewegung über ihren Busen. »Donnerwetter! Da muß doch Pep reinzukriegen sein.«

»Hast du auch einen Namen, Cowboy?!«

»Max, ganz einfach Max – und du?«

»Brunhilde.«

»Nun ja, wer kann sich seinen Namen schon aussuchen? Aber immer noch besser als Hulda. Komm, bewegen wir uns.«

Die Kuhnert brauchte einen Moment, bis ihr klar war, daß ihr Vorname von ihm nur als zufälliges Beispiel gemeint war. Sie hätte gern voll aufgedreht und dem Mäxchen mal gezeigt, was Sache ist, aber sie gab sich träge.

»Na, Brunhilde, wohl schon etwas steif in den Hüften und kühl dort, wo's warm sein sollte? Brauchst du Koks für die Heizung?«

»Erfaßt, Cowboy – aber ohne Moos nix los.«

»Noch nicht mal für'n Fuffipack?«

»Dann brauchte ich mich nicht begrabschen zu lassen, kapiert?«

Jetzt nahm Max auch die andere Hand zu Hilfe, um sich von der Festigkeit des Gebotenen zu überzeugen. »Du kannst nachher mit auf meine Bude kommen und einen Streifen ziehen. Aber erst muß ich hier noch ein paar Heftchen verhökern.«

»Hast du denn Stoff genug – auch für Zero?«

»Noch reicht's, aber es wird knapp, vor allem, nachdem sie den Helmer weggepustet haben.«

»Wen?«

»Helmer, unseren Reisenden mit Traglasten. Der hat den Stoff rangebaggert.«

»Und wer hat ihn umgenietet?«

»Wenn man das wüßte! Vielleicht die Aitsch-Leute.«

»Dann gib deinem Gaul mal die Sporen, damit das Geschäft blüht und ich bald mein Tütchen kriege. Und sieh zu, daß du lebendig über die Hürden kommst, sonst warte ich noch vergeblich. Jetzt habe ich erst mal Durst.«

Der Cowboy griff in die Tasche und hielt ein Fünfmarkstück hoch.

Die Kuhnert winkte lässig ab. »Laß mal deine Mäuse im Stall. Für 'nen Drink reicht's gerade noch. Sag mir lieber, wo deine Bude ist. Hoffentlich muß ich nicht erst quer durch die Stadt reiten, bevor es Futter gibt.«

»Ne, es ist nicht weit – in der Maximilianstraße.«

Die Kuhnert lachte. »Aha, daher der schöne Name Max. Aber komm bald, sonst ist bei mir der Ofen ganz aus.«

Ahrens war an einen Stehtisch geraten, wo die letzten Fußballergebnisse diskutiert wurden. Nicht der geringste Hinweis, daß die Sportsfreunde etwas mit Rauschgift zu tun hatten. Also weiter zur nächsten Gruppe. Von dort sah er, daß Freiberg und Sabine sich unter die Menge gemischt hatten, ohne besonders beachtet zu werden. Der Chef vom 1. K. sah mit Menjoubärtchen und hochgekleisterten Haaren wie eine Karikatur aus.

Die Kommissarin im Ehrenamt tauchte neben Freiberg auf und gab ihre Informationen leise an ihn weiter. Die Musik wurde heruntergesteuert, es gab eine kurze Pause, und dann erklang der Schneewalzer.

Die schöne Barbara und Lupus hatten den Schuppen betreten und gleich die Blicke auf sich gezogen. Barbara Fendt bedeutete Lupus, zu einem der Tische zu gehen, während sie sich bis zur Bar vorarbeitete und Sabine zur Seite drängte. »Na, Musikmännchen, dir gehen wohl die Stücke aus? Trotzdem Dank für die freundliche Aufnahme. Ich lege für dich ein Kinderlied auf, wenn du so gefällig daliegst wie der Tote am Schwarzen Weg.«

Der Mann hinter der Bar blieb unbeeindruckt.

»Nun erzähl mir nicht, daß dir der Helmer unbekannt ist, das nehme ich dir nicht ab. Ich weiß, daß er häufig hier im Lokomotivschuppen war. Sag mir lieber, wem er in die Quere gekommen ist.«

»Ich weiß nichts, absolut nichts, hochverehrte Frau Kommissarin.«

»Schade, ich dachte, wir könnten da ein bißchen kooperieren. Schließlich müßtet ihr doch ein Interesse daran haben, daß euch die Killer vom Hals geschafft werden. Da bei dem toten Helmer Kokain gefunden worden ist, wird ja wohl jemand anders dahinterstecken als ein Freund aus unserem gemeinsamen Bekanntenkreis.«

Der Barkeeper reichte ein paar gefüllte Gläser über die Theke und kassierte. »Ich habe wirklich nicht den Schimmer einer Ahnung.«

»Musikmännchen Schimmerlos, hoffentlich bist du nicht bald dein Leben los, du weißt ja, man hat nur eins!« Die schöne Barbara wirkte gar nicht mehr so freundlich. »Wenn ich rauskriege, daß du mit mir falsches Spiel treibst, siehst du für lange Zeit uralt aus. Koks ist Koks; aber Mord ist kein Gesellschaftsspiel. Laß dir also bald was einfallen!«

Am Stammtisch rechts vom Eingang saß eine nicht mehr ganz taufrische Runde von Männern und Frauen, die Lupus mit Hallo begrüßten. »Die Leiche ist noch nicht richtig kalt, und schon beehrt uns die Kripo«, rief ihm einer entgegen. »Aber hier gibt's keine Täter – nur Opfer.«

»Nehmt euch mal nicht so wichtig und rückt gefälligst zusammen, wenn die Gesetzeshüter kommen!« Damit quetschte sich Lupus noch auf die Eckbank. »Also, wer weiß was über Helmer?«

»Wir haben uns auch schon gefragt, wer den abserviert hat«, antwortete vorsichtig ein ausgezehrter Typ, der sicher zehn Jahre jünger war, als er aussah.

»Und zu welchem Ergebnis seid ihr gekommen?«

»Keiner kann sich das erklären. Helmer soll doch Koks bei sich gehabt haben?«

»Stimmt! Und dafür hat ihm ein echter Freund einen

Genickschuß verpaßt. Wenn er das mit jedem macht, der hier im Lokal Stoff hat, dann sitze ich bald allein am Tisch. Menschenskind, euch muß doch auch daran liegen, daß wir den oder die Täter finden.«

Lupus wartete auf eine Antwort.

Der Ausgezehrte schüttelte den Kopf. »In der Szene läuft nur ein Gerücht, daß die Ausländer, für die Helmer gejobbt hat, dahinterstecken. Aber wer das verbreitet hat ...«

»Meddelin-Kartell?«

»Vielleicht, aber Helmer muß auch noch andere Dinger gedreht haben.«

»Das heißt konkret? Na ja, Schulterzucken ist auch eine Antwort. Ich kann euch nur dringend empfehlen, den Nacken steif zu halten, wenn ihr Hunnipacks in der Tasche habt. Ein Genickschuß tut vielleicht gar nicht mal weh. Wer etwas weiß, sollte mich schnellstens anrufen. Es dürfte ja wohl bekannt sein, daß ich keinen Kokser ohne Grund in die Pfanne haue.«

»Und die Bullentante vom zweiten K. – was ist mit der?«

Lupus langte über den Tisch und packte das Handgelenk des kaum achtzehn Jahre alten Burschen so heftig, daß er aufschrie. »Mein lieber Knabe, noch einmal ›Bullentante‹ aus deinem Schandmaul, und ich poliere dir die Fresse.«

»Laß gut sein, Lupus«, versuchte der Wortführer zu vermitteln. »Manny ist noch ziemlich unbedarft und kennt dich nicht. Wir trimmen ihn schon hin.«

»Hoffentlich! Die erste Warnung ist bei mir immer auch die letzte. Und laßt euch was zum Helmer einfallen!«

Lupus winkte dem Kellner. »Eine Runde Kölsch für diese hilfsbereiten Menschen auf meine Rechnung!« Damit ging er weiter zu einer anderen Gruppe.

Ahrens war an einem Stehtisch in eine heiße Debatte über Asylanten geraten. Man solle sie arbeiten lassen bis zum Umfallen, dann seien die meisten bald wieder weg, meinte einer und fuhr gönnerhaft fort: »Die Gutwilligen bleiben, irgendwer muß unseren Dreck ja wegmachen.«

Auch eine Form der Nächstenliebe, dachte Ahrens und ging schnell weiter. Plötzlich bemerkte er die Frau vom Steinbruchweg, die sich suchend umsah. Noch hatte sie ihn nicht entdeckt. Er mußte verhindern, daß sie seine Identität verriet. Eilig drängte er sich auf sie zu. »Hallo, Frau Hausinger!«

Überrascht sah sie auf. »Ach, Sie sind es. Sie waren doch...«

Ahrens brachte seinen Mund ganz nahe an ihr Ohr. »Kein Wort, daß ich bei der Kripo bin. Das könnte sonst für Sie gefährlich werden. Ich bin einfach ein Bekannter, klar?«

»Ja, ja – aber warum?«

»Pst. Wir suchen doch den Mörder, und wenn der merkt, daß Sie Kontakt zur Polizei haben, müssen Sie um Ihr Leben fürchten. Also kein Wort! Haben Sie Ihren Tiger schon entdeckt?«

Die Pummelige hatte sich wieder gefaßt. Sie sah sich noch einmal gründlich um. »Nein, der scheint heute nicht hier zu sein. Nehmen wir nachher noch einen Drink?«

»Na klar, aber erst später. Jetzt muß ich noch ein bißchen herumspionieren.«

»Wie aufregend!«

Ahrens dachte daran, daß es noch aufregender würde, wenn seine Kuhnert ihn mit einer erkennbar engagierten Vertreterin des horizontalen Gewerbes beim Drink sah.

Freiberg und Sabine versuchten vergeblich, auf der Tanzfläche etwas Raum für ein paar Bewegungen zu gewinnen. Hier wurde nur miteinander gewogt oder geschoben. Die Blicke mancher Girls wirkten so abwesend, als hätten sie schon reichlich Schnee geschaufelt.

Inzwischen war der Mief im Schuppen zum Schneiden dick. Aber es roch anders als zu den Zeiten, als sich stud. phil. Walter Freiberg einen Ausflug in die schrägen Kneipen gegönnt hatte. Damals hing der Geruch von Haschisch in der Luft. Jetzt diente dieses Gras nur noch den Kids für die Friedenspfeife bei ihren Indianerspielen. In der »Lokomotive« waren Kokain und Crack die Muntermacher. Wer ganz dringend ein Stimulans brauchte, wartete nicht erst, bis sich eine Gelegenheit bot, den klassischen Streifen Stoff vom Spiegelglas durch einen gerollten Greenback in die Nase zu ziehen. – Ein paar clevere Jungs hatten ihren Schnupftabak immer griffbereit in einer Dose »Schmalzler Franz« und verteilten zur Aufmunterung schon mal eine scharfe Prise auf den Handrücken.

Was sich hier vergnügte, waren ziemlich unbedarfte Konsumenten, die es wenig interessierte, woher der Stoff kam und wer dahintersteckte.

»Das kotzt mich an«, flüsterte Sabine ihrem Waldi zu. »Wir haben nichts Wichtiges erfahren. Was gäb' ich drum, im ›Bären‹ ein anständiges Bier zu trinken oder bei unserem Spanier Calamares zu essen.«

Ahrens streifte wie zufällig an ihnen vorbei. »Die Frau vom Steinbruchweg ist auch hier, aber ohne ihren Tiger.«

Freiberg zog Sabine aus dem Gewühl. »Komm, testen wir mal die Bar und den Bärtigen dahinter. Ich hab' da so eine Idee.«

Noch bevor sie ihr Ziel erreicht hatten, dröhnte der Kriminaltango aus den Lautsprechern. Von einigen Tischen wurde Beifall geklatscht. Lupus und die schöne Barbara räumten das Feld. Freiberg mußte seine Ellbogen einsetzen, um zur Bar zu gelangen. Er bestellte eine Cola-

Rum und sagte fast beiläufig: »Leg doch mal den Tigerrag auf. Vielleicht meldet er sich. Ich muß ihn sprechen.«

Der Bärtige sah kurz hoch. »Was willst du? Ich kenne dich nicht.«

Freiberg lächelte freundlich. »Kunststück! Bis Düsseldorf sind es immerhin siebzig Kilometer. Na, was ist, muß ich noch lange warten?«

»Der ist nicht da, muß arbeiten.«

»Schade, ich habe gedacht, daß Regit Ersatz braucht für den verlorengegangenen Reisenden. Du bist ja wohl unabkömmlich hinter der Bar, oder – Löwe?«

Diesmal grinste der Bärtige. »Hm, hängst du auch an einem Transportunternehmen?«

»Nicht wie ... na ja ... Namen sind Schall und Rauch«, antwortete Freiberg vage. »Ich arbeite auf eigene Rechnung.« Dann fiel ihm der Stadtplan von Antwerpen ein. »Schnelle Fracht von und nach Benelux: Brüssel, Antwerpen, Rotterdam. Hin und zurück.«

»Legal?«

»Und ob!«

»Gut, das muß bekakelt werden. Ich informiere Regit; aber vor morgen mittag werde ich ihn wohl nicht treffen. Wo kann ich dich erreichen?«

Freiberg winkte ab. »So geht das nicht, Amigo. Ich bin Hasso und melde mich wieder.«

»Wann?«

»Morgen. *Same time, same place.*«

»Okay, gebongt. Eine Probe müßten wir schon haben.«

»Auch das, wenn's sein muß. *So long.*«

Freiberg schob sich wieder unter die Leute auf der Tanzfläche, wo die Kommissarin im Ehrenamt mit ein paar Schritten neben ihm war. »Der Schwarze da drüben an der Säule hat Helmer gekannt. Ich soll um Mitternacht zu ihm auf die Bude kommen und einen kostenlosen Streifen ziehen.«

Bei Freiberg schrillten alle Alarmglocken. »Auf keinen Fall, das ist viel zu riskant. Du verdrückst dich unauffällig. Wir anderen räumen ebenfalls das Feld. Heute läuft hier nichts mehr. Ich sage Ahrens und Sabine Bescheid. Alles Weitere in der Frühbesprechung. Denk dran«, sagte er eindringlich, als er ihre Unzufriedenheit bemerkte, »das ist ein dienstlicher Befehl.«

»Schade – jetzt, wo's spannend wird, sollen wir abhauen«, maulte die Kuhnert beim Weggehen.

Ahrens war erleichtert, auf den Drink mit der Dame vom Steinbruchweg verzichten zu müssen, und Sabine stellte schlicht fest: »Abhauen! Das erste vernünftige Wort an diesem Abend. Nichts wie weg!«

9

Die Meldung vom Verschwinden des Kraftfahrers Willi Mense samt Dienstwagen des deutschen Europaministers schlug im Brüsseler Polizeipräsidium ein wie eine Bombe. Über sämtliche Hierarchien lief die Nachricht, bis hin zum Ministerpräsidenten und zum Hofe des Königs. Einige hochrangige Beamte mußten sogar ihre Mittagspause opfern, um für alle Fälle gerüstet zu sein; wußte man doch nicht, ob hier vielleicht der Minister selbst entführt werden sollte.

Im Sitzungsgebäude des Europäischen Ministerrats war es zunächst nur ein vages Gerücht, aber schnell kochte die Sache hoch, und inzwischen war es kein Geheimnis mehr, was in der Nacht vorgefallen war. Endlich hatten die Journalisten ihre Sensation, ein gefundenes Fressen, das sich von den immer wiederkehrenden Statements der Politiker unterschied. Eil- und Blitzmeldungen gingen raus, im Pressesaal wurden Laptops bearbeitet, Schreibmaschinen klapperten, und die Fernsehteams verstärkten ihre Mannschaften.

Dr. Krämer, der persönliche Referent des Ministers, wurde von den Medienvertretern nach allen Regeln der Kunst in die Zange genommen und mit Fragen bombardiert: Ob es stimme, daß der Ministerwagen gar nicht in der gesicherten Hotelgarage gestanden, sondern in der Nähe des Nachtlokals »Le Renard qui rit« geparkt habe, ob der Minister sich in diesem Lokal mit leichten Mädchen bis in die Morgenstunden vergnügt habe, ob er seinen Fahrer samt Wagen erst ab Mittag vermißt habe, ob man sich erklären könne, wer hinter dieser Aktion stecke – und – und – und. Kamera in Position, Spotlight drauf und Mikrophon vors Gesicht. Dr. Krämer bewältigte die Situation meisterhaft, aber immer lauter wurde die Forderung nach einer persönlichen Erklärung des deutschen Ministers.

Roland Kissenbrock blieb nichts anderes übrig, als sich Presse und Fernsehen zu stellen. Er hätte den Sitzungssaal ohnehin nicht unbemerkt verlassen können, denn überall wimmelte es von Journalisten, die alles versuchten, ihr Wild zu stellen.

Der Minister hatte noch im Sitzungssaal eine kurze Stellungnahme formuliert, die vom Hausdienst blitzschnell geschrieben und zweihundertmal ausgedruckt wurde. Damit wollte er versuchen, den Fall zu strukturieren und Schaden von seiner Person fernzuhalten. So konnte man lesen:

»Der Berufskraftfahrer Willi Mense wird seit heute morgen samt Dienstwagen des deutschen Europaministers Roland Kissenbrock vermißt.

Zur vereinbarten Abholzeit – 9.30 Uhr – ist Herr Mense nicht wie üblich am Hotel Amigo vorgefahren. Der Minister hat sich daraufhin mit einem Taxi zum Ratsgebäude Berlaymont bringen lassen, um rechtzeitig an der Haushaltsberatung des Europäischen Ministerrats teilnehmen zu können. Als seine Rückfrage um 11 Uhr, noch während der Verhandlung, ergab, daß der Fahrer sich noch immer nicht gemeldet hatte, erhielt der persönliche Referent Dr. Krämer den Auftrag, unverzüglich der Sache nachzugehen. Bei seinen Recherchen im Hotel stellte sich heraus, daß Mense zwar in seinem Zimmer gewesen war, das Hotel aber unbemerkt verlassen hatte. Daraufhin wurde sofort die belgische Polizei informiert.
Minister Kissenbrock hatte den Wagen in der vergangenen Nacht an der Rue de Laeken geparkt und seinem Fahrer frei gegeben, um ihn nicht unnötig lange warten zu lassen.
Der Minister hat dann gegen 00.30 Uhr ein Eßlokal in der Nähe des Parkplatzes aufgesucht und um 03.45 Uhr wieder verlassen. Zu diesem Zeitpunkt befand sich das Fahrzeug nicht mehr an dem Ort, wo es abgestellt worden war. Der Verdacht einer Unregelmäßigkeit kam noch nicht auf, da der Minister davon ausging, daß er und sein Fahrer sich mißverstanden hätten und daß Herr Mense den Wagen in der Hotelgarage geparkt habe.
Eine Rückfrage bei der Dienststelle in Bonn hat ergeben, daß auch dort keine Meldung von Willi Mense oder über seinen Verbleib eingegangen ist. An der Zuverlässigkeit dieses erfahrenen Mitarbeiters zu zweifeln, hat bisher niemals Anlaß bestanden.«
Wenn Roland Kissenbrock geglaubt hatte, damit die

hungernde Pressemeute abfüttern zu können, so hatte er sich getäuscht.

»Herr Minister, ist es zutreffend, daß es sich bei dem Eßlokal um ›Le Renard qui rit‹ handelt?« wurde sehr direkt gefragt.

Kissenbrock versuchte es auf die lockere Art. »Aber meine Herrschaften, darauf kommt es wohl nicht an. Sie dürfen von mir keine Reklame für eines der vielen guten Speiselokale in Brüssel erwarten.«

»Also stimmt's!« murmelte die langmähnige Dame einer großen Boulevardzeitung und gab ihrem Laptop die passende Schlagzeile ein: »Minister im Puff – Dienstwagen futsch!«

Der seriöse Vertreter von *Le Monde* wollte wissen, ob politische Absichten hinter dem Coup stecken könnten.

Kissenbrock war es durchaus recht, als mögliches Opfer in Erwägung gezogen zu werden, und beließ es bei dem Hinweis, daß man nach dem derzeitigen Erkenntnisstand einen politischen Hintergrund nicht ausschließen könne.

Genau das war der Grund für die belgische Polizei, äußerst sensibel zu reagieren. In der Hauptstadt Brüssel konzentrierte sich politische Macht, nicht nur die der Europäischen Union, auch die der NATO mit ihrem Hauptquartier am Rande der Stadt. Ständig waren hochrangige Politiker, Beamte und Militärs aus zahlreichen Staaten im Land. Sie zu schützen war eine vorrangige Aufgabe der Polizei.

Die *Police judiciaire,* der verlängerte Arm der Staatsanwaltschaft, hatte die Leitung der Fahndung übernommen. Vom *Bureau central des recherches* der Gendarmerie liefen die Meldungen über eigene Nachrichtenverbindungen an die Grenzdienststellen. In Paris war Interpol eingeschaltet und erweiterte das Fahndungsnetz über den ganzen Kontinent. So wurde auch das Bundeskriminalamt in Wiesbaden alarmiert.

Ohne Zweifel setzte die Entführung eines Ministerdienstwagens samt Fahrer den allein in Deutschland jährlich gemeldeten 140 000 Kraftfahrzeugdiebstählen die Krone auf. Rechnete man die 350 000 in Italien und 300 000 in Frankreich gestohlenen Fahrzeuge hinzu, so war trotz des Fahndungsdrucks die Chance eines Erfolgs gering. Allerdings tauchte grob gerechnet ein Drittel der entwendeten Autos und Motorräder irgendwann – meistens ausgeschlachtet auf Schrottplätzen – wieder auf.

Vorrangig wurden von Interpol die für den Kfz-Transit wichtigen Grenzübergänge und Seehäfen alarmiert. Aber es war nahezu unmöglich, Hunderttausende von Spezialcontainern zu kontrollieren, die mit »gültigen Begleitpapieren« in den Bäuchen der Schiffe verschwanden. Auch die Grenzübergänge ließen sich nicht dichtmachen, wenn der Verkehr zwischen den Ländern nicht zum Erliegen kommen sollte.

Bei Interpol ging man davon aus, daß eine Verladung in Antwerpen, Rotterdam oder Amsterdam wegen der Nähe zum Tatort eher unwahrscheinlich war. Die Fahndung konzentrierte sich auf den Raum Paris mit seinen für das Umarbeiten von Fahrzeugen bekannten Werkstätten und auf die Häfen Marseille, Toulon und Le Havre, von wo schon so mancher Edelschlitten seine Reise in den Maghreb und nach Kuwait angetreten hatte. Dort war der Bedarf groß, hatte doch der Golfkrieg viele teure Autos zu Schrott gemacht.

Auch in Hamburg, Bremen, Rostock und an den wichtigsten Grenzübergängen nach Österreich, Tschechien und nach Polen lief die Fahndungsmeldung an. Die deutschen Zöllner in Frankfurt/Oder fluchten besonders, denn sie hatten mit der Entwirrung des lawinenartig angeschwollenen Fahrzeugverkehrs täglich genug Probleme zu bewältigen. Aber eine so wichtige Meldung konnte nicht ignoriert werden, und man sah sich die Edelkarossen etwas genauer an. Ob die polnische Seite dazu auch willens und in der Lage war, blieb zweifelhaft. Nicht ohne Grund hieß es beim Autoklau: Kaum gestohlen – schon in Polen!

Aber auch westlich der Oder rechnete niemand ernsthaft damit, daß ein in Belgien gestohlener deutscher Ministerwagen samt Fahrer quer durch das Heimatland nach Osten gebracht würde.

10

Vom Abzweig Leipzig führte die Autobahn wie ein Strich nach Osten, direkt auf den Grenzübergang Frankfurt/Oder zu. Der Verkehr war dicht, und der Ausbau ließ noch zu wünschen übrig; aber eine kürzere Strecke gab es nicht, um nach Polen zu gelangen.

»Verdammt, wir geraten in Zeitverzug«, fluchte Marek Lepinski nach einem Blick auf die Uhr am Armaturenbrett. »In Brüssel muß man doch längst gerafft haben, daß mit dem Dienstwagen des Europaministers etwas oberfaul ist. Wenn die Fahndungsmeldung vor uns in Frankfurt eintrifft, sind wir geliefert.«

»Aber es geht nicht schneller«, stellte Fred Schöbel fest. »Wenn nur diese verfluchten Staus nicht wären. Manchmal sitzt man beim Autobahnzollamt stundenlang fest. Die Polen fertigen im Schneckentempo ab.«

Lepinski sah verwundert auf. »Kennst du dich hier aus?«

»Na klar, ich war schon ein paarmal drüben.«

»Geschäftlich?«

Schöbel lachte. »So könnte man sagen. Wenn's Kohle bringt, gurke ich um die halbe Welt.«

»Und was...?«

Noch bevor der Satz zu Ende gesprochen war, knallte es dumpf, und der Mercedes brach aus.

»Verdammt, Reifen platt!« wütete Schöbel. »Was für eine Scheißstrecke. Und das nur achtzig Kilometer vor dem Ziel.« Er zog den Wagen nach rechts, um anzuhalten.

Marek Lepinski schlug mit der Faust auf die Rückenlehne des Vordersitzes. »Fahr langsam weiter!«

»Aber der Reifen wird zerlegt, und die Felge...«

»Egal!« unterbrach Lepinski. »Es sind noch ungefähr drei Kilometer bis zur Abfahrt Rangsdorf. Gleich danach kommt eine Tankstelle; dort wird gewechselt! Die werden hoffentlich auch neue Reifen haben. Ich möchte den Wagen nicht ohne intaktes Ersatzrad abliefern.«

Schöbel fuhr langsam auf dem rechten Begrenzungsstreifen weiter. Es rumpelte gewaltig in der Karosserie – das Tonnengewicht des schweren Wagens konnte den Reifen jederzeit in Fetzen von der Felge fliegen lassen.

»So geht das nicht!« knurrte er und hielt an. »Ich muß wechseln. Hoffentlich ist das Reserverad in Ordnung.«

»Bei Dienstwagen immer«, meinte Lepinski, stieg aus und stellte das Warndreieck in weitem Abstand auf. »Jetzt ein Auffahrunfall, und wir könnten uns gleich zu Fuß aus dem Staub machen.«

Im Kofferraum fand sich nicht nur ein makelloses Reserverad, sondern auch ein Paar Montagehandschuhe. Um auf Nummer Sicher zu gehen, nahm Schöbel sich die Betriebsanleitung vor.

»Bist du noch ganz dicht?« fragte Lepinski aufgebracht. »Romane kannst du lesen, wenn wir wieder zu Hause sind. Wir müssen weiter, jede Minute ist kostbar.«

»Reg dich nicht auf. Ich will nur vermeiden, daß der

Wagenheber die Karosserie lädiert.« Er legte die Anleitung zurück und machte sich an die Arbeit; jeder Handgriff saß, aber es dauerte doch eine Viertelstunde, bis er den defekten Reifen in den Kofferraum werfen konnte.

»Los, abfahren«, trieb Lepinski ihn an.

»Und das Warndreieck?«

»Laß es!«

»Und was ist mit einem neuen Reifen an der nächsten Tankstelle?«

»Ach, scheiß was drauf! – Wir müssen sehen, daß wir zur Grenze kommen. Aber nicht nach Frankfurt. Dort wird die Fahndungsmeldung bestimmt ankommen. Also beim Autobahndreieck Spreeaue den Berliner Ring rauf nach Norden. Dann über die alte Reichsstraße 1 nach Kiez-Küstrin.«

»Das dauert doch noch länger!«

»Ich weiß! Aber wenn überhaupt, dann haben wir dort noch eine Chance. Erst versuch' ich's mit dem Bluff als Minister, der schon dringend in Polen erwartet wird. Aber wenn die deutschen Grenzer uns aussteigen lassen wollen, dann Tür zu, verriegeln und über die Oderbrücke ab nach Osten. In Küstrin sofort runter von der alten Eins nach Norden. Sollen sie uns ruhig in Richtung Stettin vermuten. Ich sehe mir die Generalkarte noch mal genauer an.«

»Au Backe! Und wenn die schießen?«

Marek Lepinski lachte laut. »Deutsche schießen doch nicht nach Osten, und an den Polen fegen wir vorbei wie die Windsbraut!«

So schlecht sah das auf der Karte nicht aus; aber der Zustand der Straßen ließ sich natürlich nicht erkennen. Auf der Strecke parallel zur Oder mußte Boleszkowice, früher Fürstenfelde, das erste Ziel sein; dann ostwärts durch Wald und Flur, schließlich über Landsberg wieder Richtung Posen.

Lepinski beugte sich vor. »Das müßte zu machen sein. Ich weise dich nach der Karte ein und sage dir die polnischen Städtenamen. Dann darfst du zeigen, ob du Autofahren kannst. Wir schlagen einen weiten Bogen und steuern von Nordwesten her unser Ziel an.«

Es lief besser, als Fred Schöbel erwartet hatte. Der Verkehr nach Küstrin war mit den Blechschlangen auf der Autobahn nicht zu vergleichen. Die Nachrichten im Autoradio gaben keinen Anlaß zur Besorgnis. In den deutschen Medien herrschte noch Funkstille über den Fall.

»Haben die Minister nicht auch ein Hoheitszeichen an ihrem Auto?« fragte Schöbel plötzlich.

»Früher schon, aber in letzter Zeit habe ich nichts mehr davon gesehen. Warum?«

»Diese Karre hat jedenfalls eine Halterung für den Stander«, erklärte Schöbel und zeigte auf den rechten Kotflügel.

Lepinski richtete sich erfreut auf. »Wenn das Ding im Auto ist, hissen wir die Fahne. Da werden die Burschen an der Grenze strammstehen. Fahr bei nächster Gelegenheit raus.«

Bei Seelow fand sich ein durch Buschwerk verdeckter Parkplatz, den Schöbel ansteuerte. Während er ausstieg und im Kofferraum suchte, arrangierte Lepinski mit Akten und Zeitungen neben sich das Bild eines auch während der Dienstfahrt arbeitenden Ministers.

»Ich hab' das Ding!« rief Schöbel triumphierend und erschien mit einer Plastikhülle, aus der er die schwarz-rot-goldene Flagge mit dem Bundesadler zog. Es machte klick, und der Stander saß in der Halterung. Damit hatte er dem Wagen das Image einer echten Staatslimousine verliehen. Ein kurzes Salutieren – dann stieg Schöbel wieder ein und meldete: »Herr Minister, der Panzer ist einsatzbereit. Wir können den Durchbruch wagen!«

»Diese Art von Sprüchen ist fehl am Platz«, fuhr Lepinski ihn an. »Hier bei Seelow hat es Zehntausende von Toten gegeben, als die Russen fünfundvierzig nach Berlin durchgebrochen sind. Wir wollen in friedlicher Absicht nach Osten.«

Schöbel schwieg betroffen.

Nach wenigen Minuten lag die mächtige Oderbrücke vor ihnen. Sie war früher ein wichtiges Bindeglied in der legendären Reichsstraße 1, die von Aachen nach Königsberg führte. Fast fünfzig Jahre blieb dieser Übergang unbenutzt. Der »Kiezer Brückenschlag« hat nach dem Wandel im Osten die Verbindung von West nach Ost wieder möglich gemacht.

Auf der deutschen Seite standen Bürocontainer; die Abfertigung der Pkw erfolgte zügig. Der Grenzschutz prüfte die Pässe der Reisenden, während der Zoll vollauf damit beschäftigt war, die Einreisenden aus Polen zu kontrollieren, ob sie mehr als die erlaubten Freimengen Zigaretten oder Alkohol bei sich hatten. Vereinzelt sah man auch Beamte mit Maschinenpistolen, die sich allerdings im Hintergrund hielten. Die Atmosphäre am Übergang wirkte geschäftig, aber entspannt. Nichts deutete darauf hin, daß eine Alarmmeldung eingegangen war.

Der Ministerwagen rollte an den wartenden Fahrzeugen vorbei. Der erste deutsche Beamte grüßte korrekt, als er den Dienstwagen mit Stander bemerkte.

»Stopp!« sagte Lepinski und öffnete die Scheibe.

Sofort trat der Beamte näher. Lepinski gab sich leutselig. »Das läuft ja gut hier. Europaminister auf dem Weg nach Danzig; hab' durch die Staus viel Zeit verloren. Funktioniert eine direkte Verbindung zur polnischen Seite?«

»Ja, sicher!«

»Ich wäre Ihnen dankbar, wenn Sie uns avisieren, damit wir gleich durchfahren können.«

»Selbstverständlich, Herr Minister.«

Der Beamte verschwand im Abfertigungsraum, und Schöbel fuhr langsam über die Brücke. Marek Lepinski saß zurückgelehnt im Fond. Tief unten brach sich die Strömung der Oder an den mächtigen Steinpfeilern, die sogar den Krieg überstanden hatten. Dann streckte ihnen der gekrönte Adler auf dem Schild POLSKA die Zunge heraus. Sie waren drüben; aber es war noch nicht geschafft.

Ein polnischer Grenzsoldat grüßte militärisch straff und bedeutete ihnen, weiterzufahren. Lepinski dankte mit einer freundlichen Handbewegung, während ein zweiter sie an den anderen Autos vorbeiwinkte. Noch einmal hob der Minister die Hand zum Gruß, dann waren sie durch.

Überaus vorsichtig steuerte Schöbel seinen Dienstwagen durch das Gewühl auf den Straßen von Küstrin – oder Kostrzyn, wie es polnisch hieß. Das war ein anderes Europa, als man es im Westen kannte. Auf der freien Strecke gab Schöbel etwas mehr Gas, ohne jedoch zu rasen. Beide schwiegen. Die Spannung hatte noch nicht nachgelassen.

Erst kurz vor Landsberg sagte Lepinski: »Gleich kannst du mal anhalten, um die Nummernschilder mit Dreck zu beschmieren; außerdem muß die Siegesfahne wieder eingezogen werden. Wir wollen doch keine Spur legen.«

Endlich wagte der Cheffahrer aufzuatmen. »Du denkst aber auch an alles. Wir haben es also geschafft. Hurra! Aber selten ist mein Herz so tief in die Hose gerutscht wie eben auf der Brücke.«

»Hauptsache, daß sonst nichts reingerutscht ist«, meinte Lepinski lachend. »Gleich übernehme ich das Steuer. Ich möchte nicht, daß du einpennst und wir unsere Reise mit einem Unfall vorzeitig beenden.«

Gehorsam hielt Schöbel in einem nicht einsehbaren Waldweg an. Er holte die Fahne ein, pinkelte über die

Kennzeichen und warf einige Hände voll Erde dagegen; das Ergebnis war überzeugend.

Jetzt, nachdem die Spannung der letzten Stunden gewichen war, spürte Schöbel die Müdigkeit. Mit einem wohligen Seufzer streckte er sich auf dem Rücksitz aus und war schon eingeschlafen, als Lepinski den Wagen auf die Straße zurückgelenkt hatte.

Es würde langsam gehen von hier aus. Mehr als die halbe Durchschnittsgeschwindigkeit wie auf deutschen Straßen ließ sich auf dieser Strecke nicht erzielen. Nach zweieinhalb Stunden tauchte Posen auf. Lepinski fuhr quer durch die Neustadt auf die Ostrów Tumski, die Dominsel, mit der Kathedrale und dem erzbischöflichen Palais.

»Wo sind wir?« schreckte Schöbel hoch, als das Motorengeräusch erstarb.

»In Poznań. Du hütest jetzt unseren Schatz und fährst notfalls ein paarmal ums Karree. Ich bin spätestens in einer Stunde mit meinem Abnehmer zurück. Wir übergeben ihm das Schmuckstück und machen zwei Tage Pause.«

»Und ...?«

»Ja, ja, schon gut. Du erhältst deinen Anteil sofort bar auf die Hand. Aber sieh zu, daß er dir nicht gleich wieder abgezockt wird. Wenn's um Devisen geht, ist man hier seines Lebens nicht sicher. Da mischen auch die Gangs aus der alten UdSSR mit. Also Vorsicht! Hast du die Adresse von deiner Pension? Gut; dort spricht man deutsch. Aber laß auch da nicht durchblicken, daß du viel Geld bei dir hast. Und kein Kontakt zu mir. Morgen, Punkt sechzehn Uhr, treffen wir uns hier vor der Kathedrale. Dann nimmt uns der Kollege aus Potsdam auf, und wir brummen als harmlose Touristen ohne Konterbande heim ins Reich.«

11

»Ich glaube, der Bursche ist nicht koscher«, sagte Löwe und sah sein Gegenüber abwartend an. Er hatte den Boß noch in der Nacht aufgesucht, um die nächsten Schritte zu besprechen. »Wo hast du diese Figur aus Düsseldorf eigentlich kennengelernt?«

»Ich kenne manchen aus Düsseldorf«, überlegte Tiger. »Aber an einen Mann mit Bärtchen und lackierten Haaren kann ich mich nicht erinnern. Der kommt doch wohl nicht aus dem Bullenkloster?«

Löwe schüttelte den Kopf. »Das glaube ich nicht. Die schöne Barbara und Lupus hat's, wie erwartet, in die ›Lokomotive‹ gezogen, aber die wollten niemanden von unseren Kids aufs Kreuz legen. Sie wollten nur herausfinden, ob wir was wissen, und uns aus reiner Menschenfreundlichkeit die Killer vom Hals halten. Nein, der seltsame Vogel aus Düsseldorf scheint mir eher von der Konkurrenz zu sein. Vielleicht will er in unser Verteilernetz einbrechen und noch mehr Unheil anrichten, als wir mit Helmers Tod schon haben.«

Tiger sagte abwägend: »Wenn der echt ist und Fazilitäten hat, müssen wir ihn einsetzen. Wir brauchen mehr Stoff. Spielt er falsch, dann schlagen wir zurück. Rache für Helmer.«

Löwe fühlte sich unbehaglich. Er holte sich noch ein Bier aus dem Kühlschrank. Die rauch- und geruchgeschwängerte Luft in der »Lokomotive« hatte ihn durstig gemacht. »Daß wir uns da nur nicht verheben. Noch ermittelt die Mordkommission für uns, als Gegner hätte ich sie nicht so gern.«

»Aber es geht nicht an, daß wir unsere Leute abknallen lassen und dann auch noch die Spione mit offenen Armen empfangen. Wenn wir kein deutliches Zeichen setzen, ist es bald aus mit dem Kokshandel. Ohne Schnee keine fröhliche Weihnachten.« Tiger grinste. »Vielleicht genügt ja auch ein Schuß in die Beine, wie es Hades praktiziert. Oder wir bleiben human und rösten ihm nur die Fußsohlen. Oder wir geben ihm Strom auf die Weichteile. Dafür ist Panther der richtige Mann, der kennt sich aus mit sadistischen Methoden und hat bisher noch jeden zum Sprechen gebracht. Wie, hast du gesagt, heißt der Kerl, und wann will er wiederkommen?«

»Hasso, einfach Hasso, und – *same time, same place.* – Also zwischen zehn und elf heute abend.«

»So weit, so schlecht«, stellte Tiger fest. »Ich werde kurz vor Mitternacht da sein. Panther soll auf keinen Fall im Schuppen aufkreuzen, er kann im Keller schon mal den alten Feldfernsprecher aktivieren. Nach so einer Kurbeltour sind fast alle ganz scharf darauf, wie ein Vögelchen zu singen. Was ist mit Leopard und Kerstin?«

Löwe war froh, das Thema wechseln zu können. Die Sadomasche schätzte er nicht. »Panther hat ihr eine Extraportion besorgt, seither findet sie Leopard unwiderstehlich. Die beiden sind gestern noch nach Antwerpen losgebrummt. Ich hoffe nur, daß Helmers Kontaktmann sie annimmt. Der Mord dürfte sich im Kartell schon herumgesprochen haben, und die Freunde müssen fürchten, bei einem neuen Kurier in die Falle zu laufen.«

»Abwarten«, sagte Tiger und legte sich wieder auf die Couch zurück. »Wir werden diesem Hasso erst einmal gründlich auf den Zahn fühlen.«

Die Frühbesprechung des ersten Kommissariats fand nach dem Nachteinsatz eine Stunde später statt. Fräulein Kuhnert hatte ihrem Chef immer noch nicht verziehen, daß er sie um den großen Auftritt in der Lasterhöhle gebracht hatte. Ihr Morgenkaffee war deutlich schwächer als sonst. Hauptkommissarin Barbara Fendt referierte kurz ihren Eindruck vom Besuch in der »Lokomotive«. »Ich bin mir fast sicher, daß die Kokshändler nicht wissen, wer Helmer liquidiert hat. Wenn Hades dahintersteckt, wäre sicherlich eine Warnung eingegangen. Die Heroinbosse haben nie einen Hehl daraus gemacht, wenn sie der Kokainkonkurrenz einen Schuß vor den Bug geben wollten.«

Freiberg war aufgestanden und trat vor den Stadtplan. Vom Kaffee hatte er nur einen Schluck genommen. »Reichlich dünn«, sagte er. »Alles reichlich dünn, nichts paßt zusammen. Ein Genickschuß am Schwarzen Weg«, zählte er mit den Fingern auf, »der Tiger in der Nähe, aber mehr an Sex als an Koks interessiert, Helmer hat den Stoff in der Tasche, konnte aber den in seinem PC gebuchten Treff um zehn Uhr abends nicht einhalten, weil man ihn umgelegt hat. Es paßt doch nichts zusammen. Barbara, bist du sicher, daß Helmer zur Menagerie der ›Lokomotive‹ gehört?«

»Kein Zweifel, ein alter Bekannter des zweiten K., aber noch nie richtig in Erscheinung getreten. Auf alle Fälle fehlt er denen jetzt als Lieferant, egal, ob er nun von Hades oder einem Dritten umgelegt worden ist.«

Freiberg setzte sich wieder auf seinen Drehstuhl. »Genau dort werden wir ansetzen. Ich habe mich gestern unter dem Namen Hasso aus Düsseldorf bei Löwe – das ist der Mann an der Bar – als Kurier angedient. Der Boß im Hintergrund ist Tiger, und der muß sein Okay geben, bevor etwas läuft.«

Lupus drückte seine etwas kurz geratenen Finger gegeneinander, daß die Gelenke knackten. »Das Spiel ist riskant. Wenn die dich für einen Hadesmann halten, sieht's schlecht aus mit deiner Gesundheit. Wann willst du wieder im Schuppen sein?«

»Ich denke, so kurz vor elf, und zwar allein. Darum werde ich mich etwas früher verdrücken und Sabine auf einen trostlosen Abend vorbereiten.«

Der Tag schlich ohne neue Erkenntnisse dahin. Obwohl Presse-Mauser heftig getrommelt hatte, kamen keine Anrufe. Auch Peters, der versuchte, Eltern oder Angehörige von Helmer ausfindig zu machen, konnte bis mittags noch keinen Erfolg verbuchen.

Kurz nachdem Freiberg gegangen war, trafen sich Lupus, Ahrens und seine Octopussy Kuhnert im Dienstzimmer der schönen Barbara. Die Mitarbeiter Freibergs hatten seinen Wunsch einstweilen nicht als Befehl akzeptiert. Sie wollten ihn nicht in der »Lokomotive« unter die Räder kommen lassen. Lupus wußte allerdings, daß der Chef stinksauer werden konnte, wenn aus lauter Eifer oder Eigenmächtigkeit die Ermittlungen in einer Mordsache behindert wurden. Singer konnte im wahrsten Sinne des Wortes ein Lied davon singen – Freiberg hatte ihn über Wochen kaltgestellt, weil er im Bermudadreieck am Alten Friedhof den Super-Flic spielen wollte. So fand dieses Gespräch auch ohne ihn statt.

»Bei aller Wertschätzung für euren großen Zampano – ich habe erhebliche Zweifel, ob er mit der Crew vom Schuppen fertig wird«, sagte Kommissarin Fendt. »Das sind ganz ausgekochte Typen.«

»Notfalls muß Freiberg sich enttarnen«, überlegte Lupus. »Aber wie ich ihn kenne, hat er weder seine SigSauer noch seinen Dienstausweis dabei. Und wenn sie ihn dann in die Mangel nehmen, sieht's übel aus. Aber wer soll nun unseres Bosses Hüter sein? Barbara fällt aus, ich falle aus. Uns kennen einfach zu viele in dem Laden.«

»Ahrens und ich gehen!« stellte die Kuhnert ganz selbstverständlich fest.

Lupus winkte energisch ab. »Kommt überhaupt nicht in Frage. Wenn der Chef das merkt, bist du deinen Job im ersten K. los. Denk an die Erfahrung der letzten Nacht! Sollte sich der Dealer wieder an dich ranmachen, und du gehst auf sein Angebot ein – und es wird dir gar nichts anderes übrigbleiben –, dann ist das Spiel verloren. Stell dir vor, wir alarmieren das SEK, um euch da rauszuholen – das gibt Schlagzeilen: ›Ehrgeiziger Kommissar setzt seine Sekretärin als Lockvogel ein.‹ Tut mir leid: ganz entschieden nein!«

»Das geht wirklich nicht«, bekräftigte die Kommissarin. »Lieber hole ich eine Kollegin aus Köln.«

»Ich könnte es allein versuchen«, sagte Ahrens.

»Der Chef gibt dir einen Tritt in den Arsch, wenn er dich entdeckt«, stellte Lupus trocken fest. »Aber Singer oder Peters können wir unmöglich einsetzen, und mit einer Rundumobservation ist's auch nicht getan.«

»Vergrätz mir ja meine Junkies nicht! Wenn wir zuschlagen, dann so, daß wir die Hintermänner erwischen«, erklärte Barbara Fendt sehr bestimmt. »Das zweite K. möchte sich bitte nicht vom ersten K. das Porzellan zerschlagen lassen.«

»Ich gehe hin, mache mich ganz klein und setze meine Tarnkappe auf. Mit ein bißchen Glück wird es klappen.« Ahrens begegnete den fragenden Augen seiner Octopussy. »Nein – du kommst nicht mit!«

»Nun gut, so könnte es laufen, wenn's denn läuft«, überlegte Lupus und fühlte sich sehr unbehaglich. »Es wird am besten sein, wenn unsere Kuhnert zu Sabine fährt. Die beiden können dann gemeinsam ihr Schicksal beklagen. Ich werde mich am Bahnhof aufhalten – mit Funkgerät.« Er sah Ahrens an. »Du solltest auch eins mitnehmen. Aber Vorsicht, geh nicht auf Empfang, man könnte das Zischen hören.«

»Auch ich bin sprungbereit«, sagte Kommissarin Fendt. »Notfalls müssen wir doch den ganzen Laden auffliegen lassen, wenn Freiberg in Gefahr gerät. Aber dann möchte ich dabeisein.«

Lupus faßte zusammen: »Wir mißachten also wissentlich und vorsätzlich den Wunsch des Chefs – und ich ordne an: Ahrens geht kurz nach elf in die ›Lokomotive‹, macht sich klein, hält aber die Augen offen. Bei erkannter Gefahr für Leib und Leben werden alle erforderlichen polizeilichen Maßnahmen getroffen. Das ist ganz normaler Dienst mit Waffe, Dienstausweis und Funkgerät. Barbara und ich sind über Funk in der Nähe des Bahnhofs zu erreichen. Ende der dienstlichen Anordnung. Die private Anweisung für unsere Kuhnert lautet: Ab in die Brentanostraße und Sabine trösten.«

12

In dieser Häuserzeile am Bahnhof standen Alt- und Neubauten ohne System nebeneinander. Lücken, die der Krieg gerissen hatte, waren schon bald von cleveren Architekten unter Mißachtung aller historischen Gegebenheiten mit modernen Haussegmenten zugebaut worden, nicht einmal die Gesimshöhen hatte man eingehalten. Nun – auch das konnte eine Stadt verkraften, die ihre zweitausendjährige Geschichte zu bejubeln wußte.

Die »Lokomotive« existierte sozusagen auf Widerruf. Schon seit Jahren stritten sich ein halbes Dutzend Erben um die Liegenschaft und suchten nach zwei Verschollenen, die bisher nicht aufzufinden waren. So lange, bis alle Begünstigten ermittelt waren und über die Zukunft des Hauses entschieden werden konnte, zahlte Löwe als Geschäftsführer des Lokals die Pacht auf ein Sperrkonto. Mit ihm hofften die Gäste des Hauses, daß der Zustand der Ungewißheit noch recht lange anhalten würde. Wie die jüngste Vergangenheit bewies, ist nichts so dauerhaft und angenehm wie ein Provisorium. Gefahr drohte der Goldgrube also nicht von den Eigentümern, sondern eher von der Polizei, die nur nach einem handfesten Grund suchte, um den Junkie-Schuppen dichtzumachen.

So ein Altbau, der in seiner Substanz unberührt war, hatte seine Besonderheiten. Es gab einen zweiten Zugang über einen verwinkelten Hinterhof und einen mit Eisenplatten abgedeckten Schacht unter dem Gehweg, durch den die Bierfässer in den Keller transportiert werden konnten. Außerdem war ein Mauerdurchbruch zum Nachbarhaus, der einmal dem Luftschutz gedient hatte, erhalten geblieben. Der so erreichbare halbe Keller diente als Lagerraum für Mobiliar und Vorräte der »Lokomotive«.

Der Billardkeller mit zwei kleinen Nebenräumen lag unter dem Haupthaus. In der Unterwelt herrschten die Raubtiere nach den Gesetzen des Dschungels. Der Billardtisch mit seinen Ablaufschächten diente als Zwischenlager für Kokain und Crack. Jeder Rauschgiftspürhund wäre hier in Verzückung geraten. Ungebetene Gäste hatten keinen Zutritt.

Als sich Freiberg kurz vor elf unter das vom Stroboskop beleuchtete Publikum mischte, mußte er einige Zeit warten, bis der Bärtige an der Bar ihm ein Zeichen gab. Die erste Prüfung dürfte ergeben haben, daß sich keine unerwünschten Besucher in seinem Gefolge befunden hatten.

»Hallo, Hasso, Regit kommt selbst her«, sagte Löwe. »Aber 'ne halbe Stunde wird's schon noch dauern. Nun, du wirst ihn ja entdecken.«

Das war die erste Klippe, die gefährlich werden konnte; jetzt war Vorsicht geboten. Da Freiberg nicht wußte, wie

Tiger aussah, mußte er aus der Reaktion von Löwe ablesen, wer von den Gästen der Gesuchte war. Noch schien er nicht hier zu sein.

»Okay, gib mir ein Bier auf Kosten des Hauses, damit mir die Zeit nicht lang wird. Ich warte genau bis Mitternacht, dann muß ich zurück nach Düsseldorf.«

»Hast du die Probe dabei?«

Freiberg knöpfte seine Jacke auf und zog eine Plastiktüte aus der Innentasche, um sie gleich wieder verschwinden zu lassen. Die schöne Barbara hatte ihm ans Herz gelegt, den Stoff – immerhin fünfzig Gramm reine Ware – ja wieder zurückzubringen; niemand sei so pingelig wie der Kollege aus der Asservatenkammer.

»Dein Bier!« sagte Löwe und schob eine Stange Kölsch über das Blech.

Freiberg nahm das Glas und schlenderte zu einem der Stehtische, wo über die Eskapaden der Politiker schwadroniert wurde.

»Das Ding mit dem Europaminister in Brüssel ist doch ein Stück aus dem Tollhaus«, erzählte ein Dicker mit Fünftagebart. »Der bumst wild durch die Gegend, und das auch noch auf Kosten der Steuerzahler. Unglaublich!«

»Worum geht's?« fragte Freiberg, nachdem er sein Glas abgestellt hatte.

»Was denn, noch nicht gehört? Ihr müßt mal RTL einschalten und nicht nur die öffentlich-rechtlichen Volksvertröster. Ich habe gebrüllt vor Lachen. Dieser Minister geht letzte Nacht in Brüssel in 'nen Puff und läßt sich seinen Dienstwagen klauen.«

»Echt?« fragte ein kleines Männchen mit Quäkestimme, das sich neugierig vorbeugte.

»Aber ja doch! Die Sprecherin hat zwar ›Etablissement‹ gesagt, aber das dürfte wohl keinen Unterschied machen.«

»Bestimmt nicht!« bestätigte Freiberg. »Ist nur geringfügig teurer.« Sein Blick wanderte immer wieder von der Tür zur Bar, wo Löwe mit den Gläsern hantierte und von Zeit zu Zeit neue Platten auflegte.

Am Ecktisch nahe des Eingangs saß die etwas pummelige junge Frau, die in der letzten Nacht mit Ahrens gesprochen hatte – die Liebesdienerin vom Schwarzen Weg. Auch sie blickte suchend zum Eingang und schien zu warten. Freiberg ließ sie nicht aus den Augen.

Die Ministergeschichte wurde noch eine ganze Weile genüßlich ausgeschmückt. »Was für ein Wagen war es denn?« fragte der Kleine.

»Mercedes 300 mit allen Schikanen, sogar mit Autotelefon«, tat sich der Dicke wichtig. »Die Politiker haben alle gepanzerte Fahrzeuge. Wenn die Polizei den Wagen stellt und schießt, fährt der in aller Seelenruhe weiter, und die Autoklaus lachen sich eins ins Fäustchen.«

Freiberg trank sein Kölsch in kleinen Schlucken und beobachtete die Pummelige. Die sprang plötzlich auf und machte ein paar Schritte auf den Mann zu, der mit einem Pulk junger Leute hereinkam, ohne, wie es schien, dazuzugehören. Der Mann mochte um die Dreißig sein, hatte dunkles Haar, wie man es im Rheinland oft findet, und trug eine Brille mit dicken Rändern. Das blaugraue Hemd war weit geschnitten und steckte in recht stramm sitzenden Jeans. Sehr umgänglich schien er nicht zu sein; er wehrte die Begrüßung der Frau harsch ab und sah sich unauffällig um. Von der Bar kam keine Reaktion.

Freiberg löste sich aus der Gesprächsrunde, drängte sich an den Tischen vorbei und sprach den Mann von der Seite her leise an. »Hallo, Tiger!«

Der drehte langsam den Kopf. »Meinst du mich?«

»Wen denn sonst? Denk dir das Gebüsch in meiner unteren Gesichtshälfte weg und denk an Düsseldorf, Kasernenstraße.«

»Keine Ahnung!«

»Mag sein, Regit, du hast mit den Kontaktern verhandelt. Ich war die Figur im Hintergrund.« Freiberg hielt sich mit dieser Andeutung an den Tip der schönen Barbara, die aus ihrer Dienstzeit in Düsseldorf die Treffs und Usancen der Gilde kannte; aber er wußte, daß er sich auf ein gefährliches Spiel einließ.

Tiger gab sich weiterhin zurückhaltend. »Was willst du?«

»Mit dir ins Geschäft kommen. Ich hab' Löwe gesagt, daß ich Stoff liefern kann, aber das hat er dir ja schon erzählt. Ein Päckchen habe ich bei mir, du kannst es untersuchen – beste Provenienz.«

»Nun, wir werden sehen.«

Freiberg versuchte noch etwas nachzulegen. »Hat Helmer nicht von mir gesprochen? Wir haben uns zwei-, dreimal in Antwerpen auf dem Bahnhofsparkplatz getroffen. Wir scheinen dieselben Quellen zu haben.«

»Hier können wir nicht reden, wir besprechen das unten. Geh drei Minuten nach mir links durch die ›Privat‹-Tür neben der Herrentoilette.«

Freiberg hatte A gesagt, nun mußte er auch B sagen, obwohl ihm der Gedanke, allein und ohne Waffe in den Keller zu gehen, nicht behagte, aber er hatte keine andere Wahl, wenn nicht alles auffliegen sollte.

Die Betonstufen waren mit einem roten Sisalläufer belegt. Ein schaler Geruch lag in der Luft. Nur eine Notbeleuchtung erhellte den Vorraum, von dem drei Türen abgingen. Freiberg zuckte überrascht zusammen, als sich die schmalere Tür öffnete und ein Mann mit Maske und Narrenkappe ihn hereinwinkte.

Auch dieser Raum war spärlich beleuchtet. Die Einrichtung bestand aus einem Tisch, sechs Stühlen, einem großen Wandschrank und zwei Sesseln vor einem ziemlich ramponierten Tisch in der Ecke. Hinter einem nicht ganz zugezogenen Vorhang ließ sich eine feuerhemmende Tür im Metallrahmen erkennen.

»Umdrehen und Hände an die Wand!« zischte der seltsame Karnevalist ihn an. Freiberg gehorchte. Schon tasteten ihn flinke Finger nach Waffen ab. Das Kokainpäckchen aus seiner Brusttasche flog im hohen Bogen auf den Tisch.

»Ich bin wohl auf der falschen Party gelandet«, versuchte Freiberg die Situation zu entkrampfen. »Was soll der Quatsch?«

»Sangesprobe für neue Chormitglieder! Bleib so stehen, und die Hände auf den Rücken. Los, wird's bald!«

Blitzschnell legte sich eine dünne Plastikfessel um Freibergs Handgelenke, dann um die Füße. Als Kenner der Materie – die Polizei verwendete diese Fesseln bei Massenfestnahmen – wußte er, daß man die Schlaufen schon sehr fest ziehen mußte, wenn sie auf Dauer ihren Zweck erfüllen sollten. Durch die Körperwärme und Dehnung des Materials ließ sich nach und nach etwas Spielraum gewinnen. Zudem hatte Freiberg die Unterarme so locker wie möglich aufeinandergelegt und dadurch ein paar zusätzliche Millimeter Bewegungsfreiheit gewonnen.

»Keine Kanone – das bringt mildernde Umstände – und keine Papiere – das ist weniger gut«, stellte der Mann mit der Narrenkappe fest. »Jetzt lege ich dir ein reizendes Kupferhalsband und einen schmucken Armreif an. Dann will ich mal hören, wie schön du singst, wenn ich an der Kurbel des Schatzkästchens drehe. Also: Name, Adresse, Auftraggeber!«

»Hasso.«

»Das ist nicht genug!« Und schon setzten die ersten Umdrehungen ein. Freiberg zuckte zusammen wie der Frosch beim galvanischen Versuch.

»Hasso Perwitz, Düsseldorf, Schnelltransporte.«

Die Kurbel wurde noch schneller gedreht, und der Schmerz ließ Freiberg aufstöhnen.

»Dein Auftraggeber! Ist es Hades? Was wollen die von uns?«

»Das weiß ich doch nicht!« brüllte Freiberg. »Ihr seid die reinsten Idioten!«

Die Tortur ging weiter. »Keine Beleidigungen bitte, sonst lege ich dir das Halsband mal ums Gemächte. Dann singst du wie ein Eunuch und gestehst Sachen, die du nie getan hast.«

Freibergs Körper war mit Schweiß bedeckt. Lange konnte er das Spiel nicht mehr aushalten. »Prüft doch erst mal den Stoff«, krächzte er.

»Ach, der wird schon in Ordnung sein – so dumm sind die Hadesleute nicht. Wenn du für die arbeitest, gibt's 'nen Schuß ins Knie; ich bevorzuge rechts, stell dich drauf ein.«

»Verdammt, laßt mich zwei oder drei Fahrten machen, und ihr wißt, woran ihr seid. Ohne Koks läuft doch nichts – weder bei mir noch bei euch.«

»Quatsch nicht so viel! Du hüpfst jetzt rüber zum Stuhl und sprichst ganz lieb mit Tiger. Der macht die Preise. Kapiert? Das Halsgeschmeide bleibt dran, die Kabel sind lang genug.«

Sozusagen als Ausrufungszeichen wurde die Kurbel noch einmal gedreht.

Freiberg ließ sich auf den nächsten Stuhl fallen. »Mit dem Halsschmuck fällt mir das Reden schwer.«

Der Mann mit der Narrenkappe heuchelte Verständnis. »Okay, dann steh mal auf und laß die Hosen runter, wenn's dich unter der Gürtellinie weniger stört.«

Tiger war durch die Tür hinter dem Vorhang hereingekommen und setzte sich an die Stirnseite des Tisches. Mit einem Griff brachte er das Kokainpäckchen an sich. »Das übernehme ich als kostenlose Teillieferung zur Eröffnung der Geschäftsbeziehungen.«

»Aber . . .«, setzte Freiberg zu einer Erwiderung an und verstummte sofort, als ihn ein erneuter Stromstoß traf.

»Nun?«

»Einverstanden.«

»Gut. Wann schiebst du nach?«

»In drei Tagen. Vorher geht's nicht. Ich muß erst in Antwerpen klarkommen.«

»Und dann alle vierzehn Tage ein halbes Kilo Minimum.«

»Soviel hat Helmer doch auch nicht geschafft.«

»Helmer ist tot. Du kriegst zwanzig Prozent auf den Einkaufspreis.«

»Vierzig sind üblich.«

Schon fuhr ein Stromstoß durch Freibergs Körper, daß es ihn vom Stuhl hochriß.

»Der Kerl lernt nichts dazu«, stellte der Karnevalist fest. »Soll ich ihm noch etwas auf die Sprünge helfen?«

»Für den Augenblick reicht's«, sagte Tiger. »Zwanzig Prozent für die ersten beiden Lieferungen, dann dreißig. So, ich verschwinde jetzt für eine Weile, und du« – er wies mit dem Zeigefinger in Freibergs Richtung, »du erzählst uns alles über deine bisherigen Geschäfte und Lieferanten. Panther läßt ein Tonband mitlaufen, damit du dich später auch an alles erinnerst. Außerdem konservieren wir damit deine Stimme – man weiß nie, wofür das gut ist.«

13

Etwas zögerlich hatte Ahrens die »Lokomotive« betreten und war sofort im verräucherten Hintergrund untergetaucht. Er hatte erwartet, daß hundert Augen nach seiner Identität fahnden würden, so fremd fühlte er sich mit den von seiner Octopussy dunkelgefärbten Haaren. Das chemische Zeugs sei garantiert unschädlich und lasse sich schnell wieder auswaschen, hatte die Verkäuferin versichert. Beides mußte erst noch bewiesen werden.

Als sich die Augen an die Lichtblitze gewöhnt hatten, sah er sofort die pummelige Gerda Hausinger, die am Nebentisch saß; sie versuchte offensichtlich, einen schon reiferen Typ anzumachen, der nach etwas mehr Geld aussah, als eine Frau ihres Schlages in der »Lokomotive« erwarten konnte. Ahrens hätte am liebsten auf dem Absatz kehrtgemacht, aber ihr Blick glitt ohne ein Zeichen des Erkennens über ihn hinweg. So schlecht war die Masche mit den gefärbten Haaren also nicht. Er war gespannt, wie Freiberg reagieren würde, aber im Moment konnte er seinen Kommissar nicht entdecken.

An der Bar hantierte Löwe mit der Routine eines Kneipiers, der seine Kunden – und ihr Geld – zu nehmen wußte.

Ahrens musterte systematisch die anwesenden Gäste. Das war bei dem herrschenden Gedränge, dem Geschiebe auf der kleinen Tanzfläche und den farbigen Lichtblitzen gar nicht so einfach. Kein Kommissar in Sicht – dafür abgewirtschaftete Typen beiderlei Geschlechts. Einigen von ihnen hätte eine Mahlzeit bei der Heilsarmee besser getan als die hier gebotene Mischung aus Koks, Bier, Cola und Billigfusel.

Nach einer Softrockplatte legte der Bärtige einen Tango

auf, mit dem die tanzenden Figuren offensichtlich überfordert waren. Ihre Bewegungen deuteten nicht einmal an, daß der Rhythmus sie gefangennahm – man schob und wogte weiter.

Zielstrebig sondierte Ahrens das Terrain, indem er sich quer durch den Raum bis zu den Toiletten vorarbeitete. Irgendwo mußte Freiberg sich doch aufhalten! Bei den Herren stank es nach Bier und Bock, bei den Damen wagte er nicht reinzuschauen. Langsam wurde er unruhig. Wenn Freiberg sich noch in der »Lokomotive« aufhielt, dann wohl nur in den Räumen hinter der Tür »Privat – Zutritt verboten«. Ahrens drückte vorsichtig die Klinke herunter. Die Tür war abgeschlossen.

Das Ganze war unergiebig. Von einem durfte er wohl ausgehen: Wenn Tiger im Haus war, mußte auch Freiberg noch hiersein. Den Mann hinter der Bar konnte er nicht fragen – das wäre eine der Aktionen, die den Chef zur Explosion bringen würde. Also mußte eine andere Möglichkeit gesucht werden, weiterzukommen. Er drängte sich bis zur strammen Frau Hausinger durch, die immer noch versuchte, einen Freier anzumachen. Ohne Erfolg, wie es schien.

Ahrens, sonst eher schüchtern, sagte einmal kurz »Hey!«, streckte den Arm aus und zog die verdutzt Dreinblickende zur Tanzfläche. Die anderen am Tisch registrierten den Vorgang kaum. Jeder war mit sich selbst oder mit seinem Partner beschäftigt.

Die Frau versuchte, sich freizumachen. »Was soll der Blödsinn? Was willst du?«

»Komm, komm, Bewegung! Hauptsache es sieht aus, als ob.«

»Idiot! Laß mich sofort los!«

»Bitte, Frau Hausinger!«

»Quatsch nicht – ich bin die Gerda.«

»Vom Steinbruchweg«, ergänzte Ahrens. »Sie kennen mich doch.«

Sie musterte ihn ausgiebig. »O mein Gott, ja, Sie sehen aber ganz anders aus, als ich Sie in Erinnerung hatte. Wen suchen Sie denn hier?«

»Pst, langsam. Erst mal werden wir ein bißchen hin- und herschieben, tanzen kann man das ja wohl nicht nennen.«

»Wir können uns ruhig duzen, du bist 'n dufter Typ. Die meisten Kerle stinken nämlich«, stellte Gerda fest. »Vor allem hier, wo es so eng ist. Nur Geld stinkt nicht!«

»Zum Beispiel bei Tiger?« griff Ahrens das Stichwort auf.

»Dieses Arschloch!« explodierte Gerda Hausinger.

»Na und?«

»So was von Macho. Kommt rein, ich fröhlich hin zu ihm – und was macht er? Schiebt mich weg, als ob ich die Pest hätte. Sich erst bedienen lassen und dann den großen Macker spielen. Das hab' ich gern! Dem hätte ich das Ding abbeißen sollen. Der ist für mich erledigt, total!«

»Ist er noch hier?«

»Nein – hat sich nicht lange aufgehalten. Irgend so ein Kerl mit Schnurrbart hat ihn angesprochen. Sie haben ein paar Worte miteinander gewechselt, und dann hat dieser Furz von Tiger ihn stehenlassen.«

»Weißt du, wo der Schnurrbärtige geblieben sein könnte?«

»Ne, woher sollte ich das wissen? So dämliche Fragen kann in diesem Schuppen auch nur ein Bulle stellen.« Sie lachte verlegen. »Aber sonst bist du schon in Ordnung, auch wenn du mir noch einen Drink schuldest.«

»Aufgeschoben ist nicht aufgehoben – vielleicht wird's heute noch was. Aber eine Weile mußt du mich noch entschuldigen. Wenn du inzwischen was Besseres findest als mich, greif ruhig zu, und wenn du den Tiger siehst, sag's mir, ohne daß es jemand merkt.«

»Aber klar, auf Gerda ist Verlaß. Wenn du dem alten Bock eins verpassen kannst, bin ich zu jedem Gegendienst bereit.«

Ahrens preßte sie kräftig an sich und strich ihr über den Rücken. Bauch und Busen kamen ihm willig entgegen.

»Du bist schon eine tolle Frau!« flüsterte er ihr ins Ohr. »Aber erst kommt der Job. Ich gehe ja nicht verloren.« Er hatte keine Schwierigkeit, sie wieder am Tisch zu plazieren, sogar ihr Drink stand noch da.

Hinter der Bar befand sich inzwischen ein zweiter Mann, der sich mit Löwe unterhielt. Der Bebrillte schien mit den Verhältnissen vertraut zu sein, so selbstverständlich bewegte er sich dort. Ahrens ging noch einmal an den Tisch zurück, wo die pummelige Gerda mit einem Neuankömmling voll beschäftigt war und keinen Blick für ihre Umgebung hatte. Sie sah nur kurz auf und nickte, als Ahrens sie auf den zweiten Mann hinter der Bar aufmerksam machte. Für sie war der Fall erledigt, für andere fing er jetzt erst an.

Tiger, der Mann mit der auffallend dunklen Brille, zapfte sich ein Bier und sprach leise mit dem Barkeeper. Ahrens, der sich noch ein Kölsch geben ließ und sich in unmittelbarer Nähe der beiden an die Bar lehnte, konnte trotz gespitzter Ohren kein Wort von der Unterhaltung verstehen. Einmal tippte Tiger mit dem Zeigefinger auf seine Brusttasche, und beide lachten.

Wo mochte Kommissar Freiberg sein? Fest stand, daß er in die »Lokomotive« gegangen war, um mit Tiger zu sprechen – und jetzt war er verschwunden. Das Grinsen der beiden Männer verhieß nichts Gutes. Ahrens gab sich noch genau fünf Minuten; weiteres Beobachten konnte genauso falsch sein wie das Abbrechen der Aktion. Er mußte mit Lupus und Barbara Fendt Kontakt aufnehmen.

Der Kommissar saß steif auf dem Stuhl und sah seinen Peiniger unverwandt an. Die alberne Maske verhinderte, daß er dessen Gesicht sehen konnte. Inzwischen wußte er auch, daß von Panther keinerlei Rücksicht zu erwarten war, wenn er sein Spiel erst einmal begonnen hatte. Vorsichtig bewegte Freiberg seine Hände, noch saßen die Handfesseln ziemlich fest, aber sie müßten sich lösen lassen, auch wenn dabei die Haut in Fetzen ging.

»Wir zwei werden uns jetzt ganz gepflegt unterhalten«, sagte der Karnevalist und begleitete seine Worte mit einer kurzen Drehung der Kurbel. »Du weißt, was du uns erzählen sollst, und sprichst schön laut und deutlich. Deine Jubelschreie – wenn ich dir etwas Energie zuführe – werden beim Überspielen des Bandes gelöscht. Tiger mag keine falschen Töne.«

Der Mann mit der Narrenkappe ließ sich Zeit. Ihm schien es zu gefallen, die Angst seines Opfers auszukosten. Im Regal neben dem Schrank stand ein ziemlich alter Radiorecorder. Während Panther sich umdrehte, um das Gerät auf den Tisch zu stellen, versuchte Freiberg, eine Hand aus der Fessel freizubekommen. Das war eine schmerzhafte Prozedur, denn die dünne Plastikschnur schnitt ins Fleisch. Der Versuch blieb ohne Erfolg.

»Dann wollen wir endlich zur Wahrheitsfindung schreiten«, verkündete Panther und drückte auf den Startknopf. Die spannungsgeladene Stille im Raum wurde durch das leise Summen des Laufwerks noch betont.

Freiberg konnte durch das Sichtfenster erkennen, daß

keine Kassette im Gerät war. Mit einem krampfhaften Grinsen sagte er: »Na, du Obernarr, willst du mich verarschen und zu deinem Privatvergnügen unter Strom setzen? Tiger will doch eine Aufzeichnung haben.«

»Schlaues Vögelchen – und so kooperativ. Du möchtest zu gern singen, stimmt's?« sagte Panther scheinheilig. »Keine Angst, das haben wir gleich, und dann geht es fortissimo los.« Damit drehte er sich zur Seite und zog die Schranktür auf, so daß sie den Blick auf Freiberg verdeckte. Der nutzte die Gelegenheit und dehnte die Fesseln, daß er vor Schmerz fast aufgeschrien hätte. Mit einem Ruck zog er die rechte Hand aus der Schlinge, hielt sie aber weiter auf dem Rücken. Es tat abscheulich weh.

Panther kam mit einem Fünferpack Kassetten in der Hand wieder zum Gerät. Als er die Zellophanhülle etwas ungeschickt aufriß, entglitten einige Kassetten seinen Händen und landeten auf dem Fußboden. Fluchend bückte er sich, um sie aufzuheben.

Freiberg beugte sich blitzschnell vor, ergriff den Radiorecorder und knallte ihn seinem Peiniger auf den Hinterkopf. Der Zusammenprall von Technik und Schädel verursachte ein Geräusch, das wenig musikalisch klang.

Der Karnevalist war zur Seite gekippt und schüttelte sich. Er war vom Schlag benommen, aber nicht außer Gefecht gesetzt.

Freiberg mußte erst seine Bewegungsfreiheit wiederhaben; er krümmte sich zusammen und zog mit einem Ruck die Fußfesseln auf. Dann sprang er hoch und warf den Tisch zur Seite – Panther vor die Füße. So hatte er einige Sekunden gewonnen, bevor sein Angreifer wieder auf den Beinen war und mit einem Messer auf ihn losstürmte. »So, du Ratte, jetzt schneide ich dir die Ohren ab!«

Freiberg machte einen Satz zur Metalltür, riß den Vorhang aus der Schiene und schleuderte ihn Panther über den Kopf; der verhedderte sich und kam ins Stolpern.

Freiberg drückte die Klinke herunter und war mit dem nächsten Schritt im Keller. Er warf mit Schwung die Tür hinter sich zu und tastete nach dem Lichtschalter. Spärliches Licht fiel auf große und kleine Bierfässer, Kisten voller Flaschen und allerlei Lebensmittelkartons. Schnell wuchtete er ein größeres Faß vor die Tür, ein kleineres oben drauf und einige Bierkisten davor. Dann nahm er eine Flasche und schlug sie auf die Klinke. Der Boden platzte ab und das Bier spritzte schäumend gegen die Wand. So hatte er eine Waffe, die seinem Angreifer keine reine Freude bereiten würde.

Von der anderen Seite der Tür kam ein höhnisches Lachen. Freiberg hörte, wie der Schlüssel im Schloß gedreht wurde. Der Karnevalist schien seinen Humor wiedergefunden zu haben und rief: »Na, du Vögelchen, jetzt bist du gefangen. Aber es dauert nicht lange, und ich hole dich da raus.« Seine Schritte entfernten sich. Wahrscheinlich ging er nach oben, um seine Kumpane zu informieren. Für Freiberg bedeutete das etwas Zeitgewinn. Er türmte noch mehr Bierfässer übereinander und hievte oben drauf zwei Kisten mit Mineralwasser. Das würde ein schönes Spektakel geben, wenn seine Verfolger die Tür aufdrückten.

Das schmale Kellerfenster wurde von Eisengittern der alten soliden Bauart gesichert, die den Gedanken an ein Entkommen gar nicht erst zuließen. In der hinteren Ecke bemerkte Freiberg einen breiten Schacht, vor dem ein zerfetztes Lederkissen lag. Sein Blick ging nach oben. Ein schwacher Streifen Helligkeit war zu erkennen und eine Eisenkette, die zur Sicherung der beiden Abdeckplatten über dem Schacht dienen mochte. Sie war in einem Ring an der Wand festgehakt. Das sah nach einer Fluchtmöglichkeit aus, da Schächte dieser Art nach draußen auf den Gehweg führten. Wenn da oben kein Auto auf der Abdekkung stand, müßte es möglich sein, aus diesem Loch herauszukommen.

Die Kette aus der Halterung zu lösen war kein Problem; die Platten hochzudrücken erforderte schon einiges an Kraft. Beim ersten Versuch fielen sie krachend wieder herunter.

Vor der Kellertür wurden Geräusche laut. Der Schlüssel wurde herumgedreht, und die Tür schob sich einen Spaltbreit auf.

»Nun mach keinen Quatsch, Kumpel«, ließ sich Tigers Stimme vernehmen. »Komm raus und laß uns vernünftig miteinander reden!«

»Wer hier reinkommt, kriegt eins auf die Birne«, drohte Freiberg und schleuderte eine Bierflasche gegen den Türrahmen, daß der Gerstensaft bis an die Decke spritzte. Ein paar Splitter mußten durch den Türspalt geflogen sein, denn als Antwort kam ein lauter Fluch, dann wurde die Tür zugezogen.

Freiberg wußte, daß er gleich mit einem massiven Angriff der beiden rechnen mußte. Er sprang zum Schacht und stemmte sich mit aller Kraft gegen die Platten. Vergeblich! Da mußte ein Faß her und als Hocker dienen. Das kostete Zeit.

Endlich konnte er die Deckel hochdrücken, bis sie gegen eine Halterung schlugen. Der Weg war frei! Hinter ihm wurde die Kellertür aufgeschoben – und schon polterte der ganze Turmbau herunter. Tiger ging zu Boden. Aber der Karnevalist, jetzt ohne Narrenkappe, schlängelte sich durch das Tohuwabohu und versuchte, den Fliehenden an den Beinen zu packen – zu spät! Freiberg schwang sich hoch und verschwand gerade noch rechtzeitig aus der

Reichweite des Messerhelden. Aber der würde ihm nachklettern und immer noch eine Gefahr sein. Also stellte Freiberg sich neben den Schacht, beide Hände an den Abdeckplatten, und wartete. Als ein Kopf auftauchte, ließ er einfach los, und mit einem Krachen sausten die Deckel herab. Danach herrschte Stille.

Freiberg lief die Straße hinunter bis zum Bahnhof. Dort war Licht, und dort gab es im »Bonner Loch« eine Polizeiwache, in der er Lupus, Barbara Fendt und einen dunkelhaarigen Mann traf, in dem er erst auf den zweiten Blick Ahrens erkannte. Ihre Köpfe fuhren herum.

»Mensch, Walter – da bist du ja!« rief Lupus erleichtert. »Wir wollten gerade Verstärkung anfordern und den Schuppen ausheben. Aber wie siehst du denn aus?«

»Und was ist mit deinem Hals?« fragte die schöne Barbara besorgt.

»Ach, halb so schlimm«, wiegelte Freiberg ab. »Da hat mir so ein Spaßvogel mit Karnevalsmaske ein Kropfband angelegt und etwas Strom draufgegeben.«

Lupus trat näher und schob den Hemdkragen zurück. »Mein lieber Schwan! Du gehst sofort zum Polizeiarzt, läßt dich behandeln und die Geschichte dokumentieren. Ich meine, wir sollten die ganze Bande in dieser Nacht hochgehen lassen. Jetzt sind noch alle Spuren frisch.«

Barbara Fendt nickte zustimmend. »In einer Stunde wäre das Ding gelaufen.«

Freiberg winkte ab. »Nein, Freunde, das Spiel ist noch nicht ausgereizt. Ich will keine Rache – ich will einen Mord aufklären. Morgen rufe ich Tiger an und frage ihn, ob er noch an Geschäften mit Hasso aus Düsseldorf interessiert ist. Ich werde ihm die fünfzig Gramm Kokain doch nicht als verlorenen Vorschuß überlassen!«

14

Sie trafen sich pünktlich um sechzehn Uhr vor der Kathedrale auf der Ostrów Tumski. Auch dieser Bau stand für die Geschichte des Grenzlandes; vor tausend Jahren angefangen, zerstört, neu gebaut, gotisiert, im letzten Krieg beschädigt und nach 1945 rekonstruiert. Jetzt versuchten Tauben und Umweltgifte den Stein zu zersetzen. Fred Schöbel hatte kein Auge für die Monumentalität des Bauwerks, sein Interesse galt der sakralen Kunst. Schon während des Studiums hatte er sich hauptsächlich mit Altarkreuzen, Tabernakeln und Ikonen befaßt.

Nach dem Aufenthalt in der kühlen Kirche fröstelte er und war froh, wieder in die Wärme und Helligkeit hinauszukommen. Er fühlte Erleichterung, weil Marek Lepinski ihn nicht versetzt hatte. Der Mann in seiner Begleitung wirkte wie einer der zahlreichen Touristen, die mit Fotoapparaten und Videokameras alles festhielten, was ihnen lohnenswert erschien. Er war schlank, so um die Vierzig und trug einen kurz gehaltenen Kinnbart.

»Adrian aus Potsdam – Fred aus Bonn«, machte Lepinski bekannt. »Wir gehen jetzt zum Wagen und nehmen den direkten Weg nach Frankfurt/Oder!«

Adrian sagte kurz »hallo«. Fred Schöbel nickte und hängte sich seine recht schwer erscheinende Reisetasche über die Schulter. »Ist es weit zu laufen?«

»Ein halber Kilometer wird's schon sein«, antwortete Adrian.

Fred stöhnte demonstrativ.

»Keine Müdigkeit vorschützen«, sagte Lepinski. »Warum schleppst du denn auch soviel Zeugs an?«

»Nur Reiseandenken für Larissa. Ich muß ihr von jeder Tour ein paar Sachen mitbringen.«

»Kann das Probleme beim Zoll geben?«

»Ach wo, kleine Geschenke sind frei; damit sind die Grenzer nicht so pingelig, das weiß ich aus Erfahrung. Die suchen nur nach Zigaretten, Schnaps und Lebensmitteln.«

Der Wagen stand auf einem bewachten Parkplatz. Nach der Beflissenheit des Wärters zu urteilen, mußte Adrian ihm ein paar harte Mark als Trinkgeld gegeben haben, so eifrig tummelte er sich – und er nahm bei der Abfahrt noch einen Extraobolus in Empfang.

»Auf den Omega sind die Autogangs hier genauso scharf wie auf Mercedes und BMW. Darum ist ein saftiges Trinkgeld immer gut angelegt«, erläuterte Adrian seine Großzügigkeit. »Mancher Reisende ist schon ohne...«

»Wissen wir«, unterbrach Lepinski die Erklärung. »Und jetzt Beeilung! Wir müssen sehen, bald über die Grenze zu kommen. Ich habe Termine in Bonn und Brüssel.«

Trotz des nervenden Verkehrs brauchten sie nur knapp drei Stunden bis zum Grenzübergang. Marek Lepinski saß vorn auf dem Beifahrersitz, so daß Fred Schöbel die Rückbank für sich hatte. Die Reisetasche stand neben ihm.

Die polnischen Grenzer prüften eingehend die Pässe, kümmerten sich aber sonst nicht um den Inhalt von Koffern und Taschen. Das würde schon der deutsche Zoll besorgen. Aber wie an den anderen Grenzübergängen auch, mußten hier Stichproben genügen, da die Zeit fehlte, sich jeden einzelnen Wagen vorzunehmen.

Erst kam die Paßkontrolle durch den Bundesgrenzschutz, dann die übliche Frage des Zöllners: »Haben Sie etwas anzumelden?« und einige erläuternde Bemerkungen – alles durchaus freundlich.

Lepinski, immer noch ganz soignierter Gentleman, antwortete: »Nein, nur die persönlichen Sachen. Wir sind geschäftlich unterwegs.«

»Und was ist da hinten in dem Gepäckstück?«

Fred Schöbel öffnete die Fahrzeugtür und zog den Reißverschluß seiner Reisetasche auf. »Hier bitte, Reiseandenken. Ein Krug, zwei Keramikbecher und zwei Bücher über Königsberg, in Posen antiquarisch erworben.«

Als der Beamte sich vorbeugte, um in die Tasche zu schauen, wurde er von einem Kollegen gerufen, der offensichtlich Probleme mit einem Lada hinter ihnen hatte. Dort wurde in deutsch und polnisch lautstark gestritten.

»Danke – Sie können weiterfahren«, sagte der Zöllner. »Ich muß mal wieder dolmetschen.«

Adrian gab langsam Gas, und der Omega rollte über eine Strecke von mindestens fünfzehn Kilometern an einer Autoschlange vorbei, die auf der Gegenfahrbahn nur meterweise vorankam. Mehr als zwanzig Stunden Wartezeit bei der Ausreise aus Deutschland war die Regel. Die Polen kamen in ihren mittelalterlichen Anlagen einfach mit der Abfertigung nicht zurecht. Kein Wunder, daß mancher Euro-Trucker die Nerven verlor und die Grenzämter samt Bürokraten am liebsten in die Luft gesprengt hätte.

Fred Schöbel hatte mit einem immer breiter werdenden Grinsen seine Reisetasche zu sich herangezogen, um sie zu öffnen. »Willst du mal sehen, was für Reiseandenken ich sonst noch mitgebracht habe?« fragte er, als sich Lepinski beim Geräusch des Reißverschlusses zu ihm umdrehte. Er hatte die Tasche auf den Kopf gestellt und ein Bodenfach freigelegt, aus dem er zwei Päckchen nahm. Liebevoll wickelte er das braune Packpapier ab. »Zwei Ikonen – Rußland 17. Jahrhundert; dürfte sich um Arbeiten aus der Stroganoffschule handeln. Die sind einiges mehr wert als der Riese, den sie gekostet haben – ein spottbilliger Einkauf!« sagte er triumphierend. »Die da drüben sind scharf auf Devisen und machen alles zu Geld, was nicht niet- und nagelfest ist, vor allem kleine Stücke wie diese hier.«

»Sag mal – hast du noch alle Tassen im Schrank?« blaffte Lepinski wütend. »Damit hätten wir an der Grenze auffliegen können – alle drei!«

Schöbel lachte leise. »Ist doch alles bestens gelaufen. Hier habe ich noch ein paar hübsche Edelsteine, teils mit, teils ohne Goldfassung. Die könnten von einer Monstranz stammen. Es sind hinreißend schöne Stücke. Das beste Reiseergebnis meines Lebens!«

Marek Lepinski schüttelte aufgebracht den Kopf. »Du bist ein Vollidiot! Dich muß man hundert Kilometer vor der Grenze filzen, um eine Katastrophe zu vermeiden. Du bist unmöglich!«

»Ach, was regst du dich so auf – das sind doch herrliche Kunstwerke.«

Adrian hatte bisher geschwiegen. Ohne den Blick von der Fahrbahn zu nehmen, sagte er: »Wenn sie dich erwischt hätten, wäre ich meinen Wagen los gewesen. Die Zöllner hätten doch niemals geglaubt, daß wir nicht unter einer Decke stecken. Ich finde das eine unverschämte Frechheit von dir! Dies war unsere erste und letzte gemeinsame Fahrt!«

Lepinski drehte sich noch einmal um. »Du bist wirklich nicht zu retten! Und dann auch noch damit anzugeben, obwohl du uns um ein Haar in die Scheiße geritten hättest – das setzt allem die Krone auf! Wenn du in Berlin so prahlst, bist du die Sore bestimmt schnell wieder los. Du lebst gefährlich, mein Junge – zu gefährlich für unser Unternehmen. Wo willst du raus?«

»In Potsdam. Ich habe da ein Quartier im Alten Bootshaus am Tiefen See.«

»Kenne ich«, stellte Adrian kurz fest. »Wir setzen dich dort ab, und dann will ich dich nie wiedersehen!«

»Fahr doch bitte vorher noch bei deiner Wohnung vorbei«, sagte Lepinski. »Es wird Zeit, daß ich meinen alten

Koffer abhole. Der hat lange genug bei dir gestanden. Dann bringst du mich zum Hauptbahnhof. Ich nehme den Nachtzug.«

»Kein Problem. Nowawes liegt auf dem Wege.«

Es wurde eine schweigsame Fahrt während der letzten Kilometer. Fred Schöbel packte seine Sachen wieder ein und zog den verdeckten Bodenreißverschluß zu. »Die Ikonen kommen aus Minsk. Dort gibt es noch einige barocke Klöster ...«, versuchte er ein Gespräch zu beginnen.

»Halt die Klappe und laß uns mit deinen Scheißgeschäften in Frieden«, fuhr Lepinski ihn an. »Ich will davon nichts wissen, mir reichen meine eigenen Probleme.«

Damit sank die Stimmung ganz auf den Nullpunkt.

15

Willi Mense fror. Die stinkende Decke hatte die Kälte der Nacht nicht mindern können, sie hatte ihm nur Übelkeit verursacht. Quälend waren die Stunden dahingeschlichen, quälend waren auch die Gedanken nach dem Warum seiner Entführung. Einer der beiden Kapuzenmänner hatte schon bald das Jackett zurückgebracht und für Mense unerreichbar in eine Ecke geworfen. Ohne ein Wort war er wieder gegangen.

An der Decke des dämmerigen Raumes hatte Mense ein Fernsehauge entdeckt, das auf ihn herabzustarren schien. Immerhin waren Brot, Wurst und zwei Flaschen Wasser in erreichbarer Nähe. Man schien ihm also nicht nach dem Leben zu trachten. War seine Entführung nur das Mittel, den eigentlichen Zweck der Aktion zu erreichen? Hatte man es vielleicht sogar auf den Minister abgesehen?

Die Zeiger der Armbanduhr, die man ihm gelassen hatte, krochen ihre Runden. Von draußen drangen nur die dumpfen Geräusche einer Stadt bis zu ihm herein. Die zweite Nacht war noch schlimmer als die erste; kein Hinweis auf menschliches Leben, kein Anzeichen, daß die Entführer im Hause waren. Zur Stille und Kälte gesellte sich Angst, eine lähmende Angst, hier im Keller vergessen zu werden. Ab sechs Uhr in der Früh – so hatte er sich vorgenommen – würde er schreien und toben, auch wenn das den Klopper auf den Plan rief.

Mit diesem Gedanken dämmerte Willi Mense in den Schlaf. Aber die Kälte weckte ihn bald wieder, und durch den in kurzen Abständen wiederholten Blick auf das Leuchtzifferblatt seiner Uhr verging die Nacht auch nicht schneller. Kurz nach zwei hörte er leise Schritte, dann wurde vorsichtig der Schlüssel im Schloß gedreht, und in der Tür erschien eine Gestalt mit Skimütze. Als nächstes erkannte er den lederummantelten Stab, der seinem Kopf gar nicht gutgetan hatte. Allein und gefesselt mit dem Klopper im Keller – das rief in Mense ein Gefühl der Panik hervor. Kälte und Angst ließen ihn an allen Gliedern zittern.

»Get up!« hörte er die bekannte Stimme ganz freundlich sagen, während ein Fußtritt die Kiste mit den Essensresten in eine Ecke beförderte. Eine Flasche zerbrach. Mense hielt den Atem an, als der nächtliche Besucher ein Messer aufklappte. Dann wurde mit einem häßlich ratschenden Geräusch Klebeband abgezogen, mit einem sauberen Schnitt des Messers von der Rolle getrennt und über seinen Mund geklebt. Anschließend wickelte ihm der Klopper einen breiten Streifen um die Stirn, über die Augen, über das linke Ohr und noch einmal um den Kopf. Haarscharf fuhr das Messer an dem freibleibenden rechten Ohr vorbei, als er das Band abtrennte.

»Hands!« lautete der nächste Befehl. Willi Mense streckte seine Hände vor. In Sekunden waren sie zusammengeklebt. Dann kam noch eine Lage über die Arme und um den Rumpf. Das war nicht bequem, aber immer noch besser, als die Hände auf dem Rücken gefesselt zu haben.

Jetzt wurde die Kette an den Fußgelenken gelöst, und mit den Worten *»Go on!«* stieß ihm der Klopper unmißverständlich den Stab in die Seite und dirigierte ihn die Treppe hinauf in einen Raum, in dem es nach Diesel roch. Mense fühlte Beton unter seinen Füßen, bevor er mit ein paar kräftigen Stößen auf die Ladefläche eines Lastwagens befördert wurde.

»Down!« hörte er noch, dann klappte die Fahrertür zu, und gleich darauf begann ein Teufelsritt.

Der Motor heulte auf. Mit harten Steuerausschlägen wurde das Fahrzeug durch die Kurven gerissen. Auf der Ladefläche schienen Blechbehälter mit losen Eisenteilen zu stehen, die mit entnervendem Lärm hin und her schepperten. Beim Bremsen rutschte Mense wie eine Puppe über das Bodenblech und schlug mit dem Kopf gegen den Behälter, der einen penetranten Geruch verströmte. Offensichtlich wurde das leere Ölfaß zur Aufbewahrung und zum Transport von Werkzeug benutzt.

Mense schob sich auf der rutschigen Fläche bis in eine Ecke, wo er etwas Halt fand. Er versuchte, mit den freien Fingern einen Zipfel des Klebebands zu erwischen – vergeblich. Dafür schleuderte er gegen die Seitenwand und wieder zurück. Das Faß tanzte lautstark mit.

Nach einer endlos scheinenden Zeit ließ das Rütteln nach, und das Fahrgeräusch wurde erträglicher. Die Straße lief ziemlich gerade dahin. Dann wieder ein paar scharfe Steuereinschläge, bei denen das Faß über die Fläche rutschte, bis es gegen sein Knie knallte. Mense hoffte nur, daß das verdammte Ding nicht umfiel und seinen Inhalt über ihn kippen würde.

Dann ging's noch ein paar Kilometer über einen Weg mit Schlaglöchern, bevor der Wagen abgebremst wurde und stand. Der Motor lief weiter. Er konnte hören, wie die Fahrzeugtür geöffnet wurde. Dann kam die Stimme des Kloppers: *»Get up!«*

Mense schob sich vor und ließ die Beine über den Rand der Ladefläche baumeln; er wagte nicht zu springen. Sein Zögern wurde beendet durch einen harten Schlag in die Nieren. Mit einem Ruck stand Willi Mense auf der Erde, schwankend, aber aufrecht. Der Stab des Kloppers trieb ihn ein paar Meter zur Seite. Dann entfernten sich die Schritte. Die Fahrzeugtür wurde zugeschlagen, der Motor drehte hoch und wurde leiser, als der Wagen sich entfernte. Danach herrschte Stille. Der Spuk war vorbei.

Ganz vorsichtig setzte Willi Mense einen Fuß vor den anderen, um das Terrain zu erkunden. Der Boden war befestigt, aber nicht betoniert oder asphaltiert. Es schien, als habe der Klopper ihn auf einem Parkplatz im Wald ausgesetzt. Es roch nach Bäumen und Sträuchern.

Da stand er nun, ein stummer Blinder, eingewickelt wie eine Mumie. Es würde ein hartes Stück Arbeit werden, aus dieser Verklebung herauszukommen. Erst einmal mußte er sich orientieren, doch schon nach den ersten Schritten stieß er gegen ein Hindernis – es schien der Metallpfahl für ein Hinweisschild zu sein. Er lehnte sich dagegen und ließ sich langsam zur Erde gleiten. Hier wollte er sitzen bleiben und versuchen, seinen Zustand als lebende Mumie zu beenden.

Das Gefühl für Zeit und Raum war verlorengegangen. Willi Mense versuchte immer wieder, einen Zipfel der Klebestreifen zu greifen; doch die saßen irgendwo auf dem

Rücken und am Hinterkopf – trotz aller Verrenkungen waren sie unerreichbar. Die Anstrengung ließ die Luft knapp werden; ständige Nasenatmung war er nicht gewöhnt. Sein Kopf schmerzte, und die zugeklebten Augen brannten.

Erschöpft lehnte er sich an den eisernen Pfahl. Dann hörte er das Geräusch eines sich nähernden Fahrzeugs mit Dieselmotor. Kam der Kerl etwa zurück, um ihn wieder abzuholen oder endgültig zu erledigen? Mense spürte, wie sich sein Körper mit Schweiß bedeckte. Jetzt hieß es, sich ganz klein zu machen. Aber wie sah es um ihn herum aus? Gras, Sand und einen faustgroßen Stein hatte er fühlen können; er befand sich wahrscheinlich am Rand eines Parkplatzes oder Weges.

Der Wagen kam näher. Mense ließ sich zur Seite fallen, zog die Beine an und lag still. Nur wenige Meter entfernt hielt der Wagen an, das Motorengeräusch verstummte. Würde der Klopper jetzt aussteigen, um sein Frachtpaket wieder aufzunehmen? Nichts geschah. Willi Mense drehte den Kopf und lauschte mit dem freigebliebenen Ohr. Vom Fahrzeug kam Radiomusik herüber. Nach einigen Minuten öffneten sich die Türen, und eine Männerstimme flüsterte unverständliche Worte. Das helle Kichern einer Frau war die Antwort. Schließlich klappte der Kofferraumdeckel auf, und er konnte hören, wie eine Decke ausgeschlagen wurde.

»Auf zum Halali!« vernahm er die Frauenstimme und wunderte sich, daß deutsch gesprochen wurde. Hatte man ihn vielleicht in Deutschland abgesetzt? Dagegen sprach die nach seinem Empfinden zu kurze Fahrzeit, falls man ihn von Brüssel aus hierhergebracht hatte. Als Berufsfahrer konnte er die Entfernungen einschätzen. Seine Gedanken wurden in eine andere Richtung gelenkt: Er wurde Ohrenzeuge, wie die beiden Nachtschwärmer zur Sache kamen. Sie mußten sich im Auto schon soweit angetörnt haben, daß *faire l'amour* zu einer direkten und sehr schnellen Angelegenheit wurde. Ein lautes Stöhnen und ein brünstiger Schrei bekundeten, daß man eins geworden war mit der Natur.

Normalerweise hätte Mense Hemmungen gehabt, sich in so einer Situation bemerkbar zu machen, aber er wollte raus aus den klebrigen Bandagen. Mit dem Fuß wühlte er den Stein los und schob sich so zurecht, daß seine Finger ihn fassen konnten. Dann begann er rhythmisch gegen den Metallpfosten zu klopfen. Aus seinem Urlaub kannte er das alpine Notsignal. Sechsmal schlug er im Abstand von zehn Sekunden gegen das Metall – und nach einer Minute Pause noch einmal von vorn. Man schien ihn gehört zu haben. Ein paar unterdrückte Zurufe, hastige Schritte – schon schlugen die Autotüren zu und wurden verriegelt.

Verzweifelt klopfte Mense weiter. Würde er die beiden Waldfrevler überzeugen können, daß es echte Hilferufe waren? Würden sie nach ihm suchen? Das war eine kitzlige Situation! Der Motor wurde gestartet, und der Wagen fuhr an. Aber er zog nicht vorbei, sondern setzte vor und wieder zurück.

Pong-pong-pong klopfte der Stein. Dann kam das Auto langsam herangerollt, und durch das Klebeband spürte Mense das Scheinwerferlicht auf seinen Augen. Das mußte ein beeindruckendes Bild sein: ein verklebtes Bündel in einem zerknautschten Anzug, ohne Augen, ohne Mund, mit nur einem Ohr, dafür Wickelgamaschen um Kopf und Oberkörper. Jede Vogelscheuche war dagegen eine elegante Erscheinung!

Die Sekunden dehnten sich. Mense versuchte mit dem Kopf Zeichen zu geben und trampelte mit den Füßen. Die Fahrzeugtür wurde geöffnet, Schritte kamen näher, während der Motor des Autos weiterlief.

»Vous me comprenez?« fragte eine Männerstimme.

Mense schüttelte den Kopf und zuckte mit den Schultern. Nach kurzem Zögern trat der Mann näher und begann vorsichtig das Klebeband vom Kopf abzuziehen. Ganz langsam lockerte er den ersten Wickel, dann den nächsten. Es schmerzte, als würden Brauen und Lider abgerissen. Dann stach das Scheinwerferlicht in Menses Augen. Jetzt kam das Ohr dran, und endlich war auch der Mund frei. Mense hustete, zog tief die Luft in seine Lungen und murmelte: »Danke.«

»Vous n'êtes pas Belge?« fragte der Mann.

»Deutscher, *German*«, flüsterte Mense durch die lädierten Lippen. Immer noch waren seine Hände eng an den Körper gefesselt. Gefährlich werden konnte er seinem Retter also nicht. Der schob ihn zum Auto. Es war eine Wohltat, nicht mehr vom Licht geblendet zu werden.

Aus dem Wagen kam leise eine Frauenstimme. *»Qu'est-ce qu'il-y-a, Jean-Luc?«*

»Il y a quelque'un là. Essaie de lui parler. Il dit qu'il est allemand.«

»Sind Sie Deutscher?« fragte die Frau erstaunt.

Mense atmete auf. »Aber ja, ich bin Deutscher. Man hat mich entführt und hier ausgesetzt. Nun wickeln Sie mir doch endlich das verdammte Zeug ab!«

Jean-Luc löste die restlichen Klebestreifen, und Mense schlenkerte befreit die Glieder. »Nochmals Dank! Was war das für ein Alptraum. Wo bin ich hier eigentlich?«

»Bei Waterloo«, antwortete die Frau und fügte glucksend hinzu: »In einem kleinen Wäldchen für Liebespaare. Aber wer sind Sie? Und wie kommen Sie ausgerechnet hierher?«

»Ein Kapuzenmann hat mich mit einem Lkw hier ausgesetzt. Ich bin Willi Mense, Fahrer des deutschen Europaministers. Wissen Sie etwas von meinem Chef? Ist ihm was passiert?«

»Mensch, Jean-Luc!« rief die Frau. »Ich werd' verrückt! Wir haben den Ministerfahrer gefunden, der mit seinem Dienstwagen verschwunden ist. Von einem Kapuzenmann gekidnappt und wieder ausgesetzt.« Sie wiederholte alles in französisch und sprach mit einer Geschwindigkeit, die Mense staunen ließ.

»Woher kennen Sie meine Geschichte?« fragte er.

»*Mon Dieu,* die Zeitungen sind voll davon. Und ich arbeite im Sprachendienst bei der EG-Kommission in Brüssel. Den Minister kenne ich – ein flotter Hirsch. Keine Angst, der ist gesund und munter. Nur sein guter Ruf ist lädiert. Sagen Sie mal, war er wirklich im Puff, als das mit Ihnen und dem Auto passiert ist?«

»Weiß ich nicht«, sagte Mense zurückhaltend. »Ich sollte ihn vom ›Le Renard qui rit‹ abholen. Auf dem Weg dorthin hat man mich in einen Wagen gelockt und niedergeschlagen. Ich habe zwei Nächte irgendwo in einem Keller verbracht. Dann ist der Dienstwagen also weg, geklaut!«

»Sieht ganz so aus«, sagte die Frau. »Aber Hauptsache, Sie leben und sind okay.«

»O ja – jede Minute ein wenig mehr. Sollten wir jetzt nicht die Polizei benachrichtigen?«

»Auf dem schnellsten Wege!« bestätigte die Frau. »*Jean-Luc, il faut que Monsieur Mense contacte la Police à Bruxelles.* Also einsteigen, und los geht's!«

16

Freibergs studentische Hilfskraft Sabine und die Kommissarin im Ehrenamt hatten es sich in der neuen Wohnung in der Brentanostraße bequem gemacht. Die Jammertiraden der Kuhnert über die Miseren des Dienstes nahm Sabine unkommentiert zur Kenntnis; ihre Auffassung über die schlechten Seiten des Jobs hatte andere Ursachen.

»Wir machen uns jetzt ein Fleischfondue und killen den Roten, den mein Waldi mit mir trinken wollte. Sollen sich die Kerle doch mit Cola besaufen«, hatte sie entschieden.

So saßen die beiden noch weit nach Mitternacht zusammen, als draußen ein Wagen vorfuhr. Nach dem vertrauten Klingelzeichen lang-kurz-kurz stand Freiberg in der Tür.

»Hallo!« grüßte er mit aufgesetzter Fröhlichkeit. »Schön, daß es noch etwas zu essen gibt. Ich bin mit dem Taxi gekommen .«

»Die Pötte sind leer«, stellte Sabine lapidar fest.

»Und wir sind voll«, ergänzte die Kuhnert, wobei sie auf die beiden Weinflaschen zeigte. »Wo ist Ahrens?«

»Der wartet schon zu Hause«, sagte Freiberg und hoffte, daß die Octopussy sich schnell verabschieden würde. Aber die lehnte sich zurück und ließ Sabine noch ein Glas Wein einschenken.

Freiberg nahm einen Cracker aus der Schale, tunkte ihn in die kalte Fonduesoße und ging zum Telefon in der Ecke. Für die beiden Frauen schien er Luft zu sein. Sabine legte demonstrativ eine CD mit Tangos auf und summte die Melodien leise mit. Als Hintergrundmusik für das Telefongespräch hatte sie keine schlechte Wahl getroffen.

Sofort meldete sich Löwe. »Wer ist da – Hasso? Du hast vielleicht Nerven. Was willst du denn noch?«

»Geschäfte machen«, antwortete Freiberg. »Gib mir Regit!«

»Der ist im Keller und versorgt Panther. Den hast du ja schön zugerichtet. Warte!«

Es dauerte zwei Minuten, bis Tiger sich meldete und loslegte: »Du verdammter Scheißkerl! Panther ist total k. o., seine Birne wird immer dicker.«

»Wie schön für ihn. Dann kann er vielleicht besser denken. Soll ich euch den Notarzt schicken? Der meldet das Malheur umgehend der Polizei.« Freiberg grinste und fuhr mit dem Finger vorsichtig über seinen Hals. »Ha, dein Elektroschocker läßt sich 'ne Ladeluke auf den Kopf fallen. Der ist doch einfach zu dämlich für den Job in der ›Lokomotive‹.«

»Komm zur Sache – warum rufst du an?«

»Reine Menschenfreundlichkeit. Ich wollte mich nach Panthers Gesundheitszustand erkundigen, und von dir möchte ich wissen, ob wir nun ins Geschäft kommen können. Die Vorausgespräche sind abgehakt, nachtragend bin ich nicht, und quitt sind wir ja wohl auch!«

»Ich höre«, sagte Tiger.

»Paß auf: Diesen Narren will ich nie wieder dabeihaben, und von den Auftritten in der ›Lokomotive‹ habe ich die Nase voll. Wenn wir noch ins Geschäft kommen wollen, dann zu meinen Bedingungen. Ich liefere übermorgen um elf Uhr abends auf dem Bahnhofsparkplatz mein zweites Päckchen ab. Ware gegen Geld! Meine Spanne ist vierzig Prozent und keine Mark weniger, sonst lassen wir's! Ende der freundlichen Durchsage. Und nun noch ein Herzenswunsch von mir: recht schlechte Besserung für den Elektroschocker!«

Als Freiberg aufgelegt hatte und sich umdrehte, stand Sabine vor ihm. »Was redest du da über ›schlechte Besserung‹ und ›Elektroschocker‹?«

»Meinem Geschäftspartner ist eine ziemlich schwere Ladeluke auf den Kopf gefallen, das ist alles«, sagte Freiberg und sah betont gleichgültig an ihr vorbei.

»Bei dir sieht's wohl auch nicht besser aus. Zeig mal her! Sind das etwa Knutschflecken?« Ihre Finger zogen seinen Hemdkragen zurück. »Au weia! So hab' ich meinen Waldi noch nie mit dem Halsband traktiert. Komm mal unter die Lampe.«

Freiberg versuchte, mit der rechten Hand den Kragen hochzuschieben; Sabine hielt sie fest. »Und was ist mit den Pfötchen los? Gekeilt habt ihr euch! Nun komm schon, raus mit der Sprache. Dann gibt's auch ein feines Fütterchen.« Ihr burschikoser Ton konnte nur schlecht ihr Erschrecken verbergen.

Freiberg tat es wohl, fürsorglich zur Couch geleitet zu werden. Diese zarten Frauenhände an seinem Hals hatten eine ganz andere Wirkung!

»Hier, trink einen anständigen Schluck Wein. Und gleich zu Dienstbeginn gehst du zum Arzt. Ich mache dir erst mal einen Schutzverband.« Sie ging ins Badezimmer und holte den Verbandskasten.

Bald darauf hatte sie alles, was sie an Mullbinden finden konnte, ihrem Waldi um Hals und Hände gewickelt. »So, bis morgen wird es gehen«, sagte sie zufrieden. »Und jetzt erzähl alles ganz genau!«

Sein Bericht rief Entrüstung hervor.

»Warum habt ihr diesen Scheißladen nicht gleich in die Luft gesprengt?« wütete die Samariterin.

Freiberg versuchte abzuwiegeln. »Den brauchen wir noch für unsere Ermittlungen in der Mordsache Helmer. Bisher sitzen wir da ziemlich fest. Ich habe eben mit Regit – oder Tiger, wie ihr wollt – telefoniert und ein Geschäft angeleiert; bin gespannt, ob der anbeißt.«

Octopussy Kuhnert, durch den Wein sensibilisiert,

konnte sich gar nicht wieder beruhigen. »Himmel hilf! Das ist ja eine gräßliche Geschichte. Und wie ist es Ahrens dabei ergangen?«

Freiberg sah sie ernst an. »Der war auch in der Höhle des Löwen und sieht böse aus.«

Die Kommissarin im Ehrenamt sprang auf. »Ich muß sofort zu ihm!«

Walter Freiberg hielt sie am Handgelenk fest. »Moment! Ich meine doch nur, er sieht mit seinen schwarzen Haaren aus wie der Leibhaftige. Er hat sich ganz prima verhalten und keinen Schaden genommen. Ich konnte in letzter Minute verhindern, daß meine ungehorsamen Verschwörer mit Lupus an der Spitze das Spezialeinsatzkommando in Marsch setzten, um mich da rauszuholen. Es war schon richtig, was ihr angeleiert habt. Ich hab' mich wohl etwas übernommen mit meinem Alleingang«, schloß Freiberg zerknirscht.

Die Kuhnert packte energisch ihre Sachen zusammen. »Ich muß zu Ahrens!«

»Warte noch«, sagte Sabine und drückte sie wieder auf die Couch zurück. »Du läufst mir nicht allein durch die Nacht. Ich bestelle ein Taxi, auf die paar Minuten kommt's jetzt auch nicht mehr an.«

»Das sieht doch sehr eindrucksvoll aus«, hatte Polizeiarzt Dr. Wiedeholt nach Freibergs Bericht und der ersten Untersuchung schmunzelnd festgestellt. »Ganz so, als hätte man den Kopf nach einem Streich des Scharfrichters kunstvoll wieder angenäht. Aber Spaß beiseite; das müssen wir im Foto festhalten, als Beweis für die Gerichtsverhandlung. Den oder die Täter habt ihr doch hoffentlich aus dem Verkehr gezogen. Die wüßte ich lieber hinter Gittern.«

Freiberg richtete sich vom Untersuchungsstuhl auf. »Die holen wir uns später. Der Elektroschocker hat erst mal damit zu tun, sein stolzes Haupt wieder in Fasson zu bringen. Dem ist nämlich bei meiner Flucht aus dem Keller ein eiserner Lukendeckel auf den Kopf gefallen – worden.« Er schmunzelte.

»Na, zimperlich geht ihr ja nicht miteinander um«, meinte Dr. Wiedeholt. »Jetzt also rüber zum Erkennungsdienst.«

Es löste einige wenig schmeichelhafte Kommentare aus, als Freiberg und der Arzt dort ihr Anliegen vorbrachten.

»Willst du auf den Drehstuhl mit Kopfhalterung?« fragte Hauptkommissar Erbach, den der Anruf der Arzthelferin von seinem Schreibtisch hochgescheucht hatte. »Wir machen gern die Dreierserie – en face, Profil links und rechts – fürs Verbrecheralbum.«

»Witzbold! Laß mal lieber deinen Tatortfotografen ran, oder soll ich mich an Presse-Mauser wenden? Der kommt sofort und zeigt euch, wie's gemacht wird«, parierte Freiberg.

Inzwischen hatte sich ein halbes Dutzend Kollegen eingefunden, um die Kellergeschichte zu hören, die aber immer kürzer und harmloser klang, je öfter sie erzählt wurde.

»Meiner Kamera ist es völlig egal, ob sie es mit Kriminellen oder mit Kriminalisten zu tun hat«, stellte der Fotograf fest, der auch den toten Helmer am Schwarzen Weg auf den Film gebannt hatte. »Die unterscheidet nicht mal zwischen Toten und Lebenden. Soll ich 'nen Farbfilm nehmen? Dann wirkt's sehr viel schauriger.«

Der Arzt nickte und schob Freibergs Kopf einige Male so zurecht, als solle er jetzt endgültig vom Rumpf getrennt werden. Erst nach einem Dutzend Aufnahmen zeigte Dr. Wiedeholt sich zufrieden. »Und bitte alles 18 mal 24; wir brauchen die Fotos als Beweismittel.«

Fräulein Kuhnerts Mannen warteten schon seit einer

halben Stunde im Zimmer 306 auf ihren Chef. Die Frühbesprechung fand diesmal um elf Uhr statt. Und der Kaffee hatte endlich wieder die gewohnte Qualität. Außerdem stand frisches Kleingebäck in der Schale bereit. Alle waren gespannt, was der Chef aus dieser verfahrenen Situation machen würde. In der Mordsache Helmer war man keinen Schritt weitergekommen, dafür gab es jetzt einen Fall »Lokomotive«.

Die schöne Barbara von Rausch und Sex war wild entschlossen, den Laden heute noch auszuheben. Schließlich wollte sie auch den Beutel mit dem Stoff wiederhaben, den Tiger einkassiert hatte. Doch ohne Freibergs Zustimmung konnte sie nichts unternehmen.

Endlich stand er in der Tür, mit einem hübschen weißen Gebinde um den Hals und dazu passenden Pulswärmern wie im tiefsten Winter.

»Richtig schick siehst du aus!« begrüßte ihn Lupus. »Wir sind alle froh, daß der Kopf noch dran ist, der wird nämlich dringend gebraucht. Barbara will die ›Lokomotive‹ unbedingt heute noch entgleisen lassen. Man könnte fast auf den Gedanken kommen, daß sie süchtig ist nach Kokain.«

Freiberg setzte sich bequem zurecht, zog die dampfende Kaffeetasse heran und griff nach dem Knabberzeug. »Unmöglich, liebe Kollegin. Wir brauchen noch zweimal vierundzwanzig Stunden, bis du loslegen kannst.«

»O nein.« Sie schüttelte den Kopf. »Dann haben diese Bestien das von der Polizei gelieferte Rauschgift vielleicht schon an die Junkies verkauft, und wir haben das Nachsehen.«

»Ich glaube nicht, daß denen der Sinn nach schnellen Geschäften steht. Die haben genug damit zu tun, den angeschlagenen Burschen wieder auf die Pfoten zu stellen. Außerdem wissen sie ja auch nicht, wie echt der Hasso ist.« Bei diesen Worten sah Freiberg den ihm gegenübersitzenden Ahrens fasziniert an. »Warst du nicht mal blond?«

»Das Dreckszeug geht nicht raus«, schimpfte der. »Ich hab' mir heute nacht dreimal die Haare gewaschen und heute morgen noch einmal.«

Jetzt war aus der blonden Pracht eine rötlich-graue Wuselei geworden. Scheußlich war gar kein Ausdruck dafür.

»Blond färben und auswachsen lassen«, schlug Lupus grinsend vor.

»Lacht ihr nur«, schaltete sich die Kommissarin im Ehrenamt ein. »Genau das machen wir, und zwar heute noch.«

»Nachdem nun die Schönheitsfrage geklärt ist, nehmen wir uns den Fall Helmer vor. Was hat die Computerauswertung noch ergeben?«

Peters hob die Hand. »Ich hab' mit Weinert die PC-Ausdrucke gecheckt. Danach soll heute um zwanzig Uhr ein Treffen stattfinden.«

»Gut, aber wo?«

»Das stand nicht dabei. Vielleicht hat ja das große A was zu bedeuten.«

Freiberg nickte zufrieden. »Denkt mal an den Stadtplan, den wir bei Helmer gefunden haben. Danach könnte das A für Antwerpen stehen.«

»Donnerwetter«, sagte Lupus. »Elektroschocks fördern offensichtlich die Denkfähigkeit. Von uns unbeschädigten Schlaumeiern ist niemand draufgekommen.«

»Na also, dann ist ja alles klar. Ahrens, willst du so bleiben, oder willst du erst die Haare färben, bevor wir beide nach Antwerpen fahren?«

»O bitte, nicht schon wieder«, stöhnte seine Octopussy. »Kann das nicht mal ein anderer übernehmen?«

»Ich bleibe lieber am Schreibtisch und grabe weiter«, erklärte Peters wie erwartet. »Wie wär's mit dir, Lupus?«

»Gern!«

»Geht nicht«, stellte Freiberg fest. »Wenn dort jemand aus dem Raubtierstall auftaucht und Lupus sieht, ist der Ofen aus. Also Ahrens, wann können wir fahren?«

»In gut zwei Stunden. Färben und Fönen eingeschlossen«, gab die Kommissarin im Ehrenamt die Antwort.

17

Telefonisch hatte Kommissar Freiberg seine studentische Hilfskraft in der Universitätsbibliothek nicht erreichen können. Frau Dr. Hayden sei außer Haus und komme erst gegen siebzehn Uhr zurück. Näheres konnte die Dame in der Zentrale auch nicht sagen. Nun, der Zettel auf dem Tisch in der Brentanostraße würde Sabine wieder mal in Entzücken versetzen. Sie haßte es, wenn ihr Waldi in der Fremde herumstreunte. Den bei seiner Rückkehr zu erwartenden Kommentar kannte er schon: »Was hast du für einen Scheißjob!« Und das war wie immer der Auftakt zu einer stürmischen Wiedersehensfeier im *Grand lit*.

Als Ahrens seinen Chef mit dem schnellen Dienstwagen mit Privatkennzeichen abholte, lagen nur zweihundertfünfzig Kilometer Fahrt vor ihnen. Aber auf der Strecke nach Antwerpen gab es ständig Staus, zudem galten in Belgien strenge Geschwindigkeitsbegrenzungen. In dreieinhalb Stunden mußten sie das Umfeld erkundet und Position bezogen haben, wenn die Interpretation des Computerausdrucks stimmte. Das müßte sich machen lassen.

Was bei dieser schnellen Reise herauskommen würde,

ließ sich nicht abschätzen. Zu Ermittlungen im benachbarten Ausland war die Mordkommission – selbst bei Gefahr im Verzuge – nicht berechtigt. Auch das Autotelefon durften sie für polizeiliche Zwecke nicht benutzen. Freiberg hatte mehrmals versucht, seinen alten Freund Boeremans, *Commissaire en Chef* in Brüssel, zu erreichen, doch der hing in einer Entführungssache beim Innenminister fest und durfte nicht gestört werden. Von ihm war also keine Hilfe zu erwarten.

Auf der Autobahn Köln–Aachen ging es nur langsam voran; wegen »hohen Verkehrsaufkommens«, wie WDR 2 meldete, und die Strecke zur belgischen Grenze war der reinste Horrortrip.

»Was ist denn das für ein Vogel?« fragte Ahrens, durch das Motorengebrumm aufmerksam geworden, und wies in den Himmel. Aus nördlicher Richtung schwebte ein Großflugzeug mit einer riesigen Salatschüssel auf dem Rumpf zur Landung auf dem grenznahen Flugplatz ein.

»AWACS-Luftüberwachung«, erklärte Freiberg. »Die sind hier schon seit Jahren stationiert. Aber seit der kalte Krieg ein Ende gefunden hat, sieht man sie kaum noch.«

Am Grenzzollamt wurde der Wagen von belgischen Polizisten durchgewinkt. Zoll war weder hüben noch drüben zu sehen.

»Auch wenn's knapp wird, halt dich an die Geschwindigkeitsbegrenzungen«, mahnte Freiberg. »Wir müssen problemlos ein- und ausreisen. Hast du deine Kamera dabei?«

Er wußte, daß sein Kollege vorzüglich damit umgehen konnte und schon manch hilfreichen Beitrag zur Aufklärung eines Verbrechens geleistet hatte.

»Aber sicher, startklar, und in Reserve zwei hochempfindliche Filme, die sogar in der Dunkelheit noch etwas hergeben – auch ohne Blitz.«

»Dann sind wir Touristen ja bestens ausgestattet.«

Nach einem kurzen Blick auf die blonde Haarpracht seines Kollegen fragte er: »Ist das nun Farbe oder die durch fleißiges Waschen wiederhergestellte Natur? Sieht aus wie früher.«

Ahrens verzog den Mund. »Die Kuhnert hat meinen Schopf so ausdauernd bearbeitet, daß ich das selbst nicht genau weiß.«

Vor der Auffahrt zum Parking stieg Freiberg aus und überließ es Ahrens, einen freien Platz zu finden; sie mußten auf alle Fälle das Fahrzeug hier zur Verfügung haben.

Nun begann die Suche nach der Stecknadel im Heuhaufen, wobei niemand wußte, ob es diese Nadel überhaupt gab. Zwischen den geparkten Fahrzeugen wurde immer wieder Gepäck hin- und hergetragen. Wer hier mit heißer Ware handeln wollte, würde sie gewiß nicht auf offenem Markt anbieten. Er mußte für den Käufer erkennbar sein. Aber wie? Zum Glück war das Wetter warm und trocken, so daß die »Geschäftsleute« sich im Freien treffen konnten.

Freiberg sah sich so unauffällig wie möglich die Kfz-Zeichen an. Deutsche Autos waren mindestens zwanzigmal vertreten – große und kleine. Wenn Helmer hier in den Wagen aufgekreuzt war, in denen man ihn auch in Bonn gesehen hatte, so waren das BMW oder Mercedes der teuren Klasse. Also würde ein »Stofflieferant« vorrangig diese Wagentypen aufmerksam beobachten. Aber warum, so überlegte Freiberg, sollte Helmers Nachfolger nicht ein kleineres Auto fahren? Es war eine verflixt unsichere Sache! Hoffentlich spielte Ahrens seine Rolle überzeugend. Er sollte sich nach dem Einparken gut sichtbar mit seiner Reisetasche beschäftigen. Freiberg würde jeden ins Visier nehmen, der auch nur die geringsten Anstalten machte, mit seinem Kollegen Kontakt aufzunehmen.

Neun Minuten dauerte es noch bis zu dem Zeitpunkt, der in Helmers Computer gespeichert war. Ahrens hatte endlich einen Parkplatz gefunden und begann sein Spiel. Er stieg aus, legte die Reisetasche auf das Wagendach und zog seine Kleidung zurecht, dann ging er noch einmal um das Fahrzeug herum und sah auf die Uhr wie jemand, der zu früh dran war. Jetzt nahm er die Tasche, stellte sie auf den Beifahrersitz und setzte sich noch einmal in den Wagen. Er schaltete das Radio ein, lehnte sich zurück und wartete.

Kommissar Freiberg stand verdeckt hinter einem Camion, um Ahrens samt Tasche im Auge zu behalten. Wenige Meter vor ihm wurde ein Stellplatz frei, und ein roter VW mit BN-Kennzeichen parkte ein. Zuerst stieg ein junger Mann in Jeans und Polohemd aus, dann eine zierliche junge Frau, bei deren Anblick Freiberg in volle Dekkung ging. Sie trug ebenfalls Jeans und eine rosa Bluse. Ihre Reisetasche sah der, die man bei Helmer gefunden hatte, sehr ähnlich. Die Frau trug eine flotte Golfmütze mit dem Bonner Kußmund. Keine schlechte Idee, sich erkennbar zu machen, ohne extrem aufzufallen, dachte Freiberg. Mit allem hätte er gerechnet, nur nicht mit dem Auftauchen Kerstin Sallers zu dieser Zeit und an diesem Ort. Wie unbedarft und naiv hatte sie sich doch in Helmers Wohnung gezeigt! Ihren Begleiter kannte Freiberg nicht. Wahrscheinlich gehörte er auch zum Raubtierstall. Ein paar der gespeicherten Tiernamen waren ja noch nicht den realexistierenden Personen zugeordnet. So konnte es durchaus Drapoel – oder umgedreht Leopard – sein.

Die beiden alberten herum und beobachteten dabei ihr Umfeld. Freiberg sah keine Chance, unerkannt in ihrer Nähe bleiben zu können, und wurde sich bewußt, daß es für ihn unmöglich war, Kontakt mit den Lieferanten zu suchen. Jetzt war es wichtiger, das Pärchen aus Bonn nicht aus den Augen zu lassen. Das mußte Ahrens übernehmen, er war für sie ein fremdes Gesicht und würde schon Gelegenheit finden, die Akteure zu beobachten und zu fotografieren. Darin hatte er Übung.

Aus der Deckung heraus gab Freiberg ihm das vereinbarte Zeichen zum Aussteigen. Ahrens nahm seine Tasche und die Kamera, stieg in Ruhe aus und schloß den Wagen ab. Dann ging er etwas unschlüssig auf Freiberg zu, der sich – immer noch gedeckt durch den Camion – in Richtung Ausgang bewegte.

»Was ist los?« fragte Ahrens leise, als er auf gleicher Höhe war.

»Dreh dich nicht um. Drei oder vier Plätze entfernt parkt ein roter VW aus Bonn. Die junge Frau ist Kerstin Saller, die Frau aus Helmers Wohnung. Den Mann kenne ich nicht – er könnte vielleicht Leopard sein. Der fehlt ja noch in unserer Sammlung. Ich wette, daß die zwei Helmers Part spielen und den Stoff übernehmen sollen. Behalt sie im Auge und fotografier unauffällig alles, was um sie herum vorgeht. Ich kauf' mir 'ne Zeitung und setz' mich in unseren Wagen. Wir werden uns an die beiden hängen, wenn sie von hier abfahren. Egal wie lange es noch dauert. Was ist mit der Reisetasche – willst du die mitschleppen?«

»Natürlich, die lenkt etwas vom Fotoapparat ab. Notfalls lasse ich sie stehen. Ist ja nichts drin außer einem Packen Papier mit der Farbkopie eines Fünfhunderters oben drauf.« Ahrens lachte. »Das ist ja wie eine Filmszene, was hier abläuft. Gut, daß wir auf deinen vagen Verdacht hin rausgefahren sind! Die beiden Tierfreunde und ihre Kontaktmänner und -frauen nagle ich auf den Film – zur bleibenden Erinnerung.«

Es wurde höchste Zeit, daß Ahrens in die Nähe des VW zurückkam, denn eine blonde Frau im Minirock, so um die Dreißig, hatte Kerstin Saller untergehakt und ging mit ihr in Richtung Zoo. Der Begleiter trug die Tasche und schlurfte desinteressiert neben ihnen her. Ahrens folgte in weitem Abstand. Die Kamera baumelte offen vor seiner Brust. Der Zoo war sicher ein guter Treffpunkt für Agenten und Dealer, und fotografiert wurde hier zu jeder Zeit und vor allen Gehegen. Trotzdem war Vorsicht geboten, denn im Hintergrund lauerte irgendwo die unbekannte Hauptfigur in diesem Spiel.

Der Gang der drei Tierfreunde durch das riesige Aquarium diente wohl nur dazu, unerwünschte Verfolger zu erkennen und abzuschütteln. Ahrens blieb in gebührender Entfernung und fotografierte exotische Fische. Mit dem Teleobjektiv gelang es ihm, die drei Figuren zusammen auf den Film zu bekommen, auch wenn wegen des schwachen Lichts die Qualität der Bilder nicht erstklassig sein würde.

Schon bald zog die Gruppe weiter zum Nocturama, wo seltene Nachttiere in unwirklicher Atmosphäre ihre possierlichen Spielchen trieben.

Nach dem Aufenthalt in der künstlichen Nacht wirkte die Abendsonne draußen besonders. Immer noch waren die drei allein und redeten heftig gestikulierend aufeinander ein. Zweimal fiel der Name Helmer; die Stimme der Frau im Mini trug weit.

Dann wurde es lebendig. Vor den Affenfelsen versuchte eine Gruppe von Kindern, die Aufmerksamkeit der langarmigen Geschöpfe auf sich zu lenken, aber auch die Erwachsenen hatten ihren Spaß, wenn der Schimpansenboß die Schimpansin besprang und damit seinen Besitzanspruch dokumentierte. Das war die richtige Umgebung für eine Kontaktaufnahme, denn alle Augen richteten sich auf die Vorfahren des Menschengeschlechts.

Ziemlich unauffällig hatte sich ein Mann genähert, der ebenfalls eine Reisetasche bei sich hatte. Er war mittelgroß, dunkelhaarig und trug eine getönte Brille. Etwas zu auffällig vermied es die Frau, in seine Nähe zu kommen. Doch schon bald stand der Begleiter von Kerstin Saller neben dem Mann. Ahrens drückte auf den Auslöser, als die beiden, ohne den Kopf zu wenden, miteinander sprachen. In der Dunkelkammer würden sie sich in einer Bildserie mit den kopulierenden Affen wiederfinden.

Im Gedränge war es ein leichtes, die beiden Reisetaschen auszutauschen. Alles ging so schnell, und das Durcheinander war so groß, daß keine Gelegenheit für ein Foto blieb. So lief das also – Ware gegen Geld, aber nachgeprüft wurde der Tascheninhalt nicht. Bei dieser Art von Geschäft galten die Grundsätze des ehrlichen Kaufmanns. Wer sich nicht daran hielt, bekam keinen Mahnbescheid, sondern wenig später einen Schuß aus einem großkalibrigen Revolver und schied damit aus dem Geschäftsleben aus.

Der Dunkelhaarige mit der Brille setzte sich so unauffällig, wie er aufgetaucht war, wieder von der Dreiergruppe ab. Er bot nochmals ein prächtiges Teleziel, und Ahrens nutzte die Gelegenheit, nicht nur das Gesicht des Mannes, sondern auch die Reisetasche auf den Film zu bannen.

Den drei anderen fiel es offenbar schwer, sich von den Schimpansen zu trennen. Schließlich schlenderten sie weiter zu den Flamingos. Aber lange hielt es sie dort nicht. Ihr Interesse an den Zoobewohnern schien deutlich nachzulassen. Die Frau im Minirock umkreiste das Gehege, wobei sie der Optik ihr Profil darbot, beschleunigte ihre Schritte und verschwand, ohne sich noch einmal umzusehen. Jetzt hieß es für Ahrens, den beiden aus Bonn auf den Fersen zu bleiben.

Nach einem kurzen Abstecher am Eisbärbecken vorbei gingen Kerstin Saller und ihr nach wie vor schläfrig wirkender Begleiter zielstrebig auf den Ausgang zu. Ahrens ließ sich etwas zurückfallen, nachdem er noch drei Teleaufnahmen von der Reisetasche gemacht hatte. Ein Vergleich mit den anderen Fotos würde zeigen, daß sie ausgetauscht worden war.

Als sicher war, daß das Paar zum Parking zurückging, nahm Ahrens einen anderen Zugang und war schon bei Freiberg am Mercedes, bevor die beiden an ihrem VW ankamen. Der Herr Commissarius saß entspannt auf dem Beifahrersitz und döste bei Radiomusik.

Ahrens zog mit einem »Hallo!« die Tür auf und ließ sich mit einem erleichterten Seufzer auf den Sitz fallen.

Als Antwort auf Freibergs Frage: »Na und, was läuft?« bekam er erst einmal den Fotoapparat in die Hand gedrückt.

»Die beiden kommen zurück. Sie hatten Kontakt mit einem Mann am Affenfelsen, wobei auch die Taschen ausgetauscht wurden. Das war prächtig getarnt, und ich konnte vor lauter Gedränge den wichtigen Moment nicht mal fotografieren. Bilder der Akteure und ihrer Reisetaschen habe ich aber. Und jetzt?«

»Wenn die zurück nach Deutschland... Da geht's ja schon los. Also hinterher, aber pianissimo, damit sie uns jetzt nicht noch bemerken.«

Es war nicht allzu schwer, dem VW Golf zu folgen. Rot ist eben für viele Zwecke eine gute Signalfarbe. Auch sein Fahrer hielt sich mit dem Zuschlag von zehn Prozent an die vorgeschriebene Geschwindigkeit.

»Ich will mal sehen, ob wir von hier aus mit der Reichweite des Autotelefons klarkommen«, sagte Freiberg und wählte das Präsidium in Bonn an.

»Das kann diplomatische Probleme geben«, bemerkte Ahrens grinsend.

»Na, wenn schon. Schließlich sind wir in Belgien einem

Dealerring auf der Spur. Freund Boeremans wird's schon richten.«

Beim zweiten Versuch klappte es, und eine Minute später hatte er Lupus in der Leitung, der noch in seinem Dienstzimmer saß, um Akten aufzuarbeiten.

»Gut, daß ich dich erwische«, sagte Freiberg erleichtert. »Schalt dich ganz schnell mit der schönen Barbara und der Autobahnpolizei kurz. Wir sind auf der Rückfahrt in Richtung Aachen und folgen einem roten Golf. Neben dem noch unbekannten Mann am Steuer sitzt unsere Studentin Kerstin Saller. Die beiden haben Helmers Termin wahrgenommen und reisen mit einer blauen Reisetasche voll Koks an.«

»Menschenskind!« staunte Lupus. »Das gehört also auch zum Studium der Volkswirtschaft.«

»Also, ihr baut zwischen Köln und Bonn eine doppelte und dreifache Sperre auf und fangt die beiden ein. Das muß einfach klappen! Fordere auch Hubschrauber an. Bevor der Stoff in der Asservatenkammer verschwindet, möchte ich ihn auf meinem Schreibtisch haben.«

»Warum?«

»Später, wir telefonieren aus Freundesland.«

Freiberg gab noch das Kfz-Kennzeichen durch. »Ich werde mich nach der Grenze in etwa einer Stunde wieder melden.«

»Alles klar.«

»Lupus, wir müssen sie kriegen!«

Ahrens schlug vor Begeisterung mehrmals auf das Steuerrad. »Na, über den Empfang werden sich meine Fotomodels aber freuen. Lupus wird ihnen zu Ehren den roten Teppich ausrollen.«

Weit vor ihnen zog der rote VW nach Osten dahin. Gleich mußte er am Autobahnkreuz auf die Strecke nach Aachen abbiegen.

»Verdammt – was machen die denn?« schreckte Ahrens seinen Chef hoch, der auf der Generalkarte nach dem günstigsten Punkt suchte, an dem der Golf gestellt werden konnte.

»Was ist los?«

»Die fahren gar nicht nach Aachen, die fahren nach Liège.«

»Das darf doch nicht wahr sein! Und bei uns in der Heimat marschiert die geballte Staatsmacht auf. Wenn Kerstin und der Typ highlife in Lüttich machen, sind wir sie los. Egal – hinterher!«

Kommissar Freiberg fühlte sich alles andere als wohl in seiner Haut. Ein Telefonanruf etwas außerhalb der Legalität mochte ja noch angehen, und ein Fehleinsatz in Deutschland auch, aber eine Verfolgungsjagd mit allen Risiken durch das nächtliche Lüttich konnte er nicht riskieren. Da wäre selbst Boeremans schützende Hand zu schwach.

Die Abfahrten nach Hasselt und Diepenbeek huschten vorüber. Jetzt kam die Gabelung Liège–Aachen. Der Golf fuhr Richtung Aachen.

»So ist's brav!« triumphierte Ahrens. »Nicht volle Pulle in den Sumpf der fremden Großstadt, sondern zurück in unser Hoheitsgebiet. Aber was steckt hinter diesem Umweg?«

Auch Freiberg hatte erleichtert aufgeatmet. »Die schlagen bewußt einen Haken, und wenn sie jetzt nicht noch nach Malmedy abbiegen, kommen sie – und wir – südlich von Aachen über Lichtenbusch rein.«

»Das Manöver verstehe, wer will«, sagte Ahrens kopfschüttelnd.

Der Kommissar überlegte eine Weile. »Vielleicht meiden sie den nördlichen Grenzübergang, weil ihnen die Einreise zu gefährlich erscheint. Es könnte sein, daß auf der direkten Strecke immer noch nach Rauschgift geschnüffelt wird. Möglicherweise wissen sie das aus Erfahrung, oder sie haben einen Tip bekommen.«

In Lichtenbusch gab es keine Kontrollen. Freiberg rief eine Viertelstunde nach der vereinbarten Zeit wieder im Präsidium an.

»Noch ein paar Minuten später, und ich wäre beim Großeinsatz«, sagte Lupus. »Habt ihr Probleme?«

»Jetzt nicht mehr, unsere Freunde sind über Lüttich gefahren. Wo nehmt ihr sie in Empfang?«

»Bei der Großbaustelle nördlich von Bonn, in Höhe des Verkehrs-Sicherheits-Zentrums.«

»Na, dann Hals- und Beinbruch!«

18

Aus der Ferne wirkte die Baustelle am Autobahnparkplatz »Im Eichkamp« wie jede andere Autobahnbaustelle auch. Verengte Fahrbahnen, aufgeklebte Katzenköpfe, rotweiße Markierungshütchen und zahlreiche Blinklichter. Nur wenige »Bauarbeiter« machten Überstunden. Ein Bagger lud Abraum auf einen schweren Lkw, und ein halbes Dutzend Männer in Overalls schwang Hacken und Schaufeln. Zwei schnelle BMW parkten etwas zurückgesetzt bei der Baubaracke. Der Unternehmer schien eine Unterredung mit seinen Ingenieuren zu haben. Auch der Hubschrauber zwischen den Autobahnkreuzen Köln-West und Köln-Süd war nichts Ungewöhnliches – dieser unfallträchtige Verkehrsengpaß wurde auch sonst ständig überwacht. Nur für Insider war zu erkennen, daß Maschinen und Werkzeuge ziemlich unbedarft eingesetzt wurden und die allgemeine Geschäftigkeit zu aufgesetzt wirkte.

Das Befehlsfahrzeug der Polizei stand mit einem breiten rot-weißen Band verziert und von Bauschildern eingerahmt, gut getarnt am Materiallagerplatz. Von hier aus ließ sich die Fahrbahn über zwei Kilometer weit einsehen.

Die schöne Barbara vom zweiten K. trug ihren schwarzen Lederdreß mit einem knallroten Halstuch. Unter der kurzen Jacke steckte nicht nur eine prächtige Oberweite, sondern auch eine 9-mm-SigSauer im Schulterholster. Hier ging es darum, die Kokain-Dealer zu stellen, und damit war es ihr Fall.

Lupus hatte geholfen, den Aufmarsch vorzubereiten. Von der Anforderung eines Spezialeinsatzkommandos hatte man abgesehen, weil vom roten Golf keine besondere Gefahr für Dritte ausging. Mit Waffengebrauch mußte aber auch in diesem Fall gerechnet werden. Manchmal spielte ein in die Enge getriebener Täter eben doch verrückt.

Von den Arbeitern, von den Fahrzeugen und vom Bagger waren inzwischen Bereitschaftsmeldungen eingegangen, auch der Hubschrauber Hummel 2 war zugeschaltet. CEBI, die Leitstelle im Präsidium, streckte ihre elektronischen Fühler nach allen Seiten aus und konnte in Sekunden eine Ringfahndung auslösen, wenn der Golf durchbrechen sollte.

Einer, der nicht dazugehörte und doch immer dabeiwar, hatte es auch diesmal wieder geschafft, am Ort des Geschehens zu sein. Presse-Mauser, ein As unter den Vertretern der schreibenden Zunft, sah auch aus wie ein Bauarbeiter. Er trug zerschlissene Jeans, dazu ein kariertes Hemd und hatte sich ein transportables Stoppschild auf die Schulter geladen, mit dem er unangefochten bis in Höhe der Baubaracke marschierte, wo er es abstellte. Er blieb vorsichtshalber so weit in Deckung, daß er vom Befehlswagen nicht gesehen werden konnte. Die Kamera mit dem Super-Tele steckte in seinem Karohemd. Natürlich hatte er den Polizeifunk abgehört und wußte sofort, daß er es seinen Redaktionen und den Lesern schuldig war, diese brandheiße Story zu servieren. Von seinem Standort aus konnte er jederzeit noch ein paar Schritte vorgehen, um Schußfeld für seine Kamera zu haben.

Der Hubschrauber brachte die erlösende Meldung: »UNI von Hummel 2. Objekt nähert sich Wesseling.« Von CEBI ging sie weiter an den Befehlswagen. Mauser hörte, daß die Motoren der Verfolgungsfahrzeuge angelassen wurden. Jetzt orientierte sich alles nach vorn – eine gute Gelegenheit, sich in die beste Aufnahmeposition zu bringen. Dabei bemerkte er, daß in der Kabine eines Baukrans ein Mann mit Videokamera saß. Also wollte auch die Polizei das Ereignis dokumentieren. Einige Minuten später kam vom Befehlswagen die Weisung: »Achtung, Bagger! Roter Golf überholt und schert ein. Lkw vorziehen, wenn vorausfahrender Pkw vorbei ist!«

»Verstanden!«

Der Bagger hob seine Schaufel an und gab den Lkw frei. Dann heulte dessen Motor auf, und das Fahrzeug blokkierte von der Seite her die einspurige Fahrbahn. Der rote Golf bremste ab. In Sekunden hatten die »Bauarbeiter« ihre Werkzeuge zu Boden geworfen und stürmten vor. Über Megaphon ertönte die Aufforderung: »Achtung, hier spricht die Polizei! Steigen Sie aus – und Hände hinter den Kopf!«

Erst jetzt schien der Mann am Lenkrad die Situation durchschaut zu haben. Er riß das Steuer herum, gab Vollgas, schoß mit einem Satz nach vorn und versuchte, die Absperrung zu durchbrechen.

Mauser war in seinem Element. Mit seiner neuen Canon schoß er die Bilder mit einer Geschwindigkeit, daß jede Phase des Geschehens erfaßt wurde. Die beiden BMW fuhren an, um den Golf in die Zange zu nehmen. Dessen Fahrer wollte ausweichen, übersteuerte aber und rasierte die Markierungshütchen der Reihe nach ab, bevor er mit einem lauten Krachen Mausers Stoppschild beiseite fegte. Die Kollision reichte aus, den Golf endgültig aus der Spur zu bringen. Er raste in einen Kieshaufen. Noch bevor er zurücksetzen konnte, hatte sich ein Polizeiwagen hinter ihn gestellt. Die Bauarbeiter kreisten mit gezogenen Waffen das Objekt ein, und wieder kam die Aufforderung: »Aussteigen und Hände über den Kopf!«

Die verklemmten Türen wurden von innen aufgedrückt. Dann kletterten die beiden verstörten Insassen heraus. In Sekunden waren sie – ohne Erfolg – nach Waffen durchsucht. Dann klickten die Handschellen. Solche Bilder liebte Mauser besonders.

Vom Befehlswagen waren auch Lupus und Hauptkommissarin Fendt herübergekommen.

»Willkommen in Bonn! Ich hoffe, ihr habt das richtige Gepäck mitgebracht!« sagte sie fröhlich und langte in den Wagen. Zufrieden holte sie die blaue Reisetasche vom Rücksitz. Ein vergewissernder Blick, ein Griff hinein, und das Corpus delicti war sichergestellt.

Inzwischen war die Fahrbahn freigegeben und der Verkehr rollte wieder normal. Kommissar Freiberg und Ahrens, die noch Zeugen der Schlußaktion geworden waren, hatten sich bei Lupus eingefunden. »Hast du den Mauser hergelotst?« fragte Freiberg scheinheilig.

Lupus fuhr herum. »Was sagst du?« Erst jetzt registrierte er, daß da ein Mann mitwirkte, der bei dieser Aktion nichts zu suchen hatte. »Hat dieser verdammte Kerl doch wieder den Polizeifunk abgehört! Eines Tages werde ich dem noch den Arsch aufreißen, daß...«

»Danke, Freunde!« unterbrach Mauser die Schmährede und schwenkte seine Kamera.

»Hau ab, sage ich dir! Du behinderst die Polizei!«

»Von wegen behindern! Ich weiß gar nicht, warum der sich so aufregt«, wandte sich Mauser an Kommissar Freiberg. »Ihr habt den Golf doch nur erwischt, weil ich eingegriffen habe. Ohne mein Stoppschild wäre der jetzt schon in weiter Ferne!«

Lupus triumphierte. »Dann zahlst du auch für den Schaden am Auto, denn das war keine polizeiliche Zwangsmaßnahme!«

»Wat bist du doch für 'ne fiese Möpp!« antwortete Mauser gekränkt. »Aber was nimmt man nicht alles auf sich, damit die Leser über einen erfolgreichen Coup unserer tüchtigen Polizei informiert werden!«

In Zimmer 306 warteten Kommissar Freiberg und seine Mitarbeiter darauf, die Vernehmung von Kerstin Saller und ihrem Freund übernehmen zu können. Im Augenblick versuchten noch die Rauschgiftspezialisten vom 2. Kommissariat den Panzer des Schweigens zu durchbrechen. Erst als Ahrens die Fotos aus Antwerpen im Schnellverfahren entwickelt hatte und das Paar damit konfrontiert wurde, löste sich die Verstocktheit ein wenig.

Ja, man habe mit zwei unbekannten Personen Kontakt gehabt und die Reisetasche ausgetauscht, erklärte Kerstin Saller. Das sei ein Freundschaftsdienst gewesen, und über den Inhalt habe man sich keine Gedanken gemacht, auch nicht in die Tasche hineingesehen.

Jetzt, wo bekannt sei, daß es sich um Rauschgift handele, wolle man aus Angst vor dem Medellin-Kartell keine weiteren Angaben machen, brummelte der Jüngling. Auch die Polizei wisse doch, daß in den Kreisen Redseligkeit mit dem Tode bestraft werde.

Ob er Drapoel, der Leopard, sei, fragte Kommissarin Fendt den Mann aus der »Lokomotive«.

Sein Name sei Siegbert Kalze; das aus den Personalpapieren zu entnehmen, sei ja wohl nicht schwer, kam die Antwort von oben herab. Außerdem sei er Student und habe seine Bude, wie angegeben, in der Herwarthstraße.

Die Kommissarin stand abrupt auf. »Wenn das alles ist, was Sie uns mitteilen wollen, ist die Vernehmung vorerst beendet. Sie sind beide vorläufig festgenommen! Und damit Sie gleich wissen, wie es hier weitergeht, überstelle ich Sie der Mordkommission. Hauptkommissar Freiberg wird sich mit Ihnen unterhalten.«

Diese Eröffnung ließ beide hochfahren. »Wieso Mordkommission?« fragten sie wie aus einem Munde.

Als Antwort öffnete Kommissarin Fendt die Tür zum Nachbarzimmer und ließ die beiden stämmigen Beamten des Polizeigewahrsamsdienstes herein. »Kerstin Saller und Siegbert Kalze sind vorläufig festgenommen. Nehmen Sie sich der beiden an. In zehn Minuten bitte noch eine Vorführung beim Chef des ersten Kommissariats. Danke.«

Unzufrieden berichtete die schöne Barbara in Zimmer 306 über das magere Ergebnis der ersten Vernehmung.

»So ähnlich habe ich mir das gedacht«, stellte Freiberg fest. »Aber wir kennen ja das Spiel mit den großen Unbekannten.«

»Ihr geht mit diesen Typen zu zimperlich um«, empörte sich Lupus. »Junkies sind arme Schweine, die auch Mitleid verdienen, das verstehe ich ja noch. Aber wer kiloweise Koks ranbaggert, der hat keine Sanftmut zu erwarten. Mein Rechtsstaat jedenfalls will das nicht! Wir werden ja gleich sehen, wie stark ihre Nerven wirklich sind.«

»Sie sollen reinkommen«, sagte der Kommissar. »Unsere Kuhnert übernimmt wie immer das Protokoll.«

»Tonband?« fragte sie zurück.

»Nur, wenn die beiden es ausdrücklich fordern. Sonst Stenogramm, damit Lupus sich nicht zu sehr kasteien muß.«

Kerstin Saller wirkte bedrückt, auch Siegbert Kalze ließ Unruhe erkennen.

Nach den üblichen Belehrungen stellte Hauptkommissar Freiberg die erste Frage: »Wo waren Sie beide in der Nacht von Dienstag auf Mittwoch, als Andreas Helmer ermordet wurde?«

»Von mir wissen Sie das doch schon«, antwortete Kerstin leise. »Ich war nachts in meiner Bude und bin morgens in Andreas' Wohnung gegangen, um VWL mit ihm zu pauken.«

»Eine rührende Geschichte«, sagte Lupus abschätzig. »Man setzt sich in das Zimmer des Opfers, das draußen am Schwarzen Weg verreckt, und wartet, bis die Polizei kommt. Ein zu dürftiges Alibi, verehrte Dame.«

»Sie meinen doch nicht, daß wir Andreas umgebracht haben?« stotterte Kerstin Saller.

»Wäre die Annahme so abwegig?« stellte Freiberg die Gegenfrage. »Sie sind schließlich in Helmers Geschäfte eingestiegen! Und was dort für Gewinne anfallen, wissen Sie genausogut wie die Polizei. Ein Jahr kräftig dealen, und schon läppern sich die Tausender zusammen. Dafür kann man einen unliebsamen Konkurrenten schon mal durch Genickschuß ausschalten.«

Das schmale Mädchen verfiel zusehends, ihr Gesicht zuckte, und sie begann zu weinen.

»Wenn Sie uns nicht endlich die Wahrheit sagen, stehen Sie bald unter Mordverdacht vor Gericht«, herrschte Lupus sie an. »Dagegen ist Rauschgiftschmuggel eine Bagatelle.«

Freiberg wandte den Kopf. »Und wo waren Sie zu der fraglichen Zeit, Herr Kalze?«

»Ich ... ich war ... ja, wo war ich eigentlich? Da muß ich erst nachdenken.«

»Nur keine Eile«, höhnte Lupus. »Sie haben in der Untersuchungshaft lange Zeit, um sich eine plausible Geschichte auszudenken.« Dann brüllte er plötzlich los: »Verdammt noch mal! Mensch! Drapoel! Sie wollen nicht wissen, wo Sie in der Nacht waren, als Ihr Kumpel aus der ›Lokomotive‹ erschossen worden ist? Für wie dumm halten Sie uns eigentlich?«

»Ich warte auf Ihre Antwort«, sagte Freiberg betont ruhig.

»Ich war – nein, in meiner Bude war ich ja nicht. Erst war ich im Kino. ›Das Schweigen der Lämmer‹. Und dann mit dem Mädchen auf der Bude, irgendwo im Bonner Norden. Ich kenne sie nicht einmal.«

Lupus schüttelte den Kopf. »Er leidet wirklich unter Gedächtnisschwund.«

»Wir haben gekokst und waren ziemlich zu«, versuchte Kalze zu erklären.

»Und danach waren Sie am Schwarzen Weg?« faßte Freiberg nach.

»Aber da war ich nie.«

»Und wieso konnten Sie Helmers Part übernehmen?«

»Äh – in Antwerpen das war doch eine Gefälligkeit, wie wir schon der Frau Kommissarin gesagt haben.«

Freiberg schlug mit der flachen Hand auf den Tisch. »Schluß mit dem dummen Gerede. Sie waren pünktlich zur vereinbarten Zeit in Antwerpen am Bahnhofsparkplatz und wurden dort abgeholt. Wir haben die Daten aus Helmers Computer und sind Ihnen gefolgt. Haben Sie Helmer erpreßt, und dann, nachdem er Ort und Zeit des Kontakts preisgegeben hat, erschossen, um selbst das große Geschäft zu machen? Woher haben Sie das Geld, das in der ausgetauschten Tasche war?«

Die Fragen prasselten weiter auf den immer verwirrter dreinschauenden, einst so schläfrigen Kalze herab. »Haben Sie Helmer auch noch das Geld abgenommen, um damit die nächste Lieferung zu bezahlen? Haben Sie Helmer deswegen ermordet? Reden Sie endlich!«

Der Mann wand sich. »Nein, nein, so war das nicht! Aber ich sage nichts mehr; ich brauche einen Rechtsanwalt. Ohne den sage ich kein Wort mehr.« Siegbert Kalze hing wie ein Häufchen Elend auf seinem Stuhl.

»Und Sie, Frau Kerstin Saller, was haben Sie noch zu sagen, bevor ich Sie abführen lasse?« fragte Freiberg ruhig.

»Ich bin doch nur als Begleitung mitgefahren«, schluchzte sie. »Weiter habe ich nichts getan. Ohne Koks bin ich total erledigt. Nachdem Andreas tot war, hat mein Freund Panther mir nichts mehr gegeben. Ich müßte mit Siegbert zusammen erst nach Antwerpen fahren und mir dadurch was verdienen, hat er gesagt.«

»Na, sehen Sie«, meinte Lupus versöhnlich. »So kommen wir schon weiter. Sie werden anschließend unserer Kollegin in aller Ausführlichkeit erzählen, was da gelaufen ist.«

Kommissar Freiberg stand auf. »Herr Kalze, die Begründung Ihrer vorläufigen Festnahme wird erweitert auf Mordverdacht. Sie erhalten alsbald Gelegenheit, sich mit einem Strafverteidiger in Verbindung zu setzen. Mich können Sie jederzeit ansprechen, wenn Sie noch etwas zu erklären haben.«

Nach dem Ruf »Abführen!« traten die beiden Beamten des PGD ein und forderten Kalze mit einer Handbewegung auf, ihnen zu folgen. Beim Hinausgehen schnappten die Handschellen zu. Kerstin Saller zuckte zusammen.

»Nein, Frau Saller nicht«, erklärte Freiberg. »Die geht jetzt mit Frau Fendt freiwillig rüber zum zweiten Kommissariat und vervollständigt dort ihre Aussage von vorhin.«

Nachdem die beiden Frauen den Raum verlassen hatten, herrschte für eine Weile Schweigen. Fräulein Kuhnert las in ihrem Stenogramm und ergänzte ein paar Zeichen. Lupus war ans Fenster getreten und sah zum Siebengebirge hinüber. In der Dunkelheit zeichneten die Neonlampen den Schwung der Rheinbrücke nach, deren Rampe unmittelbar vor dem Polizeipräsidium auf die vielbefahrene B 9 führte.

Lupus drehte sich um. »Was gibt es doch für Ungeheuer unter den Menschen! Da riskieren junge Leute Kopf und Kragen, um Rauschgift in ihre Hände zu bekommen und andere damit süchtig zu machen. Die Junkies krepieren dann zu Hunderten in dunklen Ecken oder öffentlichen Scheißhäusern. Den Job der schönen Barbara möchte ich nicht haben. Ihre Drogentoten sehen ja noch unappetitlicher aus als die meisten unserer Leichen.«

»Du sagst es!« stimmte Freiberg zu.

Fräulein Kuhnert schob ihren Stenoblock beiseite. »Sind meine Supermannen wirklich überzeugt, daß dieser Drapoel – oder Kalze, wie er heißt – Helmer erschossen hat, um ins Geschäft zu kommen?«

Lupus kam an den Tisch zurück und setzte sich. »Ich hoffe nur, daß der Kerl lebenslänglich aus dem Verkehr gezogen wird. Helmers Tod und die Aktivitäten in Antwerpen passen doch sehr schön zusammen.«

»Lupus, der Wolf, hat das Wild gejagt und schon gestellt«, frotzelte die Kommissarin im Ehrenamt und ging ins Vorzimmer, um das Stenogramm in die Maschine zu übertragen.

»Wir müssen die Waffe finden und den Tathergang rekonstruieren«, überlegte Freiberg. »Dann muß geklärt werden, ob das Geld für den Einkauf in Antwerpen von

Helmer stammt – und wenn nicht, von wem sonst. Ohne ein Geständnis von Kalze wird es schwer sein, weiterzukommen. Ahrens! Hast du genügend Fotos vergrößert? Stell doch noch einen Satz zusammen, damit Barbara den an ihre Kollegen in Belgien weiterleiten kann. Die werden sich glücklich preisen, so schönes Beweismaterial zu bekommen.«

Ahrens, der während der Vernehmung still im Hintergrund gesessen hatte, erhob sich. »Wird sofort erledigt!«

Lupus spielte mit seinem Kugelschreiber. »Wenn wir jetzt noch den Lokomotivschuppen ausheben und das Raubtiergesindel kräftig durch die Mangel drehen, müßte genug dabei herauskommen, um dem Staatsanwalt eine Mordanklage schmackhaft zu machen. Ich möchte auch zu gern sehen, wie sich die Birne von deinem Elektroschocker entwickelt hat«, sagte er und grinste Freiberg an.

Das Telefon läutete. »Ein Gespräch für Sie«, meldete sich Fräulein Kuhnert. Sie hatte immer noch Hemmungen, bei der direkten Anrede im Dienst das sonst übliche »Du« zu verwenden.

Freiberg übernahm und meldete sich förmlich mit Namen und Kommissariatsbezeichnung. Doch schnell änderte sich sein Ton. »Hallo, Angelika! Welche Freude, deine Stimme zu hören. Wo steckst du? Ach so, Frau Kommissarin sitzt in Potsdam an ihrem Schreibtisch. Dann laß mal hören, was du für ein Anliegen hast. Moment, Lupus ist auch hier, ich schalte auf Lautsprecher.«

Angelika Lette, die Starke, wie sie auch genannt wurde, schilderte ihr Problem. »... und dieser Tote, den Spaziergänger im Park von Babelsberg, gar nicht weit von der Humboldtbrücke entfernt gefunden haben, lag splitternackt im Gebüsch. Wir haben ihn bisher nicht identifizieren können.«

Freiberg sah Lupus an und hob fragend die Schultern.

»Und warum denkst du bei nackten Toten in Babelsberg an Bonn?«

»Ja, warum?« wiederholte Kommissarin Lette. »Weil ich in der Blitzmeldung vom BKA gelesen habe, daß ihr auch einen gefunden habt.«

»Nein, bestimmt nicht! Da muß sich Wiesbaden irren.«

»Wohl kaum. Euer Mann starb doch auch durch Genickschuß – wie der Herr aus dem Park von Babelsberg –, wenn eurer auch nicht nackt war.«

»Aha, daher weht der Wind. Aber da kann unser Toter wohl nicht weiterhelfen. Der steckte tief in einer Rauschgiftsache, die zwischen Antwerpen und Bonn läuft. Wir haben heute nacht einen Dealer festgenommen, der dringend verdächtig ist, Andreas Helmer erschossen zu haben, um in dessen Drogengeschäfte einzusteigen.«

»Schade, aber trotzdem wüßte ich gern das Kaliber. Ihr habt doch sicher das Projektil.«

Während Freiberg und Ahrens in Antwerpen waren, hatte Lupus sich der Sache angenommen. Freiberg reichte ihm den Hörer. »Hallo, Angelika. Hier wurde wahrscheinlich ein Neunmillimeter-Flachkopfgeschoß benutzt. Die erste Prüfung hat keinen Hinweis auf eine bereits benutzte Tatwaffe ergeben. Patronenhülsen wurden am Tatort nicht gefunden.«

Lupus gab den Hörer zurück.

»So ein ähnliches Ding hat auch unser Nackter im Stammhirn«, erklärte die Kommissarin. »Wir sollten einen Vergleich anstellen. Ich faxe euch ein Bild des Toten und die Fotos unserer KTU von den Laufprägungen am Geschoß rüber. Vielleicht läßt sich damit schon klären, ob es identische Spuren gibt. Das Original kommt nach.«

»Ja, tu das«, sagte Freiberg, »aber mach dir keine falschen Hoffnungen. Ich sehe da keinen Zusammenhang.«

»Warten wir's ab«, meinte Angelika Lette zuversichtlich. »Grüß Sabine, die Octopussy und alles, was zum ersten K. gehört. Macht's gut und haltet euch senkrecht. Wir hören wieder voneinander.«

19

Gleich nach dem Telefongespräch mit seiner Kollegin in Potsdam war Kommissar Freiberg in die Tiefgarage zu seinem Wagen gegangen, um nach Hause zu fahren. Er wollte Sabine nicht zu lange warten lassen; die Wiedersehensfeier im *Grand lit* sollte nicht gefährdet werden. Er mußte lächeln, als er die Fahrzeugtür aufschloß – auch sein Golf war rot. Als er schon am Steuer saß und den Zündschlüssel betätigen wollte, zog er ihn mit einem Ruck wieder ab und sprang aus dem Wagen. Mit Riesenschritten stürmte er die Treppe hinauf und riß die Tür zum Dienstzimmer von Kommissarin Fendt auf, das eine Etage tiefer lag als die Räume des 1. Kommissariats. Die schöne Barbara und der protokollführende Beamte sahen verwundert auf. Kerstin Saller saß ihnen mit verweintem Gesicht gegenüber und zuckte ängstlich zusammen, als der Chef der Mordkommission hereinstürmte.

»Barbara, ich muß dringend telefonieren – aber ohne Zeugen. Du bleibst bitte hier und hörst mit!«

Die Kommissarin fragte nicht lange und schickte den Protokollführer und Kerstin Saller ins Nebenzimmer.

Freiberg wählte schon die Nummer und drückte den Lautsprecherknopf.

»Keine Zeit!« meldete sich ein Mann. »In einer halben Stunde wird's gehen, erst müssen die Berichte raus!«

»Halt, Mauser! Nicht auflegen! Hier spricht Freiberg!« brüllte der Kommissar in die Sprechmuschel.

»Was ist los? Gibt's noch brandeilige Nachrichten? Sonst laßt mich arbeiten. Ich habe feste Termine für den Redaktionsschluß!« schrie Mauser zurück.

»Nein, zusätzlichen Stoff gibt's nicht. Aber hör mir trotzdem zu, bitte. In der Geschichte mit dem Golf können nicht alle Fakten gebracht werden. Du darfst weder die Namen der beiden Insassen noch das beschlagnahmte Kokain erwähnen, und auch die Farbe des Fahrzeugs darf nicht genannt werden. Da laufen noch Ermittlungen.«

Der Dialog wurde nun keineswegs leiser. »Unmöglich! Wie stellst du dir das vor? Das sitzt alles schon im Laptop und muß in den nächsten Minuten über Kabel in die Satzcomputer der Redaktionen.«

Freiberg legte noch ein paar Phon zu. »Also ist es noch nicht raus. Dann wird es geändert, oder du bekommst mächtigen Ärger!«

»Macht ihr euren Job, und ich mache meinen«, wehrte sich lautstark der rasende Reporter.

Freiberg schlug wütend mit der Faust auf den Schreibtisch. »Mauser! Das wird geändert, oder wir sind für immer geschiedene Leute. Das ist mein verdammter Ernst. Wenn du nicht mitmachst, hänge ich dir ein Verfahren wegen Vereitelung der Aufklärung eines Mordes an.«

»Dann ist meine Geschichte für 'n Arsch.«

»Zieh mit, und es gibt später eine noch bessere. Ich bitte doch nur darum, ein paar Informationen herauszunehmen. Mach daraus die Festnahme von Gangstern. Schieb alle Unklarheiten auf die Polizei. Es macht nichts, wenn wir ganz schlecht dabei wegkommen.«

Mauser schaltete hörbar um. Dieses ungewöhnliche Zugeständnis und das Stichwort Mord hatten gewirkt. »Hängt das mit Helmer zusammen?«

»Ja, aber du darfst jetzt noch nichts darüber bringen. In den nächsten vierundzwanzig Stunden wissen wir mehr.«

»Und das bekomme ich dann exklusiv?«

»Nein, nicht exklusiv, aber mit Vorrang. Sind wir uns einig?«

»Alles klar, Herr Kommissar«, tönte Mauser fröhlich, und Freiberg atmete hörbar auf. »Ich mache auch so noch eine Mordsgeschichte draus. Außerdem habe ich ja auch noch das Interview mit dem Fahrer vom Europaminister, der gekidnappt wurde, als sein Chef im Freudenhaus war. Eine schöne Geschichte, richtig erbaulich für die Damen der beseren Gesellschaft.«

»Ich werd's lesen; aber genauer schaue ich mir den Bericht über deine ›Mordsgeschichte‹ an. Und wehe, da steht etwas drin, was unsere Ermittlungen gefährdet.«

»Nun mal keine unberechtigten Drohungen. Mein Wort, wir spielen zusammen. Aber daß mich eure Kuhnert und Bruder Lupus nicht abwimmeln, wenn ich Fragen habe.«

»Versprochen. Tschüs.«

»Gott sei Dank!« sagte Freiberg aus tiefster Seele und legte behutsam den Hörer zurück.

Kommissarin Fendt hatte das Gespräch mit Verwunderung verfolgt. »Was hast du vor, Walter?«

Freiberg strahlte sie an. »Das müßtest du doch wissen. Morgen um dreiundzwanzig Uhr rücke ich mit dem Paket Kokain, das du unseren Golfinsassen abgenommen hast, als Hasso aus Düsseldorf auf dem Bahnhofsparkplatz an und warte auf Tiger. Wenn er aufkreuzt, sind wir schon einen Schritt weiter. Wir wollen doch mal sehen, ob nicht langsam Bewegung in die Sache kommt. Und dafür, verehrte Frau Kollegin, wirst du mir den Stoff zu treuen Händen anvertrauen müssen.«

»Was denn, ich soll dir das halbe Kilo Kokain überlassen? Nein, das geht nicht! Die schlagen dich wieder zusammen und nehmen dir das Zeug ab. Dann sind wir beide erledigt. Bei aller Freundschaft, Walter: Das ist unmöglich! Denk dran, daß noch eine alte Koksrechnung offen ist.«

»Du willst mir das Paket also nicht geben?« fragte Freiberg enttäuscht. Hier hätte sich eine so günstige Gelegenheit geboten, als »zuverlässiger« Kurier mit echter Ware aufzutreten. Ohne den Stoff verlor auch die Abmachung mit Mauser ihren Sinn.

»Nun spiel nicht den Beleidigten«, versuchte die Kommissarin zu trösten. »Es gibt ja immer noch Vorgesetzte, die anders entscheiden können. Aber ich mache dir einen hoffentlich besseren Vorschlag, den wir allerdings auch von ganz oben absegnen lassen müssen; unser Leiter Gefahrenabwehr/Strafverfolgung zieht bestimmt mit.«

»Und was hast du ausgeheckt?«

»In der Mordsache hast du zumindest einen Verdächtigen, und ich glaube nicht, daß dein Einsatz als Kurier dich bei den Raubtieren noch weiterbringt. Du läufst nur Gefahr, daß sie dich zum Krüppel schießen. Also ziehen wir das Programm etwas abgeändert durch. Dein Ansatz war schon richtig: Du spielst auf dem Bahnhofsparkplatz den Lieferanten, und wir bauen eine riesige Raubtierfalle für Tiger, Panther und Co. auf. Beim Leiter GS fordern wir ein Spezialeinsatzkommando für die ›Lokomotive‹ an, dazu genügend Leute für die Überwachung und Absicherung des Umfeldes. Wenn der Tiger anbeißt, schnappt die Falle zu. Dann nehmen wir den ganzen Laden auseinander.«

Freiberg schmunzelte. »Der langen Rede kurzer Sinn ist wohl der, liebe Barbara, daß der Leiter Mordkommission den Lockvogel für das Rauschgiftkommissariat spielt. Keine schlechte Idee. Aber du siehst: Ohne Hasso aus Düsseldorf läuft die Chose nicht.«

»Also bist du einverstanden?«

»Dein Plan ist gut. Nur eines möchte ich sicherstellen – Vorrang bei den Vernehmungen hat die Mordkommission!«

»Abgemacht! Ich übernehme die Vorbereitungen und hole das Okay von Gruppenleiter und Chef GS ein. Lupus bleibt an meiner Seite!«

Freiberg sah sie fragend an.

»Ja, ja, unter diesen geänderten Umständen bekommst du den Originalkoks rechtzeitig angeliefert. Ich bringe dir die Tasche mit Inhalt persönlich, wohin du willst – so gegen einundzwanzig Uhr.«

»Wir treffen uns auf dem Autobahnrastplatz Im Eichkamp. Ich muß doch, wie es sich gehört, von Westen her anreisen.«

»Gut! Da läßt sich auch leicht mit deinem Personenschutz ansetzen. Welchen Wagen nimmst du?«

»Keinen aus unserem Stall. Ich miete einen Mercedes 230 mit Düsseldorfer Kennzeichen. Das wird Ahrens schon hinkriegen. Noch etwas: Lupus möchte sich gern das Köpfchen des Elektroschockers ansehen. Gönn ihm den Spaß.«

Barbara Fendt prustete los, auch Freiberg mußte lachen.

»Was ist mit Kerstin Saller?«

Die Kommissarin überlegte kurz. »Wir behalten sie erst einmal hier. Sie ist zwar mehr Opfer als Täter, aber für einen Haftbefehl reicht's allemal.«

»Es war doch gut, daß ich mit Mauser telefoniert habe«, verabschiedete sich Freiberg. »Wir sind im Wort – er wird als erster informiert, wenn die Aktion gelaufen ist, aber keine Minute früher.«

Sabine lag schon über eine Stunde im *Grand lit* und las »Die Brautjungfer« von Ruth Rendell. Für dieses abendliche Lesevergnügen kaufte sie Taschenbuchausgaben, die Hardcover wären zu schwer und verlangten mehr Sorgfalt. Sabine hatte es längst aufgegeben, für ihren Commissarius über Mitternacht hinaus aufzubleiben. Dieser unvorhergesehene Ausflug nach Antwerpen war wieder so eine Polizeiaktion, die sie in Rage brachte und wo sie bedauerte, daß Walter Freiberg gerade diesen Beruf gewählt hatte. Wäre er als Lehrer für Französisch und Geschichte an ein Gymnasium gegangen, hätte er ein ruhigeres Leben haben können. Aber nein – trotz beider mit Prädikat bestandener Examen schlug er sich lieber die Nächte um die Ohren. Immerhin war er sehr schnell Chef des 1. Kommissariats und Leiter der Mordkommission geworden. Sie hoffte, ihn in nicht zu ferner Zeit als Gruppenleiter oder noch eine Stufe höher zu sehen. Das war kein besonderer Ehrgeiz, sondern der Wunsch, ihn dann etwas weniger den Gefahren ausgesetzt zu wissen, die der jetzige Dienst mit sich brachte.

Sie war eingeschlafen und hatte den Wagen ihres Lebensgefährten – den sie oft als »mein Lebensgefährdeter« vorstellte – nicht kommen hören. Erst als er die Tür aufschloß, wurde sie wach, und ihr erster Satz lautete prompt: »Was hast du für einen Scheißjob!« Und der nächste: »Warst du wenigstens beim Arzt?«

Freiberg sagte im Brustton der Überzeugung: »Alles okay, Hilfskraft. Ich muß erst unter die Dusche, der Tag hatte es in sich. Wir haben ein Dealerpärchen von Antwerpen bis kurz vor Bonn verfolgt und gestellt. Die schöne Barbara ist ganz happy.«

Sabine war hellwach. »Sag mal, machst du jetzt auch noch die Arbeit für Rausch und Sex?«

»Ach was, das hängt alles mit der Sache Helmer zusammen. Wir haben den Verdacht, daß der Dealer den Helmer umgelegt hat, um seine Geschäfte zu übernehmen. Ich hoffe, daß wir mehr wissen, wenn ich morgen – ach, das ist ja schon heute – um dreiundzwanzig Uhr als Koks-Kurier auf dem Bahnhofsparkplatz auftauche.«

Sabine richtete sich steil in den Kissen auf. »Was denn, schon wieder eine nächtliche Großaktion? O nein, mein Lieber! In der Beethovenstraße habe ich doch wesentlich ruhiger geschlafen. Ich sage dir: Wenn du so weitermachst, sehe ich schwarz für uns beide; das stehe ich nicht durch!«

»Hilfskraft, bitte! Hab Mut, es geht um Deutschland!« flachste Freiberg auf dem Weg ins Bad.

Später lag er frisch geduscht und leicht nach Shampoo duftend neben ihr, und dann sah auch für Sabine zumindest die unmittelbare Zukunft nicht mehr so düster aus.

Als sie aus dem kleinen Tod wieder auftauchte, murmelte sie: »Ich bin ja nicht fromm, aber manchmal bete ich doch, daß dir nichts passiert. Was ist das nur für ein...«

»Pst«, flüsterte Freiberg und legte ihr den Zeigefinger auf die heißen Lippen. »Fluchen ist Sünde.«

Sie schliefen tief und fest. Erst als der Radiowecker von Musik auf den nervenzerreißenden Heulton umschaltete, hatte der Alltag sie wieder.

Freiberg deckte den Tisch, während Sabine noch im Bad die Spuren der Nacht tilgte. Heute mußte es besondes schnell gehen, denn die Zeit war knapp. Doch ein kräftiges Frühstück mit Quarkmüsli, Aufschnitt und drei Sorten Brot ließen sie sich nicht nehmen. Sabine nannte das ihre Arbeitsgrundlage – und sie blieb schlank dabei.

»Nun laß doch diese blöde Zeitung weg«, schalt sie durchaus liebevoll. »Wann haben wir schon mal Zeit, uns in die Augen zu sehen?«

»Nachts beim Schummerlicht, dann sind meine Augen auch viel rätselhafter. Sekunde nur, ich muß wissen, was

Mauser über die Vorgänge auf der Autobahn gebracht hat.«

Der Artikel war der Aufmacher von Seite fünf. Mauser hatte das Kunststück fertiggebracht, die Fotos so auszuwählen, daß die Dramatik des Geschehens erfaßt war, ohne daß man die beiden Insassen erkennen konnte. Das Kennzeichen des Golf hatte er kurzerhand geschwärzt und um die Farbe brauchte er sich keine Gedanken zu machen, da im Druck sowieso alles schwarz kam. Die raffiniert gestellte Falle, in die das ahnungslose Gangsterpaar hineingeraten war, wurde ausführlich beschrieben; der Fluchtversuch und das beiseite gefegte Stoppschild waren die Höhepunkte der Story. Dann beschwerte sich Mauser mit giftigen Formulierungen über die Geheimniskrämerei der Polizei. Die Leser hätten schließlich ein Recht zu erfahren, ob man mit den Festgenommenen endlich die Bankräuber aus Köln gefaßt habe.

Freiberg las Sabine einige Passagen vor und meinte: »Dieser Mauser ist der beste Strolch, den ich bei den Journalisten je kennengelernt habe. Der Mann kann die Wahrheit verdrehen, ohne zu lügen.«

»Das sind Qualitäten, die manchem Politiker abgehen«, kommentierte Sabine. Sie stand auf, um das Geschirr abzuräumen. »Nun aber los, mein Nachtarbeiter! Auf geht's! Ich kann nicht regelmäßig zu spät an meinem Schreibtisch in der UB erscheinen, nur weil es einen Mann in meinem Leben gibt, der keine Ahnung von geregelter Arbeitszeit hat.«

Walter Freiberg rollte die Zeitung zusammen. »Wenn's dir recht ist, nehme ich sie mit. Da ist auch noch das Interview mit dem gekidnappten Fahrer des Herrn Europaministers in Brüssel drin, das mir Mauser ans Herz gelegt hat.«

»Nur keine Hemmungen«, erklärte Sabine. »Ich kaufe

mir eine *Express*. Dort wird dein Pressespezi wohl noch mehr Anzüglichkeiten abgesondert haben als in der Geschichte für das gutbürgerliche Publikum.«

Waldi hatte zwar keine Mühe, mit seiner studentischen Hilfskraft Schritt zu halten, als sie gemeinsam zur U-Strab eilten, gleichwohl mußte er sich den Hinweis anhören, daß sogar verfettete Dackel an der Leine schneller gingen als er.

Mit einer Kußhand verschwand Sabine im Schacht der Haltestelle »Landesbehördenhaus« und Walter Freiberg in eben diesem Gebäude, besser bekannt als Polizeipräsidium.

Kaffeeduft durchzog das Zimmer 306. Lupus hatte seiner Gewohnheit gemäß auf dem Weg von der Godesberger Erbvilla zur Dienststelle alle Zeitungen gekauft, die aus Mausers »Bauchladen« regelmäßig bedient wurden. Sie lagen aufgeschlagen auf dem Besprechungstisch.

»Eine Tasse Kaffee trinke ich noch mit, obwohl ich schon mit Sabine gefrühstückt habe«, erklärte Freiberg auf die Frage der Kommissarin im Ehrenamt.

Lupus nickte anerkennend. »Das ist gut. Wo kämen wir schließlich im ersten K. hin, wenn jeder Ausflug ins bürgerliche Leben nur dazu diente, die bösen Beispiele durch gute Sitten zu verderben. Kuhnert, der Kaffee ist primissima, genau wie Mausers Geschichten. Aber wieso faselt der von Bankräubern und motzt so hinterhältig gegen die staatliche Ordnungsmacht?«

»Das habe ich ihm aufs Auge gedrückt«, erläuterte Freiberg schmunzelnd. »Wir haben noch in der Nacht kurz und laut miteinander telefoniert. Ich mußte verhindern, daß er uns die Aktion um dreiundzwanzig Uhr kaputtmacht. Unsere Raubtiere lesen ja auch Zeitung.«

»Und das hat der Mauserich so einfach geschluckt?«

»So einfach nicht. Ich habe die Konzession gemacht, daß er in der Mordsache Helmer vorrangig informiert wird, ohne daß er von ›Bruder Lupus‹ oder der Kommissarin im Ehrenamt abgewimmelt wird. Ihr seid also in der Pflicht!«

Lupus lachte laut. »Dieser verdammte Kerl schlägt doch immer ein paar Extras raus, wenn er sich so gnädig erweist, uns nicht in die Suppe zu spucken. Habt ihr schon sein Interview mit Mense, dem entführten Ministerfahrer, gelesen? Köstlich! Diese Leute leben gefährlich, wenn ihre Chefs den Damen des horizontalen Gewerbes ihre Gunst erweisen.«

Fräulein Kuhnert sah ihn kopfschüttelnd an. »Himmel, wie geschwollen drückst du dich heute morgen wieder aus. Der Mann war im Puff, und dabei hat man ihm seinen Dienstwagen geklaut. Anderen klaut man die Brieftasche, und die sind schlechter dran. Im Fall des Ministers trägt eben der Steuerzahler den Verlust.«

»Was bist du doch für ein Herzchen!« lästerte Lupus. »Du gehörst nicht ins erste K., sondern zum Rausch und Sex. – Ich möchte ja nicht in einem nach Öl und Gummi stinkenden Keller gefesselt sein und auf einen maskierten Schläger warten.«

»Männer sind eben von Natur aus ängstlich«, stellte die Kuhnert ungerührt fest. »Noch Kaffee?«

»Danke, mir reicht's. Gib lieber deinem Ahrens noch 'ne Tasse, damit er eine so mutige Octopussy ertragen kann.«

»Haben die Kollegen in Belgien schon eine Spur?« erkundigte sich Freiberg. »Als ich Boeremans sprechen wollte, war er beim Innenminister, da muß es um diese Entführung gegangen sein. Vielleicht steckt mehr dahinter, als der Fahrer weiß. Ich muß den Brüsseler Kollegen wegen unseres Auftritts in Belgien sowieso noch anrufen, dann höre ich sicher Genaueres. Ahrens, die Fotos für Belgien sind doch rüber zum zweiten K.?«

»Alles erledigt. Der Versand von dort soll noch heute erfolgen.«

»Und wie soll nun die Sache um dreiundzwanzig Uhr am Bahnhofsparkplatz ablaufen?« fragte Lupus besorgt. »Wir möchten nicht, daß bei einem erneuten Alleingang der Chef des ersten K. auf der Strecke bleibt. Ahrens hat seine Haare gerade wieder auf Blond getrimmt.«

»Die Prozedur verträgt er kein zweites Mal, dann ist er kahl«, sorgte sich die Kuhnert. »Vielleicht sollten wir diesmal Lupus rot färben.«

Der schüttelte den Kopf. »Nicht nötig! Wir könnten dich ungebleicht einsetzen. Du fühlst dich doch in der Halbwelt wie zu Hause, und Angst haben nur die Männer.«

»Ihr solltet jetzt mal die Klappe halten und mit diesen nervtötenden Blödeleien aufhören.« Freiberg wurde energisch. »Es läuft sowieso ganz anders.«

»Und wie bitte?« erkundigte sich Lupus verwundert. »Man wüßte als Mitarbeiter doch gern, was der Chef vorhat.«

»In dieser Nacht geht's rund«, erläuterte Freiberg. »Frau Barbara kann sich nicht länger zurückhalten. Sie setzt mich zur vorgesehenen Zeit als Lockvogel ein, und wenn alles nach Plan läuft, schnappen wir uns das Raubtiergesindel und machen die ›Lokomotive‹ dicht. Das übernimmt unser SEK. Präferenz bei den Vernehmungen hat das erste Kommissariat. So haben wir es heute nacht ausgebrütet«, sagte Freiberg und hoffte auf Zustimmung.

»Donnerwetter! Das lob' ich mir!« rief Lupus überrascht. »Die schöne Barbara ist auch nicht von schlechten Eltern. Wir nehmen uns dann diese Drapoels und Regits vor. Die werden ausgequetscht bis zum Gehtnichtmehr.

Ich brauche nur dein weißes Krägelchen anzusehen und bin sicher, daß der Elektroschocker uns allerhand zu erzählen hat. Den überlaßt bitte mir!«

»Okay!« bestätigte Freiberg. »Aber bitte nur, wenn Ahrens als Zeuge und unsere Kuhnert fürs Protokoll dabei sind. Die bürgen mir dafür, daß du immer höflich und beherrscht bleibst.«

»Aber ja. Hier weiß man doch, wie lieb ich sein kann.» Lupus fletschte die Zähne und drückte die kurzen Finger gegeneinander, daß sie knackten.

Nachdem die Einzelheiten des weiteren Vorgehens besprochen waren, erkundigte sich Freiberg, ob die Kollegin Lette schon die Fotos aus Potsdam gefaxt habe.

»Alles beim Erkennungsdienst«, antwortete Ahrens. »Der unbekannte Tote könnte ja auch aus Berlin oder von jenseits der Oder kommen. Bei ihm hat man ebensowenig eine Waffe gefunden wie wir bei unserem Helmer. Aber die am Projektil fotografierten Spuren müßten für einen Vergleich geeignet sein.«

Freiberg griff zum Telefon. Immer wenn die Mitarbeiter im Zimmer waren, schaltete er auf Lautsprecher.

Der Chef vom Erkennungsdienst erklärte, daß es keine Erkenntnisse zur Person des Toten gebe. Nach dem Fotovergleich der Spuren an den Projektilen seien die Genickschüsse in Potsdam und Bonn mit Sicherheit nicht aus derselben Waffe abgefeuert worden.

Freiberg dankte und legte auf. »Es wäre ja auch ein zu schöner Zufall gewesen, wenn uns der Leichenfund in Babelsberg weitergebracht hätte. Ich bin immer noch der Meinung, daß der Mord an Helmer mit diesen Kokain-Raubtieren zusammenhängt. Aber wie?«

»Das werden wir hoffentlich in der kommenden Nacht erfahren«, sagte Lupus. »Dann sind die Bestien gezähmt und werden freudig aussagen. Da bin ich ganz sicher!«

20

Das Polizeipräsidium funktionierte reibungslos und unauffällig. Im Untergeschoß waren nur wenige Zellen belegt. Hoch oben hinter besonders gesicherten Türen vollzogen Millionen von Bits und Bytes ihren elektronischen Dienst in den Computern und Monitoren der Einsatzleitstelle. Durchweg sehr junge Beamte in gebügelten Diensthemden mit sorgfältig gebundenen Krawatten blickten hin und wieder zu den Bildschirmen auf, klapperten mit den Tastaturen, telefonierten, sprachen über Mikrofon mit den Besatzungen der Streifenwagen oder wechselten ein paar Sätze mit den Kollegen an den Funktischen. Irgendwo im klimatisierten Raum arbeitete der Großrechner von CEBI und sorgte dafür, daß kein Anruf und keine Weisung verlorenging. Es war ein ruhiger Tag.

Kommissar Freiberg hatte sich beim Beamten vom Dienst erkundigt, ob noch Meldungen zur Mordsache Helmer eingegangen waren. Aber CEBI hatte kein frisches Futter bekommen. Ein weiterer Anruf beim Gewahrsamsdienst erbrachte auch nicht mehr als den Hinweis, daß Siegbert Kalze vor sich hinbrütend in seiner Zelle hockte. Für den Nachmittag hatte der von ihm angeforderte Rechtsanwalt sein Erscheinen zugesagt.

Kurz vor Mittag ließ Freiberg sich mit seiner Kollegin in Potsdam verbinden, um ihr mitzuteilen, daß weder die Leichen noch die Projektile von Bonn und Potsdam zusammenpaßten. Angelika Lette bedauerte das außerordentlich, tröstete sich aber damit, daß dann eben der Kommissar Zufall die Ermittlungen übernehmen müsse. Die Morduntersuchungskommission trete ziemlich auf der Stelle. Das einzig Positive, was sie berichten könne, sei der Erfolg ihrer Diät; sie habe fünf Kilo abgenommen.

»Übertreib's nicht«, mahnte Freiberg. »Sonst bist du bald nicht mehr die Starke, und wir müssen uns an einen neuen Spitznamen gewöhnen. Der Name ›die Schwache‹ paßt nicht zu dir, finde ich. Außerdem solltest du bedenken, daß bei solchen Gewaltkuren der Busen seinen inneren Halt verliert.«

»Sollen wir jetzt zum Telefonsex übergehen?« fragte sie kichernd. »Sei froh, daß deine Sabine solche Probleme nicht kennt. Grüß sie von mir. Ich erinnere mich gern an mein Gastspiel in Bonn, als wir ›die Dame aus Potsdam‹ im Visier hatten.« So plätscherte das Gespräch noch eine Weile dahin.

Als Freiberg aufgelegt hatte, meldete Fräulein Kuhnert über die Gegensprechanlage, daß ein Priester den Kriminalhauptkommissar zu sprechen wünsche.

»Den schickt mir der Himmel im Fall Helmer«, murmelte Freiberg. »Hochwürden soll bitte reinkommen«, sagte er dann laut, und es klang gar nicht einmal spöttisch.

Sofort öffnete sich die Tür und ein lautes »Hallo« ließ die Wände beben. Der Fall Helmer war vergessen. Die beiden Männer fielen sich in die Arme und klopften sich so kräftig auf die Schultern, als wolle jeder den anderen auf seine Standfestigkeit testen.

»Mensch, Hardy, altes Haus!« rief Freiberg. »Wir haben uns ja eine Ewigkeit nicht gesehen. Verändert hast du dich kaum, nur ein wenig reifer bist du geworden.«

»Und dein Junglehrerbart ist wohl endgültig ab – ist das Sabines Verdienst? Du bist doch hoffentlich noch mit ihr zusammen?« Eberhard Folke war groß, schlank und sportlich, ein Typ wie aus den »Dornenvögeln« entlehnt. Die Frage, ob sein weißer Bundkragen unter dem dunklen Stadtanzug genug Schutz gegen die weltlichen Versuchungen bot, hatte Freiberg sich auch früher schon gestellt.

Jetzt sah er den Studienfreund prüfend an. »Wie es

deinen Freundinnen geht, kann ich schlecht fragen; aber meiner studentischen Hilfskraft und mir geht es gut. Sabine hat im vorigen Jahr den Doktor phil. gebaut und arbeitet in der Universitätsbibliothek.«

»Habt ihr geheiratet?«

»Nein, wir leben im glücklichen Zustand der läßlichen Sünde. Das fällt den Evangelen nicht schwerer als deinen Schäfchen, davon solltest du dich hic et nunc überzeugen. Am besten kommst du zu uns, wir wohnen gar nicht weit von hier, in der Brentanostraße. Den Roten von der Loire darfst du doch trinken?«

Eberhard Folke lächelte breit. »Aber ja, wenn's kein geweihter Meßwein ist. Heute bin ich bis achtzehn Uhr im Wissenschaftsministerium, danach hätte ich Zeit.«

»Verdammt! Oh, entschuldige«, sagte Freiberg enttäuscht. »Dann geht's heute nicht. Wir starten eine dicke Sache, und das kann dauern bis zum Morgengrauen.«

»Schade, aber um die Zeit bin ich schon wieder in Köln, um in der Früh zu einem kunstgeschichtlichen Seminar nach Florenz zu fliegen. Aber aufgeschoben ist nicht aufgehoben.«

»Also beim nächsten Mal. Kann ich im Moment irgend etwas für dich tun? Oder bist du ganz privat hier?«

»Nicht nur, ich habe da ein kleines Problem.«

»Na, dann raus damit!«

»Du weißt sicherlich, daß ich ein paar Jahre in Spanien und Frankreich war, um die Schätze der romanischen Kirchen kennenzulernen. Jetzt bin ich wissenschaftlicher Gast beim Domkapitel in Köln. Eine Pfarre wollte ich nicht. Ich bin mehr ein theoretischer Mensch, so eine Art Nischenpriester, von denen es einige gibt. Mich interessiert die Kunst mehr als die Seelsorge.«

»Und bei der Kunst drückt's?«

»Genau! Vielleicht kannst du mir einen Rat geben.«

»Nur zu! Was ich tun kann, wird getan.«

Eberhard Folke schien sich unbehaglich zu fühlen, als er sagte: »Ich habe eben bei einem Spaziergang durch eure schöne Fußgängerzone etwas entdeckt, was mir zu schaffen macht und nicht ganz astrein erscheint. Nur möchte ich niemanden so ohne weiters beschuldigen...«

Kommissar Freiberg hatte in seinem Dienstzimmer schon einige seltsame Gespräche geführt, aber die Seelenqualen eines katholischen Priesters waren ihm neu. Burschikos sagte er: »Nun mach's mal nicht so spannend, Hardy.«

»Also, da gibt's ganz in der Nähe meiner früheren Bude so eine Boutique mit Schmuck und Kunstgegenständen...«

»Ja, ich weiß, mit gediegenen Sachen. Ein paar Stücke aus dem Laden stehen auch bei uns. Was ist damit?«

»Hoffentlich ist's kein Hehlergut!« platzte Hardy heraus.

»Wie kommst du darauf? Die Inhaberin, Larissa Valin, wirkt zwar etwas aufgedonnert und nicht unbedingt gutbürgerlich, aber gegen sie liegt nichts vor. Das hätte sich sonst im Präsidium herumgesprochen.«

Freibergs Bemerkung machte Eberhard Folke noch vorsichtiger. »Ich hab' da im Fensterhintergrund eine Art Miniaturmonstranz gesehen, etwa vierzig Zentimeter hoch, die aus einem Kirchendiebstahl in München stammen könnte«, sagte er zögernd. »Ich befasse mich mit sakraler Kunst im weitesten Sinne und verfolge auch die internen Meldungen über gestohlene Kunstgegenstände.« Er sah kurz zu Freiberg auf, bevor er schnell fortfuhr: »Beschreibung und Abbildung eines dieser kostbaren Gegenstände passen, soweit ich das beurteilen kann, genau auf das Stück in der Boutique.«

»Du meinst, diese Miniatur wurde gestohlen?«

»Ich denke schon. Es handelt sich um die Nachbildung einer Sonnenmonstranz, wie sie in der Renaissance bekannt wurden. Und dieses ist ein besonderes Stück. Ein Mäzen hat sie fertigen lassen und der Kirche als Dank für Hilfe in Not geschenkt. Das ist schon etwas ungewöhnlich, deshalb habe ich mir Beschreibung und Abbildung genau eingeprägt.«

Walter Freiberg hatte seinem Freund aufmerksam zugehört. »Das ist ja interessant. Willst du Anzeige erstatten?«

Hardy schüttelte den Kopf. »Eher nein. Darum bin ich erst einmal zu dir gekommen. Ich bin doch dauernd unterwegs – wie soll ich da die Sache durchziehen?«

»Dann machen wir es mal ganz anders. Ich gebe meinem Kollegen vom zuständigen Kommissariat einen Tip, und der sieht sich bei Larissa um. Du sorgst vor deiner Abreise noch dafür, daß wir so schnell wie möglich die Beschreibungen und Bilder der gestohlenen Dinge bekommen. Vielleicht liegen sie auch schon in den Akten. Alles andere ist dann Routine. Du brauchst dich um nichts zu kümmern. Einverstanden?«

Eberhard Folke atmete erleichtert auf. »Danke! Wenn du mal die Tröstungen meiner Kirche nötig haben solltest, darfst du auf mich zählen. So, nun muß ich los zum Wissenschaftsministerium. Wir sehen uns dann nach meiner Rückkehr aus Florenz. Grüß Sabine von mir.«

Damit empfahl sich der Herr geistlichen Standes und ließ seine irdischen Probleme bei der Polizei zurück.

Es gab immer Ermittlungssachen, die durch längeres Lagern noch dringender wurden, aber der Wunsch eines Kollegen hatte nun mal Vorrang. So tauchte schon eine halbe Stunde nach Freibergs Anruf der junge Kommissar Wetter vor der Boutique von Larissa Valin auf. Er hatte einige Kopien mit Bildern und Daten gestohlener Gegenstände in seiner Aktentasche, darunter auch die einer kleinen Sonnenmonstranz.

Wetter nahm ungeniert ein Blatt in die Hand und verglich die Angaben mit dem Ausstellungsstück im Fenster. Da konnte es kaum Zweifel geben: Freibergs Tip traf ins Schwarze!

Larissa Valin sah in dem Eintretenden gewiß einen interessierten Käufer und nicht einen Mann der Kriminalpolizei; hatte sie doch mit dieser Spezies noch nie zu tun gehabt, obwohl aller Grund dafür bestand.

»Guten Tag, mein Herr«, grüßte sie mit routinierter Freundlichkeit. »Was kann ich für Sie tun?«

Kommissar Wetter strahlte sie an. »Sie haben einige sehr schöne Stücke im Fenster. Mich interessiert besonders die kleine Sonnenmonstranz.«

»Ich zeige sie Ihnen gern, Moment bitte.«

Gleich darauf stand das Kunstwerk vor ihm auf der dunkelblauen Stoffunterlage. »Sehr schön! Was soll sie kosten?« fragte er ohne Umschweife.

Larissa Valin legte eine Kunstpause ein, wie sie ihr bei manchen eher finanzschwachen Kunden angemessen schien, und sagte dann ein wenig gönnerhaft: »Der Schätzwert liegt bei hundertzehntausend.«

Der Kunde hielt die Abbildung daneben, verglich einige Details und sagte immer noch freundlich: »Damit wäre das Stück aber erheblich unterbezahlt. – Kriminalpolizei!« Er zog seine Dienstmarke und hielt sie der Frau entgegen. »Diese Monstranz ist hiermit sichergestellt. Sie stammt aus einem Kirchendiebstahl in München. Und Sie, Frau Valin, werden jetzt Ihren Laden schließen und mir alles erzählen, was Sie über die Herkunft wissen.« Auf Verdacht und zur Einschüchterung fügte der Kommissar hinzu: »Sie scheinen noch weitere Preziosen zu haben, die auf meiner Liste stehen.«

»Ich kann doch jetzt während der Geschäftszeit nicht einfach zusperren. Nach Geschäftsschluß stehe ich Ihnen gern zur Verfügung«, versuchte sie einen Ausweg zu finden.

»Nach Geschäftsschluß sind Sie vielleicht schon in Untersuchungshaft«, konterte Wetter.

Das Stichwort ließ die Tränen fließen. Sie flossen reichlich und zerstörten das perfekte Make-up. Mitleid war gefordert.

Der Kommissar kannte auch dieses Stadium der Ermittlungen sehr gut und blieb unbeeindruckt.

Wenig später hing ein Schild an der Tür: »Vorübergehend geschlossen.«

Schon am frühen Nachmittag nahmen sich mehrere Damen und Herren der vielen kostbaren Stücke in der Boutique an. Da wurde abgeräumt wie zu Al Capones Zeiten. Was aus den Regalen und Schränken entnommen wurde, steckte bald darauf in zahlreichen, mit beschrifteten Aufklebern versehenen Beweissicherungstüten. Der Kripo war ein dicker Fisch ins Netz gegangen.

Larissa Valin erhielt noch Gelegenheit, in ihrer kleinen Wohnung im Obergeschoß ein Köfferchen zu packen. Nicht einmal bis zum offiziellen Geschäftsschluß hatte es gedauert, sie als Top-Hehlerin zu überführen und vorläufig festzunehmen. Das Schild blieb an der Tür hängen.

Wie sooft, wenn jemand der Hehlerei verdächtig war, wollte auch Larissa Valin immer nur im guten Glauben an den rechtmäßigen Erwerb des Vorbesitzers die Schmuckstücke mit oder ohne Fassung gekauft haben. Von dieser Version ließ sie sich auch durch noch so bohrende Fragen Kommissar Wetters nicht abbringen. Vieles wollte sie auch nur genommen haben, um Kunden, die schon bessere Zeiten gesehen hatten, aus der Verlegenheit zu helfen.

»Ich hab' es doch nicht nötig, mich mit der Sore von zweifelhaften Typen zu befassen«, erklärte sie empört mit wogendem Busen. »Es wird wohl kein Geschäft mit Kunstgegenständen geben, wo nicht schon mal eine gestohlene Sache verkauft worden wäre. Wer kann das verhindern?«

Auf die Frage, wie es mit Belegen und Rechnungen stehe, meinte sie treuherzig: »Wenn einer bedürftig ist, werde ich ihn doch nicht zusätzlich dadurch beschämen, daß ich ihn irgendwelche Papiere ausfüllen lasse. Bei meinen Kunden, die vorwiegend aus besseren Kreisen kommen, wäre das ganz und gar unmöglich.« Sie hatte den ersten Schock überwunden und gab sich rechtschaffen.

Kommissar Wetter ließ die Suaden an sich abprallen. Die Fülle der Beute sprach gegen die ehrbare Geschäftsfrau. Und die wußte mit Sicherheit, daß ihr die nachgewiesene, gewerbsmäßige Hehlerei bis zu zehn Jahren Knast einbringen konnte. Dadurch würde manch schöne Stunde in ihrem Leben verlorengehen, also kämpfte sie.

»Bei kleineren Schmuckstücken hätte ich ja noch Verständnis für Ihre Geschäftsgebaren«, meinte Kommissar Wetter. »Aber die Miniaturmonstranz wird Ihnen wohl kaum von einer bedürftigen Dame aus besseren Kreisen über den Ladentisch gereicht worden sein. Wie also ist das kostbare Stück zu Ihnen gelangt?«

Larissa Valin schwitzte nun doch so sehr, daß sich unter ihren Armen feuchte Flecken ausbreiteten. Sie betupfte Gesicht und Dekolleté mit einem Taschentuch. Bedächtig formulierte sie ihre Antwort: »Die Miniatur wurde in Nürnberg ordnungsgemäß gekauft. Ich dachte, sie sei auf den Markt gekommen, weil ein früher wohlhabender Emigrant aus dem Osten dringend D-Mark brauchte. Die verkaufen doch alles, was sich nur denken läßt, um an harte Währung zu kommen.«

»Haben Sie persönlich das Geschäft getätigt?«

»Hm, nein, nicht persönlich. Ich habe die Ware erst in Bonn angeboten bekommen und mich natürlich vergewissert, daß alles seine Richtigkeit hatte.«

»Können Sie das schriftlich belegen?«

»Nein – warum auch? Ich habe Ihnen doch überzeugend erklärt, wie meine Geschäfte laufen.«

Kommissar Wetter wurde langsam ungeduldig. »Ersparen wir uns Ihre Geschäftsphilosophie; sie taugt nichts. Wer hat Sie beliefert?«

»Der Mann möchte ungenannt bleiben. Das war so besprochen und ausgemacht.«

»Frau Valin! Entweder Sie benennen uns den Mann, oder wir graben Ihr persönliches Umfeld von hinten bis vorn um, dann finden wir ihn auch. Das dauert nur etwas länger, aber dafür haben Sie Gelegenheit, in der Untersuchungshaft unsere nicht gerade komfortablen Zellen zu genießen.«

Das war genau die Perspektive, die Larissa Valin am wenigsten schätzte. Um ihren Kopf aus der Schlinge zu ziehen, sagte sie: »Die Monstranz hat mir mein Verlobter mitgebracht.«

»Aha! Wie heißt der Mann, und wo ist er zu erreichen?«

Sie stöhnte vor Selbstergriffenheit, bevor sie antwortete: »Er heißt Fred Schöbel, ist Student und wohnt in seiner kleinen Werkstatt am Rheindorfer Hafen. Der kann Ihnen aber auch nicht mehr sagen als ich.«

»Danke«, sagte Wetter kurz. »Erst einmal ist die Vernehmung beendet.«

»Kann ich jetzt gehen?«

»Ja, in die untere Abteilung des Präsidiums. Ein Kollege wird Sie begleiten. Dort sind die Zellen – auch für die Damen der besseren Gesellschaft. Einzelunterbringung gehört zum Service.«

Minuten später waren ein Streifenwagen und Kommissar Wetter unterwegs, um Fred Schöbel in die Zange zu nehmen.

Die Werkstatt wirkte von außen eher unscheinbar: eine kleine Halle mit einem Anbau, in dem offensichtlich Büro und eine winzige Wohnung untergebracht waren. Neben dem Namensschild hing eine Schiefertafel mit dem Hinweis: »Termine nach Vereinbarung«. Alle Türen waren geschlossen. Als sich auf wiederholtes Klopfen niemand meldete, sagte der Kommissar: »Wir müssen da rein!«

Ein Stein genügte, um eine kleine Scheibe des nicht gesicherten Fensters auf der Rückseite des Gebäudes einzuschlagen und den Flügel zu entriegeln. Der Kommissar kletterte als erster hindurch, die anderen folgten. Das Büro diente auch als Lagerraum für Kfz-Zubehör. Daneben lag ein Wohnraum mit Schlafcouch, dem sich eine kleine Küche anschloß. Alles wirkte zwar chaotisch, aber nicht verkommen. Die Couch war benutzt worden, zwei Decken lagen unordentlich am Fußende.

Der Blick in die Werkstatt versetzte Wetter und die uniformierten Kollegen in helles Entzücken. Da standen nebeneinander drei tipptopp gepflegte Oldtimer: ein Bugatti, ein Alfa Romeo und ein Ford, Modell T, von dem sein Produzent Henry einmal gesagt hatte, man könne die »Tin Lizzi« in jeder Farbe haben – vorausgesetzt, sie sei schwarz.

Neben diesen Veteranen fiel der Mercedes 280, anthrazitfarben und nagelneu, völlig aus dem Rahmen. Er stand etwas abseits von der Hebebühne und war – wenigstens äußerlich – makellos; seine Nummernschilder fehlten. Die wurden allerdings sehr schnell in einer Werkzeugkiste im Ersatzteillager gefunden.

Vom Streifenwagen ging über Funk eine Rückfrage an die Leitstelle, und kaum zehn Minuten später stand fest, daß der Wagen vor vier Tagen einem Geschäftsmann aus Wuppertal gestohlen worden war.

»So, jetzt machen wir uns ganz klein und verschwinden schnellstens. Die Werkstatt wird ab sofort verdeckt observiert«, verfügte Kommissar Wetter. »Irgendwann wird der Vogel ja wohl in sein Nest zurückkommen. Dann fangen wir ihn!«

Hauptkommissar Freiberg war hocherfreut, als sein Kollege ihm am Telefon die Geschichte in allen Einzelheiten erzählte und dabei die Oldtimer gar nicht genug preisen konnte.

»Die muß ich mir ansehen, wenn ihr den Schöbel einkassiert habt«, sagte Freiberg. »Die ›Tin Lizzi‹ interessiert mich besonders. Sie hat schließlich das Fließbandzeitalter eröffnet.«

21

Rechtsanwalt Papenhorst war ein alter Bekannter der Mitarbeiter des ersten Kommissariats. Als Strafverteidiger hatte er in der Öffentlichkeit einen guten Ruf. Bei der Staatsanwaltschaft und der Kripo wurde er weniger geschätzt, weil es ihm immer wieder gelang, auch die verborgenen Schwächen mancher Ermittlungsverfahren in Pluspunkte für die Verteidigung umzumünzen. Wenn er mit einem Mandanten auftauchte, war äußerste Vorsicht geboten. Kommissar Freiberg vermied es, ohne Zeugen mit ihm zu sprechen. Jetzt, am späten Nachmittag, verlief die zweite Vernehmung von Siegbert Kalze in Gegenwart seines Verteidigers äußerst förmlich. Neben Freiberg waren Kommissarin Fendt und Ahrens anwesend. Fräulein Kuhnert führte das Protokoll. Lupus konnte mit seinem nur schwer zu zügelnden Mundwerk auch keinen Schaden anrichten, da er sich um die Installation der Raubtierfalle kümmern mußte.

»Darf ich von der Belehrung des Beschuldigten über seine Rechte absehen?« fragte Kommissar Freiberg.

»Sie dürfen«, antwortete Rechtsanwalt Papenhorst, und sein Mandant nickte ergeben.

»Herr Kalze ist des Rauschgiftschmuggels überführt und wird des Mordes an Andreas Helmer beschuldigt«, umriß Freiberg das Thema. »Wenn Ihr Mandant nicht von seinem Recht, die Aussage zu verweigern, Gebrauch machen will, bitte ich um seine Stellungnahme.«

»Mein Mandant ist zur Aussage bereit«, stellte der Anwalt ohne Umschweife fest.

»Danke«, sagte Freiberg und gab den Stand der Ermittlungen in kurzen Zügen wieder.

»Ihre Interpretation der Vorgänge in Antwerpen teilen wir nicht«, ging der Rechtsanwalt sofort zum Angriff über. »Die Beschuldigung, Herr Kalze habe Andreas Helmer ermordet, hängt völlig in der Luft. Mein Mandant bestreitet das entschieden. Dafür fehlt auch jeder Beweis. Die Tatsache allein, daß in Antwerpen Kokain in einer Reisetasche entgegengenommen wurde, läßt nicht den Schluß zu, daß die Ware mit dem Geld aus Helmers Besitz bezahlt worden ist. Damit muß auch der Vorwurf der Erpressung mit anschließender Tötung des Opfers entfallen.«

»Wir haben weitergehende Erkenntnisse«, entgegnete Freiberg.

»Da bin ich aber sehr gespannt. Wurde die Waffe gefunden?«

»Nein, noch nicht, aber wir wissen, daß Ihr Mandant sämtliche Daten kannte, die für den gestrigen Rauschgiftdeal erforderlich waren. Die kann er nur von Helmer haben – entweder aus dem Computer oder von Helmer persönlich. Und daß diese Daten zutreffend waren, kann ja wohl nicht bestritten werden. Ich möchte hierzu die Aussage des Beschuldigten zu Protokoll nehmen und nicht die Interpretation seines Verteidigers. Also?«

Zaghaft meldete sich Kalze zu Wort. Er hatte vor seinem Anwalt wohl mehr Angst als vor der Polizei. »Ich habe das alles vorher mit Andreas besprochen. Wir waren befreundet.«

»Das ist ja eine ganz überraschende Version«, sagte Freiberg. »Haben Sie Helmer bei seinen – sagen wir mal – Geschäften unterstützt?«

»Das dürfen Sie nicht unterstellen«, fuhr Rechtsanwalt Papenhorst auf, der merkte, daß Kalze Gefahr lief, sich selbst zu belasten. »Mein Mandant hat von einigen Terminen gewußt, mehr nicht.«

»Ja«, nahm Kalze verschreckt den Faden wieder auf. »Ich habe von einigen Terminen gewußt.«

»Dann erklären Sie mir doch mal, was Sie gewußt haben.«

»Zu bestimmten Zeiten war Andreas in Antwerpen.«

»Nun, das wissen wir auch. Unsere Spezialisten haben sehr schnell Helmers Primitivcode geknackt. Haben Sie auch mit dem Computer gearbeitet?«

»Nein, niemals, da ließ Andreas keinen anderen ran. Wir haben immer nur mündlich ausgemacht, was ich zu tun hatte.«

»Würden Sie das bitte genauer erklären?«

Kommissar Freiberg wußte aus langjähriger Erfahrung, daß man einem Toten alles unterstellen konnte, wenn es für die Verteidigung nützlich war. Rechtsanwalt Papenhorst wußte das auch. Er würde also versuchen, alles Belastende auf Helmer zu schieben. Aber die Behauptungen mußten schon durch Tatsachen untermauert werden, wenn sie glaubhaft sein sollten. Bisher sah es damit von

Kalzes Seite sehr dürftig aus. So drängte ihn sein Anwalt: »Klären Sie das doch mit den Terminen.«

»Andreas hatte oft mehrere gleichzeitig, und dann... und dann...«

»Haben Sie den einen oder anderen für ihn wahrgenommen«, faßte Freiberg sofort nach.

Jetzt saß Kalze in der Zwickmühle, und auch sein Anwalt erkannte sofort, daß sein Mandant nur die Wahl zwischen zwei Übeln hatte: entweder eine Anklage wegen Rauschgiftvergehens oder eine wegen Mordes. Da war es wohl das beste, die Verteidigung so aufzubauen, daß der Mordverdacht entkräftet wurde. »Antworten Sie nach bestem Gewissen«, sagte er darum.

»Konnten Sie bei Ihren Freundschaftsdiensten überhaupt selbst entscheiden, welchen Termin Sie wahrnehmen wollten?«

»Eigentlich nein. Mit den anderen Geschäften hatte ich ja nichts zu tun. Ich weiß bis heute nicht, worum es dabei ging.«

»Worum ging's in diesem Fall?«

Kalze wand sich. »Ich habe nur die Reisetaschen mit einem Pärchen ausgetauscht, mit dem Andreas mich bekanntgemacht hatte.«

»So wie gestern in Antwerpen?«

»Ja, insgesamt zwei- oder dreimal. Andreas hat mich mit dem Wagen mitgenommen und abgesetzt, oder wir sind mit dem Zug hingefahren. Nach dem Taschentausch bin ich nie mit ihm, sondern immer mit der Bahn zurückgefahren und habe die Tasche in seiner Wohnung deponiert.«

»Sie hatten also einen Schlüssel?«

»Ja, den habe ich noch. Der ist unten bei meinen persönlichen Sachen, die man mir abgenommen hat.«

»Sie hören es ja«, sagte der Anwalt. »Herr Kalze ist im

Rahmen seiner Fähigkeiten und Kenntnisse bemüht, an der Aufklärung des Falles mitzuwirken, auch wenn er sich – vielleicht aus Ihrer Sicht – ein wenig selbst belastet.« Das waren Trostsprüche für den Mandanten, aber keine Argumente gegenüber der Polizei.

Erst jetzt ergriff Kommissarin Fendt das Wort. »Herr Kalze, ist Ihr Spitzname in der ›Lokomotive‹ Leopard?«

»Ja.«

»Sind Ihnen auch die Spitznamen wie Tiger, Löwe und Panther bekannt – und wissen Sie, zu wem sie gehören?«

»Ja, auch das.«

»Wissen Sie, daß in der ›Lokomotive‹ mit Rauschgift gedealt wird?«

Noch bevor Rechtsanwalt Papenhorst bremsen konnte, antwortete Kalze: »Aber ja, das weiß doch jeder hier in Bonn.«

Diese Antwort war aus der Sicht des Anwalts allerdings auch nicht schlecht.

»Warum«, fuhr Kommissar Freiberg fort, »ist Helmer manchmal mit dem Auto gefahren und ein andermal nicht? Können Sie sich das erklären?«

»Darüber habe ich nie nachgedacht«, antwortete Kalze und schien sich selbst über seine Antwort zu wundern. »Andreas war verschlossen und hat nie über seine Angelegenheiten gesprochen. Er hatte wohl gut betuchte Eltern oder Bekannte, die ihm gelegentlich ihre Wagen überlassen haben. Er selbst wollte sich keinen kaufen.«

Der Hinweis auf die Eltern war zutreffend, soweit der Kollege Peters in der kurzen Zeit ermitteln konnte. Der Vater führte in Hamburg ein kleines Handelsunternehmen. Im letzten Jahr hatte er seinem Sohn den Firmen-Mercedes vorübergehend überlassen. Das Verhältnis zu ihm war dann sehr abgekühlt, da Andreas seiner Wege ging und sich nicht mehr zu Hause sehen ließ.

»Welche Fahrzeugtypen hat Ihr Freund gefahren?«

»Das war mal ein BMW, der große, oder auch ein 230er Mercedes.«

»Wissen Sie, ob Helmer in den Fahrzeugen Kokain befördert hat?«

»Keine Ahnung, das nehme ich aber stark an. Dafür war er ja wohl unterwegs.« Unschuldsvoll blickend fügte Kalze hinzu: »So stand es jedenfalls in der Zeitung. Er hatte doch auch was bei sich, als er tot aufgefunden wurde.«

»Hatte er eine Waffe?«

»Das glaube ich nicht. Das wäre auch bei den Fahrten ins Ausland viel zu gefährlich gewesen.«

»Woher stammt die Tasche mit dem Geld, die Sie in Antwerpen umgetauscht haben?«

Kalze sah seinen Anwalt fragend an, und der gab die Antwort: »Mein Mandant möchte hierzu die Aussage verweigern. Im übrigen ist nicht bewiesen, daß in der Tasche tatsächlich Geld war.«

Damit hatte Papenhorst recht. Gleichwohl war nicht anzunehmen, daß nur leeres Papier ausgetauscht worden war. Freiberg merkte, daß er heute nichts mehr erfahren würde. Außerdem drängte die Zeit. Er mußte sich auf die Aktion am Bahnhofsparkplatz vorbereiten. So beendete er die Vernehmung sehr schnell.

»Wenn Haftbefehl gegen meinen Mandanten ergeht, werde ich einen Haftprüfungstermin beantragen«, sagte Rechtsanwalt Papenhorst. »Schon die vorläufige Festnahme steht rechtlich gesehen auf wackeligen Füßen.«

Freiberg blieb ungerührt. Er kannte auch dieses Spiel, das dem Mandanten Mut machen sollte. Der Anwalt hatte seine Pflicht getan und verließ mit einem kurzen Gruß den Raum. Kalze wurde vom PGD in seine Zelle zurückgebracht.

»Sehr weit sind wir nicht gekommen«, faßte Kommissarin Fendt das Vernehmungsergebnis zusammen und sah ihren Kollegen mißmutig an.

Der lächelte. »Abwarten und Tee trinken. In dieser Nacht kommt die ›Lokomotive‹ unter Dampf, und dann wollen wir doch mal sehen, wohin die Reise geht.«

Der Anruf beim *Commissaire en Chef* in Brüssel kam erst nach mehreren Versuchen zustande. Nachdem Boeremans nach ganz oben befördert worden war, schien sein Terminkalender noch voller zu sein als früher. Viel Zeit für die üblichen Fragen nach Familie und Wohlergehen blieb nicht. Freiberg kam schnell zur Sache und berichtete vom Ausflug der Bonner Kripo nach Antwerpen und den Beobachtungen von Ahrens, betonte aber, daß von deutscher Seite nichts unternommen worden sei. Ahrens habe nur fotografiert. Die Fotos seien unterwegs nach Belgien und brächten vielleicht Erkenntnisse.

Boeremans kam von sich aus auf den Fall des Europaministers zu sprechen, der nach dem Wiederauftauchen des zum Glück unverletzten Fahrers noch rätselhafter geworden sei. Immer wieder fänden zeitraubende Gespräche beim Innenminister statt, aber Kripo und Staatsanwaltschaft tappten nach wie vor im dunkeln. Vielleicht sei die ganze politische Aufregung ja auch unnötig, und es handele sich nur um einen besonders dreisten Autoklau oder um den gelungenen Versuch, einen der Mächtigen der Politik lächerlich zu machen.

»Wir haben hier ein interessantes Interview mit dem Fahrer gelesen«, sagte Freiberg. »Was da in Brüssel abgelaufen ist, war schon ein echtes Bubenstück. Habt ihr etwas über die Täter in Erfahrung bringen können?«

»Wir haben nichts, nur Aufregung bei allen politischen Instanzen.«

»Übrigens gibt es in unserer Rauschgiftsache nicht nur Spuren, die nach Antwerpen, sondern auch nach Brüssel führen. Der Freundin des ermordeten Helmer, die in seiner Wohnung auf ihn wartete, haben wir ein Schlüsseletui abgenommen. Die nur noch schlecht zu erkennende Prägung zeigt das Atomium und die Anschrift ›Dépannage Lafite‹ – Moment, ich muß mich noch mal vergewissern... Also: ›Dépannage Lafite, Rue de Laeken‹.«

»Hallo!« rief Boeremans laut, »das ist ganz in der Nähe vom ›Le Renard qui rit‹. Sollte es da Zusammenhänge mit den Rauschgiftdealern geben? Das wäre ja eine ganz neue Perspektive!«

»Der entführte Fahrer hat unserem Presse-Mauser auch erzählt, daß es in dem Keller, oder wo immer er angekettet war, nach Gummi und Öl gerochen hat.«

»*Hélas!* Nun paßt manches zusammen. Wir haben die Aussage zwar auch im Protokoll, aber bisher nichts damit anfangen können. Vielleicht zeigt sich jetzt ein kleines Leuchten.« Boeremans, der als Flame sehr gut Deutsch sprach, fand in der Euphorie manchmal doch nicht ganz das treffende Wort.

So hatte dieses Gespräch nicht nur der Pflege guter Beziehungen gedient, sondern auch noch einige Erkenntnisse gebracht. Boeremans bedankte sich überschwenglich für den Anruf und sagte spontan: »Auf diese Dépannage werde ich gleich mal meine Leute ansetzen. Du hörst sofort von mir, wenn wir dort fündig werden sollten.«

Als Freiberg aufgelegt hatte, kam Fräulein Kuhnert ins Zimmer, um ihm die Reinschrift des Vernehmungsprotokolls zur Durchsicht vorzulegen. Er saß in sich gekehrt am Schreibtisch und fuhr immer wieder langsam mit den mittleren drei Fingern der linken Hand über seine Stirn. »Kommissarin im Ehrenamt«, sagte er endlich, »mein Gespräch mit Boeremans hat mich darauf gebracht, daß es im

Fall Helmer Zusammenhänge geben könnte, an die wir alle noch nicht gedacht haben. Aber erst einmal müssen wir uns auf die ›Lokomotive‹ konzentrieren, dann auf die Staatskarossen.«

Sie sah ihn verständnislos und fragend an. Als keine weitere Erklärung kam, zeigte sie auf das Protokoll und fragte: »Soll Kalze jetzt gleich unterschreiben oder in Anwesenheit seines Rechtsanwalts?«

»Nur in Gegenwart seines Anwalts«, entschied Freiberg, ohne ganz bei der Sache zu sein.

22

Die unterirdischen Zubringer des Hauptbahnhofs erwiesen sich als sehr nützlich für den Aufbau der Raubtierfalle. Mehr junge Leute als sonst streunten durch die Unterführungen und klärten das Umfeld ab. Die Einsatzleitung hatte sich im Obergeschoß des Bahnhofs etabliert, hier liefen die Fäden für den Schlag gegen die »Lokomotive« zusammen. Schon seit dem frühen Nachmittag stand auf dem Bahnhofsparkplatz ein Wohnmobil mit einem verliebten Pärchen, das hin und wieder Einkaufstüten anschleppte. Nicht in allen waren Lebensmittel; in manchen steckten Funkgeräte oder Maschinenpistolen von Heckler und Koch. Das war der knapp bemessene Personenschutz für Freiberg, wenn es zur Übergabe des Rauschgifts an Tiger kommen sollte.

Kommissarin Fendt und Lupus hüteten sich, das Bahnhofsgelände zu betreten, denn auch Tiger und Co. würden das Terrain beobachten, um eine Falle auszuschließen. Die Kriminalisten ließen sich mit einem geschlossenen Gepäckwagen bis an den Anbau des Gebäudes bringen. Die

Streifenwagen – einige mehr als gewöhnlich – konnten über Funk in Minuten an jedem Ort der Stadt zusammengezogen werden.

Schwierig waren nur die verdeckten Vorbereitungen des Spezialeinsatzkommandos. Seine Stärke lag unter anderem darin, schlagartig mit allen Kräften zur Stelle zu sein. Um das zu gewährleisten, hatte sich die Einsatzleitung entschlossen, eine größere Baustelle in der Nähe der »Lokomotive« einzurichten. Niemand würde Verdacht schöpfen, da sich manche der Straßenbaumaßnahmen nur außerhalb der Hauptverkehrszeit durchführen ließen. Im größten der Baufahrzeuge sollte gegen zehn Uhr abends das SEK anrollen.

Schon während des Nachmittags hatten sich die neun Männer und zwei Frauen als bummelnde Touristen mit den Örtlichkeiten vertraut gemacht. Einige hatten in der »Lokomotive« ein Kölsch oder eine Cola getrunken und unauffällig bis hin zu den Toiletten und der Tür »Privat« die Örtlichkeiten inspiziert. Zwei weitere SEK-Leute sollten unmittelbar nach dem Ablauf der Aktion mit einem »Taxi« hinter dem Gebäude abgesetzt werden, um durch den Schacht, den Freiberg zur Flucht benutzt hatte, in den Lagerkeller zu gelangen. Zu ihrer Ausrüstung gehörten eine Brechstange und ein armlanger Hebelvorschneider, um die Abdeckplatte aufbrechen zu können.

Der Leitstelle und dem SEK lagen die in aller Eile vom Bauamt herbeigeschafften Bau- und Lagepläne vor. Niemand konnte allerdings mit Sicherheit sagen, ob nicht in den letzten Jahren Veränderungen erfolgt waren, die nicht im Plan standen.

So hatte man alle Vorbereitungen getroffen, um mit dem Stichwort »Eisenbahn« der »Lokomotive« Dampf zu machen.

Kommissar Freiberg, wieder mit Menjoubärtchen und

Gel im Haar, hatte von seiner Kollegin gegen neun Uhr auf dem Autobahnrastplatz Im Eichkamp das Originalpaket Kokain entgegengenommen, mit ihr noch die nötigen Schritte besprochen und sich dann der unsichtbaren Betreuung aus Köln anvertraut. Das verliebte Pärchen im Wohnmobil auf dem Bahnhofsparkplatz gehörte zum Bonner Präsidium und war Freiberg gut bekannt.

Wie nicht anders zu erwarten, hatte Ahrens einen Mercedes mit Düsseldorfer Kennzeichen angemietet, so daß Hasso standesgemäß anreisen konnte. Diesmal hatte Freiberg seinen Dienstausweis in der Tasche, jedoch keine Waffe. Er wollte auf alle Fälle vermeiden, vom verkehrten Ende her in den Lauf seiner eigenen Pistole zu sehen, wie es ihm im Fall »Diplomat im Abseits« passiert war.

Kurz vor elf rollte Hasso aus Düsseldorf mit dem Mercedes auf den Bahnhofsparkplatz und stellte den Wagen in der hinteren Reihe ab. Hier fiel so viel Licht ein, daß die Kollegen vom Wohnmobil den Treffpunkt gut einsehen konnten. Freiberg hatte sich vor seinem Auftritt von Sabine eine breite weiße Binde um den Hals legen lassen. Sie sollte Tiger daran erinnern, daß die Behandlung im Keller nicht ohne Spuren geblieben war. Gleichzeitig war es ein deutlich sichtbares Erkennungszeichen für seine Kollegen, wenn es bei den Festnahmen zu einem Gerangel kommen sollte. »Dann schont bitte den Herrn mit weißem Kragen!« hatte er eindringlich gebeten.

Um sich zu entspannen und die Sache locker anzugehen, schaltete er das Autoradio ein und ließ sich von der Musik vor Mitternacht berieseln. Tiger würde schon aus Prinzip nicht pünktlich erscheinen; aber mehr als dreißig Minuten Wartezeit sollten ihm nicht zugestanden werden.

Genau dreiundzwanzig Minuten waren vergangen, als Tiger, von der Thomas-Mann-Straße kommend, mit zügigen Schritten auf den Mercedes zuging, in der Hand einen schwarzen Diplomatenkoffer. Freiberg schob die Beifahrertür auf, und sein Gast ließ sich auf den Sitz fallen. »Fahren wir!« sagte er.

»Hallo, Tiger«, grüßte Freiberg freundlich. »Wohin soll die Reise gehen?«

»Das sage ich dir auf der Straße.«

»Hast du auch das nötige Kleingeld fürs Taxi?«

Tiger klopfte bestätigend mit der Hand auf den Koffer.

»Sehen möchte ich es schon, bevor wir losfahren. Mein Paket liegt unter dem Sitz. Du kannst dich ja überzeugen«, sagte Freiberg.

»Das werde ich schon noch. Aber erst sollst du wissen, was ich zu zahlen gedenke.«

»Eine deiner besten Ideen.«

Tiger öffnete den Kofferdeckel – und hatte einen kurzläufigen Revolver in der Hand. »Mein ›Arminius‹ ist so gut wie Bargeld«, höhnte er.

Freiberg zuckte nur kurz zurück. »Hab' ich mir doch gedacht, daß du in harter Währung zahlen würdest. Meine Ware ist jedenfalls okay, aber ohne Mäuse nicht zu haben. Und wenn du meinst, du könntest mich hier umlegen und mit Auto und Koks verschwinden – das läuft nicht. Ich habe Vorsorge getroffen. Faß mal unter den Sitz, dann weißt du, wie *ich* mir das Geschäft vorgestellt habe.«

»Sabbel nicht, fahr schon!« Tiger beugte sich vor und zielte mit der Waffe auf Freibergs Bauch. Der hatte die Hände aufs Lenkrad gelegt und wartete ruhig ab. Schließlich holte Tiger das Paket unter dem Sitz hervor – eine Geldkassette, die mit einer kräftigen Kette am Schlitten des Sitzes befestigt war. Ein solides Vorhängeschloß sicherte das Ganze ab.

»Was soll dieser Quatsch?« fragte Tiger irritiert.

»Steck die Kanone ein und hör gut zu: Der Stoff ist echt,

und wenn unser Tauschgeschäft perfekt ist, nenne ich dir das Versteck für den Schlüssel.«

Tiger lachte laut auf. »Meinst du Idiot, ich schleppe hier einen Koffer voll Geld an?«

»Dann lassen wir das Geschäft«, sagte Freiberg cool. »Ich fahre keinen Meter mit dir. Andreas Helmer hat sich vielleicht auch einem guten Onkel anvertraut. Wenn du hier abdrückst, alarmierst du die Umwelt, und bevor du an den Stoff kommst, hat man dich geschnappt. Ich denke, wir sollten es mal als ehrbare Kaufleute versuchen: Ware gegen Geld.«

Tiger überlegte eine Weile. Dann steckte er den Revolver weg und klappte den Koffer zu. »Also, mein letztes Angebot: Du kommst mit ins Billardzimmer, und wir machen den Deal klar. Panther ist ungefährlich, der leckt immer noch seine Wunden. Übrigens gar nicht so leicht, oben auf dem Kopf.« Tiger grinste. »Mann, läßt sich den Deckel auf die Birne hauen – das macht 'nen weichen Keks.«

Freiberg hatte das Gefühl, endlich die erste Hürde genommen zu haben. Tiger schien an seiner Mitarbeit interessiert zu sein. »Wir haben aber nicht abgemacht, daß ich noch mal in die ›Lokomotive‹ komme«, versuchte der Kommissar aufzubegehren.

»Dazu mußt du dich schon durchringen, wenn aus unserer Connection was werden soll. Ich gehe voraus, du machst diese alberne Kette ab und kommst mit dem Paket nach. Nur so läuft's!« Damit war er draußen, schlug die Tür zu und ging in Richtung »Lokomotive« davon.

Freiberg fingerte den Schlüssel für die Kassette unter dem Gashebel hervor, wo er ihn mit Tesa festgeklebt hatte, und öffnete das Schloß. Dann steckte er das Kokainpäckchen in eine Öko-Tragetasche aus Baumwolle. So ging der Lockvogel mit durchaus zwiespältigen Gefühlen seinem neuen Geschäftspartner nach.

Im Wohnmobil wurden die Maschinenpistolen gesichert, und über Funk lief die Meldung an die Einsatzleitungen, daß Hauptkommissar Freiberg mit einem Mann auf dem Weg zur »Lokomotive« sei.

»Was meinen Sie«, fragte der Einsatzleiter, der immer wieder aus dem Fenster auf den Bahnhofsparkplatz blickte, »wie groß ist die Gefahr für Freiberg?«

»Klein ist sie jedenfalls nicht«, antwortete Hauptkommissarin Fendt. »Wir wissen ja, wie brutal die Raubtiere mit ihm umgesprungen sind. Aber wenn es zu Verhandlungen über neue Geschäfte kommt, kann alles ganz friedlich ablaufen.« Sie hob die Schultern. »Aber ...«

»Wenn und aber ... Wir haben nicht den Schimmer einer Ahnung, was da im Keller vor sich geht. Diese Regit-Leute haben meinem Chef übel genug mitgespielt. Ein zweites Mal darf das nicht passieren«, meinte Lupus.

»Freiberg hat gesagt, daß er Zeit braucht«, sagte der Einsatzleiter.

»Wozu das noch?« fragte Lupus unwirsch. »Kommt Zeit – kommt Tod. Wir müssen sofort zuschlagen, wenn er die ›Lokomotive‹ betreten hat, um Schlimmeres zu verhindern.«

»Effektiver wäre es nach der tatsächlichen Übergabe der Ware«, überlegte Barbara Fendt. »Sonst erklären die uns ganz kaltschnäuzig, daß sich ein aufdringlicher Kerl an sie herangemacht habe, mit dem sie selbstverständlich nichts zu tun hätten. Was machen wir dann?«

»Reicht eine halbe Stunde?« fragte der Einsatzleiter.

»Ich glaube schon«, meinte die Kommissarin.

»Zu lange«, antwortete Lupus ungeduldig. »Jede Minute ist zu lange. Sofort zuschlagen, wenn die beiden Akteure in der ›Lokomotive‹ sind. Wir haben doch die Zeugen aus dem Wohnmobil.«

»Das genügt nicht.« Barbara Fendt fühlte sich mies bei dieser Antwort, aber sie dachte auch an den Erfolg der Aktion. »Mit solchen unzulänglichen Beweisen fallen wir vor Gericht auf die Schnauze, da macht schon der Staatsanwalt nicht mit.«

Lupus stapfte wütend durch den Raum. »Und wie stehen wir da, wenn Freiberg dabei draufgeht? Beschissen, sage ich nur. Fünf Minuten später, wenn es denn sein muß, aber länger warte ich nicht!«

»Herr Kriminalhauptmeister Müller«, der Einsatzleiter wurde förmlich, »die Verantwortung liegt immer noch bei mir. Wir alle tragen im Dienst ein gewisses Risiko.«

»O ja, vor allem hier in der Einsatzleitung. Ich möchte mit dem SEK raus. Hier drinnen platze ich.«

»Kommt nicht in Frage – Sie bleiben hier!«

Kommissarin Fendt spürte, daß es jetzt auf ihr Votum ankam. »In den ersten zehn Minuten wird wohl nicht viel passieren«, sagte sie. »Aber danach ...«

Auch der Einsatzleiter wußte, daß das richtige oder falsche Timing nicht nur über den Erfolg, sondern auch über Leben und Tod entscheiden konnte. Er blickte in die Runde. »Zwölf Minuten nachdem Freiberg die ›Lokomotive‹ betreten hat, beginnt ›Eisenbahn‹!«

Niemand war ganz zufrieden, aber keiner kannte die perfekte Lösung.

»Sowie unsere Leute drin sind, bin ich draußen und sofort drüben«, bemerkte Lupus.

»Ich auch«, schloß sich die Kommissarin an. »Tarnung ist dann nicht mehr nötig.«

Vom Einsatzleiter kam kein Widerspruch.

So um Mitternacht zischte es in der »Lokomotive« aus allen Ventilen. Das war die Stunde, in der die Junkies auftankten, die Mädchen sich williger gaben und krumme Dinger ausgeheckt wurden. Aber auch anderes Publikum stand an den Stehtischen, nahm einen Drink und redete über Gott und die Welt. Sogar Beamte aus den Ministerien tauchten bei der Rückkehr von längeren Dienstreisen hier auf, um noch ein schnelles Bier zu trinken.

Als Freiberg sich durch das Gedränge schob, bedeutete ihm Löwe, weiterzugehen. Er winkte eine Serviererin herbei, die seinen Platz hinter der Bar einnahm. Dann folgte er dem neuen Gast durch die Tür »Privat – Eintritt verboten«.

»Hallo, Hasso, dir steht die weiße Halsbinde ja vorzüglich. Siehst aus wie ein Priester, der Hausbesuche macht. Soll ich dir deine Tasche tragen helfen?«

»Die gebe ich nur gegen Bargeld aus der Hand. Oder wollt ihr wieder über mich herfallen?«

Löwe schnaubte. »Das wäre schlecht fürs Geschäft. Ich halte sowieso nichts von den Gewaltmethoden. Aber im Billardzimmer gibt's jemanden, der dir liebend gern an den Kragen möchte, wenn er könnte. Panther ist echt sauer.«

»Der hat wohl Kopfschmerzen – hoffe ich jedenfalls.«

Löwe schob kommentarlos die dritte Tür des Vorraums auf, die Freiberg bei seinem ersten Auftritt nur kurz wahrgenommen hatte; sie führte ins Billardzimmer. Der große, grün bespannte Tisch, auf dem drei Kugeln und ein Queue lagen, beherrschte den Raum. Tiger saß schon in einem der Clubsessel. Auf dem Ledersofa, etwas außerhalb des Lichtkegels der Lampe über dem Spieltisch, lag Panther mit dem Dachschaden. Ein weißer Turban schmückte das lädierte Haupt.

Bei Freibergs Eintritt richtete er sich auf. »Du verfluchter Bastard wagst es, hierherzukommen?«

»Halt doch die Schnauze!« fuhr Tiger ihn an. Er hatte

den Revolver griffbereit auf den Abstelltisch gelegt und den Diplomatenkoffer geöffnet. »Jetzt rede ich mit Hasso übers Geschäft. Also her mit der Ware!«

Freiberg wußte, daß er von nun an die Regie der anderen Seite überlassen mußte. Er blieb am Billardtisch stehen, nahm das Kokainpaket aus der Ökotasche mit der Aufschrift »Gesund leben mit der Natur« und gab es Tiger. »Superqualität, hochrein und besonders gefährlich. Das muß zweimal stärker gestreckt werden als das übliche Pulver.«

Tiger befühlte das Paket, dann zog er einen Kugelschreiber aus der Tasche, bohrte ein Loch in die Umhüllung und drückte etwas Pulver heraus. Er prüfte es kurz mit der Zunge, bevor er einräumte: »Koks ist es jedenfalls. Ich werde es noch genau untersuchen – und wehe, du hast uns Dreck angedreht.« Er drehte sich um. »Hier, bring's erst mal provisorisch unter«, sagte er und gab das Paket an Löwe weiter, der damit unter den Billardtisch kroch. »Es ist nicht gut, wenn das Zeug so verlockend rumliegt.«

»Die Bezahlung übernehme ich!« tönte plötzlich eine Stimme vom Ledersofa herüber. Panther saß auf der Kante und hielt den Revolver in der Hand. »Komm mal her zu mir, Hasso-Boy!«

»Bist du verrückt geworden?« schrie Tiger los und versuchte sich aus seinem Sessel zu hieven.

Wütend fuhr Panther ihn an: »Bleib ja sitzen und mach mir mein ganz privates Geschäft mit diesem Arsch aus Düsseldorf nicht kaputt. Du weißt, wie gut ich schießen kann.«

Löwe schob seinen Kopf kurz über die Tischkante und tauchte sofort wieder unter.

»Komm schon, du Kragenbär«, giftete Panther. »Ich werde dir mit meinem Messerchen nur ein bißchen die

Haut ritzen. Oder willst du einen Schuß ins Knie?«

Jetzt wurde es eng für den Kommissar. Er hoffte, daß das SEK nicht allzulange auf sich warten ließ; Zeitgewinn war sein einziger Gedanke, hinhalten! So sagte er beiläufig: »Wenn du hier im Keller abdrückst, platzt dir das Trommelfell. Ich würde mir das gut überlegen. Panther, dein Kopf ist doch schon lädiert genug.«

Aber Panther war nicht zu bluffen – in seinen Augen stand blanker Haß. »Du Hund, dir werd' ich's geben. Komm schon her. In zehn Sekunden liegst du mir zu Füßen. Zähl laut mit: eins, zwei, drei...«

Die zwölf Minuten waren abgelaufen. Das Unternehmen »Eisenbahn« begann.

Wie ein Rammbock brach das SEK in die »Lokomotive« ein. Stehtische wurden zur Seite gefegt und friedliche Biertrinker gegen ihre Nachbarn geschleudert. Gläser klirrten, und die Gäste schrien durcheinander. Aber die Musik dudelte weiter. Eine Beamtin mit der Maschinenpistole im Anschlag sprang hinter die Bar. Ihr Begleiter war nur Sekunden später in dem daneben gelegenen Büroraum. Die anderen fünf stürmten zum Kellereingang. »Wo sind die Männer?« fragte der Einsatzleiter.

»Unten!« krächzte die wie gelähmt dastehende Serviererin. Ein Handzeichen und die Gruppe verhielt an der Tür »Privat – Zutritt verboten«. Vorsichtig drückte der erste die Klinke herunter – die Tür war nicht abgeschlossen. Ein weiteres Handzeichen, und ab ging's ohne Geräusch die mit einem Sisalläufer belegte Treppe hinunter. Noch hatte man dort unten nichts von den Vorgängen im Schuppen wahrgenommen.

Die Atmosphäre im Billardzimmer knisterte vor Spannung. Freiberg hoffte inständig, daß endlich der Tanz mit dem SEK losgehen möge.

Dann dröhnte es durch die Kellerräume. Brechstange und Hebelvorschneider traten in Aktion, um die Schachtabdeckung zu knacken. Jetzt waren auch die Schritte vor der Tür zu vernehmen. In der nächsten Sekunde war der Teufel los.

Tiger duckte sich instinktiv in den Clubsessel und zog die Beine hoch. Panther war irritiert und ließ sich für einen Moment durch den Lärm im Nachbarkeller ablenken.

Freiberg reagierte blitzschnell. Er packte – das war Zufall – die rote Billardkugel und schleuderte sie Panther entgegen. Sie erwischte ihn am Kopf – allerdings den Bruchteil einer Sekunde zu spät, wie das Krachen des Revolvers bewies. Unter dem Billardtisch ertönte ein Schrei; der verrissene Schuß hatte Löwe erwischt.

Als die Tür aufflog und die martialischen Gestalten des SEK hereinstürmten, hatte Freiberg schon das Queue ergriffen und schlug damit Panther die Waffe aus der Hand.

Das Getöse und die Rufe »Polizei! Hände hoch! Waffe weg!« wurden noch von Löwes Gebrüll übertönt: »Hilfe! Mein Bein!«

Ein SEK-Mann kniete schon neben dem Verletzten und zog ihn unter dem Billardtisch hervor. Ein anderer versuchte vergeblich, über Funk den Notarzt zu rufen; der Keller war zu stark abgeschirmt. »Verdammt – ich muß nach oben«, rief er und eilte die Treppe hinauf, wo er mit Lupus und Barbara Fendt zusammenprallte.

»Was ist mit Kommissar Freiberg?« fragte Lupus atemlos.

»Der ist okay! Ein Täter ist verletzt, angeschossen von seinem Kumpel. Ich rufe den Notarzt.«

Das SEK durchstöberte alle Räume, ohne weitere Verdächtige zu finden. Im Bierkeller lagen noch die Überreste von Freibergs Turmbau aus Fässern und Kisten wild durcheinander. Über den umgekippten Gefäßen und zerborstenen Flaschen schwebte ein Geruch wie im Pinkulatorium einer bayerischen Bierschwemme. Auch der Nebenraum war nicht aufgeräumt worden – Radiorecorder und Kassetten waren auf dem Boden verstreut, und das Feldtelefon zeugte von Panthers Versuch, Freiberg zum Reden zu bringen.

Das Billardzimmer sah wie ein kitschiges Bühnenbild aus. Tiger saß immer noch im Sessel; jetzt allerdings mit ziemlich verdattertem Gesicht und soliden Eisen an den Handgelenken. Löwe lag auf dem Boden und stöhnte. Man hatte ihm kurzerhand die Hose ausgezogen, um an die Wunde zu kommen. Mit der heruntergerutschten, blutdurchtränken Unterwäsche bot er keinen heroischen Anblick. Die Kugel hatte ihn böse erwischt.

Eine couragierte Polizistin vom SEK hatte ihrem Kollegen die MP in die Hand gedrückt und leistete erste Hilfe. Zwei Verbandspäckchen reichten kaum aus, die Blutung zu stoppen.

»Deinen Freunden schießt du wohl immer ins linke Knie?« sagte Freiberg zu Panther, der arg angeschlagen auf dem Ledersofa lag.

Inzwischen waren Lupus und Barbara Fendt hereingekommen. »Wo ist das Kokain?« fragte die Kommissarin sofort.

»Unter dem Billardtisch«, antwortete Freiberg. Bevor ihr ein Kollege zu Hilfe kommen konnte, krabbelte sie unter das wuchtige Möbelstück und tauchte mit dem Paket in der Hand triumphierend wieder auf. Freiberg warf ihr seine Tragetasche zu.

»Welch sinniger Aufdruck für diesen Schweinestall. ›Gesund leben mit der Natur‹. Und wo ist das kleine Päckchen Stoff, das sie dir vorgestern abgenommen haben?«

»Keine Ahnung!« Er drehte sich um. »Tiger, wo ist das Zeug?«

Der schwieg.

Lupus kam mit dem Queue in der Hand näher und drückte es Tiger auf die Brust. »Rede schon, sonst wird der Widerstand gegen die Staatsgewalt mit allen rechtsstaatlichen Mitteln gebrochen.«

Tiger kannte nicht nur die Kommissarin Fendt vom zweiten Kommissariat, er kannte auch Lupus und wußte, daß mit ihm nicht gut Kirschen essen war, wenn er wütend wurde. Und jetzt schien er wütend zu sein.

Das Queue stach wie eine Lanze auf Tigers Brust, und ganz schnell kam die Antwort: »Die Tüte steckt im Schacht dort drüben.«

Abermals griff die schöne Barbara zu und hatte endlich alle Leihgaben wieder in ihrem Besitz. »So, Freunde, jetzt ist mir wohler. Die Vernehmungen finden dann im Präsidium statt.«

»Aber erst sind wir dran«, machte Freiberg geltend.

Lupus stellte sich neben das Ledersofa und stieß Panther in die Seite – allerdings sehr vorsichtig, denn der sah erbärmlich aus mit seinem Turban, dem verquollenen Gesicht und dem immer dicker und blauer werdenden Auge, wo er von Freibergs Billardgeschoß getroffen worden war. »Na ja«, sagte Lupus sarkastisch, »auf dich brauchen wir keine übermäßige Rücksicht zu nehmen. Du siehst jetzt schon aus wie durch den Fleischwolf gedreht. Man schießt nicht auf den Pianisten und trifft den Sangesbruder.« Und mit einem Blick auf den stöhnenden Löwe fuhr er fort: »Von dem darfst du noch einiges erwarten, wenn er wieder laufen kann. Aber ein paar Jahre wird's schon dauern, bis die Menschheit euch wiederhat.«

Kommissar Freiberg ließ sich die Beweissicherungstüte mit der Waffe geben. »Wenn Helmer damit erschossen wurde, sind wir ein gutes Stück weiter. Die drei Männer hier sind vorläufig festgenommen.«

»Die ›Lokomotive‹ wird sofort geschlossen«, ergänzte Kommissarin Fendt.

»... weil das Management versagt hat«, gab Lupus seinen Senf dazu.

Inzwischen war der Notarzt eingetroffen und versorgte Löwe, der sich weinerlich darüber beschwerte, daß es ausgerechnet ihn erwischt hatte. »Ich bin doch der friedlichste Mensch in dieser Runde. Ich hasse Gewalt. Verdammt, tut das weh!«

»Es wird schon wieder werden«, tröstete der Arzt mit beruflicher Unverbindlichkeit und legte einen Druckverband an. »Wir nehmen Sie mit ins Unfallkrankenhaus.« Und zu Freiberg gewandt: »Der läuft euch nicht weg. Aber was ist mit dem Mann auf dem Sofa?«

»Älterer Dachschaden von einem Lukendeckel«, antwortete der Kommissar. »Das blaue Auge ist neu und kommt von einer roten Billardkugel.«

»Auch der Mann muß ins Krankenhaus. Die Kopfverletzungen müssen genauer untersucht werden«, bestimmte der Arzt.

»Das hab' ich mir schon gedacht«, sagte Freiberg. »Auf alle Fälle fährt einer von unseren Leuten mit. Dieser Turbanträger hat nämlich geschossen.«

»Steckt den ja nicht zu mir in den Krankenwagen!« forderte Löwe.

»Sonst hast du keine Wünsche?« stichelte Lupus. »Extrawürste für Killer und Dealer, soweit kommt's noch! Hier habt ihr doch endlich die Gelegenheit, euch gegenseitig an den Kragen zu gehen. Viel Erfolg!«

23

Auch diese Nacht war kurz. Nach dem dramatischen Geschehen in der »Lokomotive« hatte Kommissar Freiberg noch von seiner Wohnung aus Presse-Mauser angerufen und mit ein paar Stichworten die Entwicklung geschildert. Das war er ihm schuldig. Weitere Fragen wimmelte er mit dem Hinweis ab, daß vorerst noch das Rauschgiftkommissariat zuständig sei.

Die Vernehmung im Präsidium begann um zehn Uhr. Von den Akteuren konnte allerdings nur Tiger vorgeführt werden, den anderen beiden war ein längerer Aufenthalt im Krankenhaus gewiß.

Im Zimmer 306 lief das übliche Ritual ab. Fräulein Kuhnert führte das Protokoll. Lupus sah eine Weile aus dem Fenster zum Siebengebirge und setzte sich dann neben Barbara Fendt an den großen Tisch. Kommissar Freiberg saß an der Stirnseite. Von dort konnte er schnell sein Telefon auf dem Schreibtisch erreichen.

Tiger wurde vom Polizeigewahrsamsdienst vorgeführt und blieb unschlüssig stehen.

»Nehmen Sie Platz!« sagte Freiberg und blätterte im Personalausweis des Festgenommenen.

Tiger setzte sich zögernd auf den nächsten Stuhl.

»Ihr bürgerlicher Name ist Hanno Gerlingen, neunundzwanzig Jahre alt. Stimmt das?«

»Ja.«

»Und Ihr Spitzname ist Tiger?«

»Ja.«

»Der bürgerliche Name von Panther ist Kribbeling – und Löwe heißt tatsächlich Löwe. Richtig?«

»Richtig. Von dem haben wir ja unser Verwirrspiel abgeleitet.«

»Nun, das Spiel ist aus, Herr Gerlingen. Sie sind vorläufig festgenommen. Ich beschuldige Sie des Verstoßes gegen das Betäubungsmittelgesetz, des unerlaubten Waffenbesitzes und der versuchten Nötigung. Außerdem mache ich Sie darauf aufmerksam, daß die Festnahmegründe auf Mord erweitert werden können, wenn die kriminaltechnische Untersuchung des Revolvers abgeschlossen ist. Wie Sie wohl schon wissen, steht es Ihnen als Beschuldigtem frei, sich zur Tat zu äußern oder nicht auszusagen. Die Beiziehung eines Verteidigers ist Ihnen anheimgestellt.«

Von Tigers Überheblichkeit und Selbstsicherheit war nicht viel übriggeblieben. Der Schock der nächtlichen Aktion saß ihm noch in den Knochen.

»Mit dem Mord an Helmer habe ich nichts zu tun«, antwortete er schnell.

Freiberg war es recht, daß Tiger sich zu Helmers Tod äußerte, obwohl die Festnahme sich nur auf die anderen Gründe stützte.

»Hat Andreas Helmer für Sie gearbeitet?«

»Natürlich hat er das, aber aus freien Stücken. Der war doch geil aufs Geld.«

»Helmer ist in der Nacht von Dienstag auf Mittwoch gegen ein Uhr erschossen worden. Sie waren um diese Zeit am Schwarzen Weg, dafür haben wir eine zweifelsfreie Zeugenaussage.«

Tiger schien die Worte zu kauen. »Ja, ja, das leugne ich doch nicht. Die pummelige Gerda hat Ihnen ja wohl auch gesagt, warum.«

Freiberg nickte. »Hat sie. Aber das muß nicht die ganze Wahrheit sein. Helmer wurde jedenfalls ganz in der Nähe der Stelle erschossen, wo sich die Zeugin von Ihnen verabschiedet hat.«

»Den Mord können Sie mir nicht in die Schuhe schieben.«

»Vorsicht, Herr Gerlingen«, warnte Lupus. »Wir haben es gar nicht so gern, wenn Typen wie Sie den Spieß umdrehen wollen.«

»Den Rauschgiftschmuggel wollen Sie doch wohl nicht leugnen?« fragte Kommissarin Fendt.

»Ihr habt mich reingelegt.«

»Allerdings«, bestätigte die Kommissarin fröhlich. »Unsere Spezialisten haben noch in der Nacht den Keller untersucht. So ein Billardtisch ist doch ein zu kostbares Möbelstück. Bisher haben wir zwei Kilogramm Kokain gefunden. Vielleicht wird's ja noch mehr. Wollen Sie sich dazu äußern?«

»Kein einziges Wort werde ich mehr sagen.«

Kommissar Freiberg kam wieder auf sein Thema zurück. »Was wissen Sie von Helmers anderen Geschäften?«

»Nichts! Darüber hat er mit uns nicht gesprochen.«

»Aber mit Leopard. Dieser Herr Kalze sitzt übrigens schon ein paar Stunden länger unten ein als Sie.«

»Genau wie Kerstin Saller«, ergänzte die Kommissarin.

Freiberg schmunzelte. »Die beiden haben uns auch den Koks geliefert, den Sie mir mit harter Währung auf dem Parkplatz abkaufen wollten. Die Qualität ist wirklich gut.«

Tiger versuchte kleine Brötchen zu backen. »Ich hätte bestimmt nicht geschossen, das müssen Sie mir glauben.«

»Aber die Waffe war geladen, wie sich später im Keller herausgestellt hat. Wann haben Sie Andreas Helmer zuletzt gesehen?«

»Das weiß ich nicht mehr.«

»Wann hat er das Kokain geliefert und wieviel?«

Tiger setzte zu einer Antwort an, preßte aber sofort wieder die Lippen aufeinander. Nach einigen Sekunden sagte er: »Ich verweigere die Aussage. Ich muß erst mit meinem Anwalt sprechen, sonst wird doch alles gegen mich gedreht.«

»Sie verweigern also die Aussage zu allen Beschuldigungen?« fragte Freiberg.

»Ja!«

Der Kommissar stand auf. »Dann geht's sofort zurück in die Zelle. Sie werden Gelegenheit erhalten, sich mit einem Anwalt zu beraten.«

Als Tiger abgeführt war, sagte Lupus ärgerlich: »Es ist doch immer dasselbe. Diese Typen muß man gleich bei der Festnahme zum Reden bringen, solange die Überraschung anhält. Später sitzen sie wieder auf dem hohen Roß und berufen sich auf ihre Rechte. Schade, daß ich mir den Burschen nicht zur Brust nehmen konnte – der hätte mir spontan sein Herz ausgeschüttet.«

Die schöne Barbara winkte ab. »Was wir – auch ohne Geständnis – im Kasten haben, reicht jetzt schon für den Haftbefehl und für eine saftige Anklage«, stellte sie zufrieden fest. »Dem ersten Kommissariat gebührt ein herzliches Dankeschön!«

»Ich wollte, wir könnten das auch sagen«, erklärte Freiberg. »In der Sache Helmer treten wir immer noch auf der Stelle. Panther leugnet, Tiger leugnet, die anderen sind nicht verfügbar. Uns fehlen einfach handfeste Beweise. Wenn wir wüßten, was Helmer getrieben hat und woher das Geld stammt, mit dem Leopard in Antwerpen eingekauft hat, wären wir der Lösung des Falls ein Stück näher.«

»Zu zahme Vernehmungsmethoden«, kritisierte Lupus. »Täterschutz ist wichtiger als Bürgerschutz, das ist die Crux.«

Freiberg nickte. »Da magst du recht haben. Vielleicht bringt uns längeres Nachdenken weiter. Also, ab an die Schreibtische. Ich möchte – auch telefonisch – nicht gestört werden.«

Der Anruf aus Brüssel kam eine Stunde später.

»Commissaire Boeremans läßt sich nicht abwimmeln«, entschuldigte sich Fräulein Kuhnert. »Soll ich durchstellen?«

»Aber ja, sofort!«

Dann hatte Freiberg eine Stimme im Ohr, die Kapriolen schlug. »Dein Tip zur Dépannage Lafite war goldrichtig, Freund Walter. Meine Leute haben in den Morgenstunden den Laden gestürmt. Drinnen war ein Mann, der wie wild um sich geschossen hat. Zwei meiner Männer sind schwer verletzt.«

»Das ist ja...«

»Wie in einem Western. Der Revolverheld ist tot. Sie mußten draufhalten, es gab keine andere Möglichkeit.«

»Dann war es also der Ort, wo der Ministerfahrer eingesperrt war?«

»Ohne Zweifel. Alles da: das Lager im Keller und die Kette an der Wand. Für den Fahrer Mense wird es kein Problem sein, den Ort zu identifizieren. Von uns ist schon ein Wagen nach Deutschland unterwegs, um ihn abzuholen. Du bist doch einverstanden?«

»Natürlich. Gibt es Mittäter?«

Boeremans schnaubte. »Die muß es geben, aber wir haben noch keine Spur. Tote reden einfach nicht, weißt du.«

»Gibt es Hinweise auf den Fall Helmer?«

»Leider nein. Unser Erkennungsdienst nimmt alles genau unter die Lupe. Der Tote heißt Cok Hiddema, und die Werkstatt ist – wie sagt man in Deutschland – ein Saftladen. Mit den vorhandenen Werkzeugen könnten sehr wohl gestohlene Autos umfrisiert worden sein. Das werden wir schon noch rausbekommen.«

»Ruf mich bitte sofort an, wenn du mehr weißt«, drängte Freiberg. »Da muß es Zusammenhänge mit unserem Fall geben. Helmer wird das Schlüsseletui ja wohl nicht auf der Straße gefunden haben.«

»Selbstverständlich rufe ich dich an. Übrigens: In einer halben Stunde wird unser Innenminister persönlich die Öffentlichkeit informieren. Großer Auftrieb bei den Presseleuten. Auch die Television hat mobil gemacht. Ich glaube allerdings nicht, daß mein Minister eure Verdienste besonders herausstellt. Die Helden müssen ja aus seinem Stall kommen.«

Freiberg lachte laut. »Wie sich die Bilder gleichen! Durch die Politik wird unsere Welt erst schön.« Dann informierte er Boeremans über die Vorgänge in der »Lokomotive«. »Dieser Helmer, unser Toter, hat nicht nur Koks geliefert, der muß auch noch andere Zicken gedreht haben.«

»Was heißt ›Zicken drehen‹? Ihr habt vielleicht eine seltsame Sprache«, wunderte sich Boeremans. »Flämisch solltet ihr sprechen, das ist klar und einfach.«

»Zicken drehen heißt: krumme Dinger machen.«

»Krumme Dinger – ich werd' mal Unterricht nehmen zum Thema Amtssprache der deutschen Polizei. Du meinst also, Helmer könnte in irgendeiner Form mit der Sache in Brüssel zu tun gehabt haben?«

»Genau das! Aber wie? War die Dépannage vielleicht auch eine Drehscheibe für Rauschgift?«

»Ich weiß es nicht. Zwei Tote reden auch nicht mehr als einer«, sagte Boeremans lakonisch. »Aber wir forschen weiter. Mach's gut, grüß Sabine und deine Crew.«

»Danke – und grüß du die Deinen. Bis bald, *Commissaire en Chef*.«

Freiberg legte bedächtig den Hörer zurück. Dann rief er durch die Tür: »Kommissarin im Ehrenamt! In zehn Minuten alles her zu mir! Es gibt Neuigkeiten aus Brüssel.«

Als ob die Mitarbeiter auf die Einladung gewartet hätten, so schnell erschienen sie in Zimmer 306. Die übliche Schale mit Kleingebäck stand auf dem Tisch, und der Kaffee dampfte schon in den Tassen. Freiberg war noch bei der schönen Barbara, um sie zu informieren.

»Unsere Octopussy sorgt für das richtige Betriebsklima«, stellte Lupus anerkennend fest.

»Solange du mich nicht mit meinem Vornamen kränkst, darfst du auch beim Chef Kaffee trinken.«

Lupus sang demonstrativ mit schmachtendem Augenaufschlag: »Ist denn kein Stuhl da, Stuhl da, Stuhl da, für meine...«

»Sprich ihn nicht aus!« unterbrach sie ihn wütend. »Du weißt, ich trage schwer am Erbe meiner Tante. Nichts hat sie mir hinterlassen als diesen scheußlich Namen. Sogar der schwarzhaarige Junkie in der Lokomotive hat Hulda als abschreckendes Beispiel gebraucht, obwohl er mich gar nicht kannte. Das hat mich schwer getroffen!«

Lupus sah Ahrens an. »Wenn ich doch endlich wüßte, was du zu ihr sagst, wenn...«

Das Geplänkel verstummte, als Freiberg zurückkam. Er setzte sich gleich an den Tisch und zog die Gebäckschale zu sich herüber. »Pardon, ich kann den Kaffee einfach nicht so trocken schlucken. Boeremans hat angerufen. In Brüssel hat's gerappelt. Der Entführungsfall ist aufgeklärt dank unseres Hinweises auf die Dépannage Lafite.« Ausführlich gab Freiberg den Inhalt des Telefongesprächs wieder.

»Das Brüsseler Sonderkommando hat diesen Hiddema also gleich weggepustet?« vergewisserte sich Lupus. »Die fackeln nicht lange. Wie hätte es in der ›Lokomotive‹ wohl ausgesehen, wenn unser SEK auch so rangegangen wäre?«

»Jedenfalls gab's bei unserem Einsatz nur ein kleines Opfer durch Eigentor. Noch mal zur Sache: Ich bin langsam davon überzeugt, daß Helmer mit der Dépannage zu tun gehabt hat. Vielleicht ging es um Autos, oder es war ein Dealernest – oder beides.«

»Hat man dort Stoff gefunden?« fragte Ahrens.

»Bisher nicht. Der Erkennungsdienst ist noch bei der Arbeit. Boeremans gibt sofort Nachricht, wenn dabei etwas für uns herauskommt. Also warten wir ab. Wie weit ist eigentlich unsere KTU mit der Überprüfung des Revolvers? Es müßte doch ein Klacks sein herauszufinden, ob das die Tatwaffe im Mordfall Helmer ist. Wie sieht es mit dem Umfeld aus?«

»Von den verstörten Eltern habe ich nichts herausbekommen«, meinte Peters, »und an der Universität ist Helmer praktisch unbekannt. Im Sekretariat liegen nur die üblichen Eintragungen vor, die bringen nichts.«

Freiberg knabberte an seinem vierten oder fünften Keks und murmelte: »Für Beamte im Wartestand werden wir eigentlich ganz gut bezahlt; aber uneigentlich fange ich langsam an, nervös zu werden.«

Fräulein Kuhnert schenkte Kaffee nach und öffnete eine neue Packung Kleingebäck.

In diese Kaffeerunde platzte wieder einmal unangemeldet und ohne anzuklopfen der Leiter des Erkennungsdienstes herein. Hauptkommissar Erbach mußte über einen Sensor für frisch gekochten Kaffee verfügen, fand er sich doch immer zur rechten Zeit ein.

»Im ersten Kommissariat duftet es wieder so herrlich, und die Gäste werden verwöhnt«, stellte er denn auch fest und legte wie nebenbei eine durchsichtige Plastiktüte mit dem untersuchten Revolver auf den Tisch.

Fräulein Kuhnert ging mit säuerlichem Gesicht ins Vorzimmer, um noch eine Tasse zu holen.

Freiberg sah ungeduldig auf die Waffe. »Was habt ihr herausgefunden?«

Erbach schob ihm die Tüte zu. »Du darfst das Ding

ruhig in die Hand nehmen. Wir haben alle Spuren gesichert und mehrere Beschußproben durchgeführt. Klares Ergebnis: Nichts! Dieser ›Arminius HW 357‹ ist nicht die Tatwaffe vom Schwarzen Weg.«

Freiberg schob seine Kaffeetasse zur Seite. »Verdammter Mist! Womit haben wir das verdient?«

Lupus nahm die Tüte mit der Waffe und legte sie auf Freibergs Schreibtisch. »Früher wurden die Überbringer schlechter Nachrichten geköpft, heute werden sie fürstlich bewirtet. Prost, Kaffee!«

»Ist die Waffe schon bei anderen Straftaten verwendet worden?« erkundigte sich Freiberg hoffnungsvoll.

Erbach schüttelte den Kopf. »Fehlanzeige, wenn man vom Schuß im Billardkeller einmal absieht.«

»Den werten wir als Freundschaftsdienst«, stellte Lupus fest und grinste breit. »Auch wenn Löwe das etwas anders sieht.«

24

In der kleinen Werkstatt am Bonner Hafen war es still geblieben. Die beobachtenden Beamten langweilten sich, und die von der Kläranlage herüberziehenden Gerüche machten den Dienst nicht angenehmer. Kommissar Wetter kam als Spaziergänger, um sich über den Fortgang der Observierung klarzuwerden. Nach einer kurzen Rücksprache mit dem Kollegen, der ganz in der Nähe im Transportbulli lauerte, ging Wetter hinter das Gebäude und kletterte zum zweiten Mal durch das Fenster ins Büro. Wie ein Dieb in der Nacht trug er Handschuhe, um keine Fingerabdrücke zu hinterlassen.

Die Durchsuchung des gestohlenen Mercedes erbrachte

keine Hinweise auf die Tat oder den Täter. Der Wagen schien hier nur untergestellt worden zu sein, vielleicht, um einige Zeit verstreichen zu lassen oder bis neue Papiere beschafft waren.

Der Kommissar nahm sich die Möbel vor. In einer Schublade fand er einen Satz Fotos von Oldtimertreffen und Urlaubsfahrten. Auf einigen Bildern war auch die Verlobte in ihrer ganzen leiblichen Pracht zu sehen. Neben ihr wirkte Schöbel in der Badehose, obwohl er keineswegs dünn war, wie ein Mickermännchen. Einige Fotos mußten mit Stativ und Selbstauslöser in Larissas Wohnung gemacht worden sein; sie zeigten das Paar bei der Stellungssuche im Liebesspiel. Gefälschte Fahrzeugpapiere oder Hinweise, wo Schöbel sich aufhalten könnte, fanden sich nicht.

Wetter steckte die Bilder – nicht gerade nach den Regeln der Ermittlungstechnik – kurzerhand in die Innentasche seines Anoraks und verdrückte sich so unauffällig, wie er gekommen war, um im Präsidium über den Fortgang der Angelegenheit zu entscheiden. Sehr viel länger konnte die verdeckte Beobachtung kaum beibehalten werden, ohne daß zusätzliche Fahndungsmaßnahmen eingeleitet werden mußten. Er gönnte dem Kollegen im Bulli noch einige Trostworte und stellte baldige Ablösung in Aussicht.

Seinen Privatwagen hatte Wetter in der Römerstraße geparkt, die einstmals die Achse des Lagers der römischen Legionen gebildet hatte. Wegen des dichten Verkehrs brauchte er fast vierzig Minuten, bis er seinen Kadett am Präsidium abstellen konnte.

Auf dem Flur traf er Ahrens, der Kommissarin Fendt seine Eindrücke aus der »Lokomotive« geschildert hatte.

»Hallo, Sportsfreund, wie sieht's aus bei euch? Ihr habt ja in der vergangenen Nacht mit dem SEK eine prächtige

Show abgezogen, wie man hört. Hat's denn was gebracht im Fall Helmer?«

Ahrens winkte ab. »Nur die schöne Barbara ist zufrieden. Mein Chef ist stocksauer, weil Tigers Revolver nicht die Waffe ist, mit der Helmer liquidiert wurde. Bisher haben wir nur als Handlanger für das zweite K. gearbeitet.«

Kommissar Wetter schlug sich unvermittelt auf die Brusttasche. »Sag mal, habt ihr noch irgendeinen Vermißten oder einen unbekannten Toten in den Akten?«

»Wie kommst du denn darauf?«

»Ach – nur so. Dieser Schöbel aus der Werkstatt am Hafen, der sogenannte Verlobte der Hehlerin Larissa, taucht einfach nicht zu Hause auf. Unsere Leute stehen sich die Beine in den Bauch, aber nichts geschieht. Darum dachte ich...«

Ahrens schüttelte den Kopf. »Unsere Leichen sind leider sehr real. Im Zweifel findest du sie in der Rechtsmedizin am Stiftsplatz. Aber wir können die Sache ja mal überprüfen. Hast du denn Anhaltspunkte, Personenbeschreibung oder etwas Ähnliches?«

»Ja, etwas sehr Ähnliches. Ich habe gegen alle Regeln der Kriegskunst in Schöbels Behausung ein paar Fotos abgestaubt und mir damit sicherlich den Zorn des Erkennungsdienstes zugezogen. Erbach und seine Leute halten uns sowieso für Vandalen, die nichts anderes im Sinn haben, als Spuren zu vernichten.«

»Fotos, sagst du? Laß mal sehen, dafür bin ich Spezialist.«

»Ich weiß. Du schießt lieber mit der Kamera als mit der SigSauer.«

Wetter sah sich kurz um und zog dann verstohlen die Bilder aus der Tasche; die der Stellungssuchenden lagen obendrauf.

»Oha!« sagte Ahrens. »Die beiden Akteure scheinen aber sehr lebendig zu sein. Gib mal her!« Damit nahm er eins der Bilder in die Hand.

»Du bist wohl scharf auf Pornos, was?« flachste Wetter.

»Das hab' ich nicht nötig!« konterte Ahrens. »Aber komm doch mal mit zu meinem Chef.«

Wetter griff nach dem Foto. »Du spinnst wohl! Was soll das? Willst du mich aufs Kreuz legen?«

»Unsinn! Hier geht es nicht um Porno – es geht um Leichen. Der Kerl kommt mir bekannt vor.«

Kommissar Freiberg hatte diverse Aktenstapel von rechts nach links gewälzt und endlich auch das Formular für die Reisekostenabrechnung Antwerpen ausgefüllt. Dann hatte er die Anträge auf Erlaß der Haftbefehle unterschrieben. Der Richter mußte schon viel Humor haben, wenn er über die in Klammern gesetzten Spitznamen Tiger, Panther, Löwe und Leopard lachen konnte.

Fräulein Kuhnert ertappte sich dabei, daß sie schon zum wiederholten Male auf die Uhr schaute; sie wartete auf ihren Ahrens, der noch im zweiten K. bei der schönen Barbara saß.

Endlich steckte er den Kopf durch die Tür. »Ist der Chef noch da?« fragte er und ließ Kommissar Wetter den Vortritt.

»In seinem Zimmer; der müßte mal dringend abschalten. Habt ihr noch Neuigkeiten – wichtige, meine ich?«

»Wie man's nimmt«, antwortete Wetter. »Vielleicht entdecken wir noch einen Toten, vielleicht haben wir aber auch nur ein paar pikante Fotos.«

Ahrens hatte ein Bild in der Hand und wedelte damit durch die Luft. Die Kommissarin im Ehrenamt nahm es ihm ab und riskierte einen ausgiebigen Blick. »Wer soll denn hier wen umgebracht haben? Oder sind etwa beide aus Erschöpfung gestorben? Aber das ist doch ... das ist doch ...«

Freiberg schob sich durch die Tür, seine unvermeidliche Kollegmappe unter dem Arm. »Ich gehe jetzt«, sagte er. »Hallo, Wetter! Die Sportsfreunde wollen noch trainieren?«

»Chef«, sagte Ahrens förmlich, »hier, diese Bilder.«

»Ja – was soll damit sein?« fragte Freiberg und sah amüsiert die Auswahl an. »Wetter, du befindest dich im falschen Kommissariat, Rausch und Sex sitzt eine Etage tiefer.« Plötzlich hielt er inne. »Aber verdammt ... Ist das nicht der Nackte aus Potsdam? Das darf doch nicht wahr sein! Wo sind die Faxe von Kommissarin Lette?«

Fräulein Kuhnert kramte einen Stapel Unterlagen durch. »Hier, bitte.«

Freiberg hielt die Bilder nebeneinander. »Kein Zweifel; das ist er. Mensch, Wetter, dieser Mann wurde splitternackt in Potsdam gefunden – mit Genickschuß, wie Andreas Helmer. Wo hast du die Bilder aufgetrieben?«

»Nackt und nackt gesellt sich gern«, witzelte der Kommissar etwas lahm. »Aber ich verstehe immer nur Bahnhof. Dieser Mann ist der sogenannte Verlobte von Larissa Valin. Der hat ihr die Sore rangeholt, auch die Miniaturmonstranz. Die Bilder habe ich in seiner Wohnung am Hafen gefunden.«

»Setzen wir uns«, sagte Freiberg und bat die Kollegen in sein Zimmer, wobei er die Kollegmappe hinter den Schreibtisch feuerte. »Alles, was vom ersten K. noch im Hause ist und Brain hat, soll herkommen. Storming ist angesagt.«

»Lupus und Peters sind schon gegangen, Singer liegt noch mit seiner Erkältung flach«, erklärte Fräulein Kuhnert. »Der edle Rest ist hier. Ich werfe schon mal die Kaffeemaschine an. Soll ich mit Sabine verbinden?«

Freiberg stöhnte laut. »Auweia, die wird sauer sein! Danach brauche ich eine Verbindung mit der Kollegin Lette. Bitte, Kuhnertchen, du mußt sie auftreiben.«

Während Kommissar Wetter alle Fotos aus der Werkstatt nebeneinander auf den Tisch legte, stellte Fräulein Kuhnert das Gespräch mit Sabine durch. Wenige Worte Freibergs genügten, die Stimmung auf Null zu bringen, und große Einbildungskraft war nicht nötig, um aus dem Gespräch zu schließen, daß der Haussegen verrutscht war. »Ich kann wirklich nicht sagen, wann ich hier aus dem Stall rauskomme«, erklärte Freiberg. »Tut mir leid, Hilfskraft, die Dinge spitzen sich zu. Mach's gut und bleib mir gewogen.«

Die letzten Worte schienen nur auf eine tote Leitung zu treffen.

Der Kaffee lenkte ab, und Freiberg mümmelte einen Keks nach dem anderen. Er sah aufmerksam die Fotos an und ließ sich von Kommissar Wetter alle Einzelheiten über die Vorgänge in der Werkstatt berichten. »Wie lange ist dieser Schöbel schon abgängig?«

Wetter zuckte mit den Schultern. »Keine Ahnung. Wir stehen noch am Anfang der Ermittlungen. Möglicherweise kann Larissa Valin weiterhelfen.«

»Und wo treiben wir die auf?«

»Unten beim PGD.«

»Richtig, die habt ihr ja schon einkassiert. Na, wunderbar, dann ist sie sofort verfügbar.«

»Schade, daß Lupus nicht mehr hier ist«, stellte die Kommissarin im Ehrenamt bedauernd fest. »Diese Vernehmung wäre was für ihn – mit so schönen Bildern als Ausgangspunkt.«

Die Stimmung im 1. Kommissariat wurde schlagartig besser. Diese Fotos wirkten wie ein Tritt, den jeder nötig hatte, um freudig weiterzumarschieren.

»Dann wollen wir uns mal mit Larissa Valin befassen«, sagte Freiberg. »Also her mit ihr.«

Fräulein Kuhnert gab die Weisung telefonisch an den PGD weiter.

»Die Frau sitzt auf ziemlich hohem Roß«, erläuterte Wetter. »Sie hat natürlich immer in gutem Glauben die Sachen gekauft und als edle Samariterin den Damen der besseren Gesellschaft finanziell aus der Klemme geholfen. Die wird gleich nach dem Anwalt schreien.«

»Nehmt mal die Fotos zusammen«, sagte Freiberg und schob die beiden Aufnahmen der nackten Akteure in eine grüne Mappe. »Wir werden die Dame äußerst zuvorkommend behandeln. Haben wir genügend Papiertaschentücher?«

Die Kommissarin im Ehrenamt nickte.

Kaum zehn Minuten später hatte Larissa Valin ihren Auftritt. Die Stunden in der Zelle hatte sie genutzt, um das lädierte Make-up zu restaurieren und eine frische Bluse anzuziehen, deren weiter Ausschnitt einen überwältigenden Einblick gewährte. Freiberg war aufgestanden, um sie zu begrüßen. Sie dankte ein wenig herablassend. Dann fiel ihr Blick auf Kommissar Wetter. »Ich werde in dieser Angelegenheit nichts mehr sagen. Sie werden künftig mit meinem Anwalt zu tun haben. Es ist geradezu absurd, mich der Hehlerei zu verdächtigen.« Sie sah Freiberg an. »Haben Sie nicht auch schon bei mir gekauft?«

»Stimmt, und ich war immer zufrieden.«

»Da hören Sie es!« triumphierte sie und wandte sich Kommissar Wetter zu. »Warum lassen Sie mich denn schon wieder vorführen? Das ist ja entwürdigend, immer mit einem Beamten im Schlepptau herumzulaufen.«

Die Kommissarin im Ehrenamt nahm staunend wahr, daß die Bühne bis jetzt der Dame in Moll gehörte. Sie räusperte sich und sah ihren Chef vielsagend an.

»Ich habe Sie hergebeten, nicht mein Kollege Wetter«, sagte Freiberg und schob einen Stuhl zurecht. »Nehmen Sie doch bitte Platz. Über diese Warengeschäfte wollte ich gar nicht mit Ihnen sprechen.«

»Nicht? Worüber dann?«

»Über Herrn Schöbel.«

Larissa Valin begann demonstrativ an einem Ring am Finger der linken Hand zu drehen. »Herr Schöbel ist mein Verlobter, und da habe ich doch wohl das Recht, die Aussage zu verweigern, oder?«

»Aber selbstverständlich«, sagte Kommissar Freiberg freundlich. »Der Paragraph 52 Strafprozeßordnung ist auch der Polizei bekannt. Und doch möchte ich Sie bitten, uns zu helfen.«

Sie lächelte ihn kokett an. »Wie stellen Sie sich das vor?«

Freiberg schlug die grüne Mappe auf und schob ihr eins der intimen Fotos zu. »Das haben wir bei Schöbel gefunden.«

Sie war keineswegs verlegen. »Na und? Ich sagte schon, wir sind verlobt. Ist das alles, was sie mir zeigen können? Sollte ich hier bei Moralaposteln gelandet sein, oder sind Sie schlicht neidisch?«

Fräulein Kuhnert unterdrückte mit Mühe ein Kichern.

»Weder noch! Sie sind bei der Mordkommission!« erklärte Kommissar Freiberg hart und eindeutig.

Die Antwort war ein überraschter, spitzer Aufschrei. »Aber wieso denn?«

»Wissen Sie, wo Ihr Verlobter, Herr Schöbel, sich derzeit aufhält?«

Die Antwort kam sofort. »Nein, das weiß ich nicht. Wir legen einander keine Rechenschaft ab über das, was wir tun. Wenn es um Oldtimerautos geht, kann Fred wochenlang unterwegs sein, ohne daß ich von ihm höre.«

»Könnte er in Berlin oder im Land Brandenburg zu tun gehabt haben?«

»Das kann ich Ihnen nicht sagen, aber möglich ist es schon. Aber was steckt hinter dieser Frage?«

Freiberg sah sie mit zusammengekniffenen Augen an. »Mord steckt dahinter!«

Larissa Valin zuckte zusammen. »Hat er...?«

»Nein, er hat nicht. Es tut mir leid, Ihnen das sagen zu müssen – er ist das Opfer. Ich muß Sie auch bitten, dieses Bild anzuschauen, damit Sie ihn identifizieren.«

Sie sah kurz das Foto des Toten an und senkte den Kopf. »Er ist es.« Dann sackte sie zusammen und weinte fassungslos. Diese Tränen waren echt.

Fräulein Kuhnert stellte eine Tasse Kaffee vor sie hin und legte eine Packung Softys daneben. »Hier, nehmen Sie – das sind schlimme Augenblicke.«

Freiberg legte die Fotos in die grüne Mappe zurück. »Sie sollten uns helfen, dieses abscheuliche Verbrechen aufzuklären.«

Das Schluchzen wollte kein Ende nehmen. »Wenn ich das nur könnte! Warum haben die meinen Fred umgebracht? Warum?«

»Wer sind ›die‹?«

»Die Männer, mit denen er zu tun hat, denke ich. Aber ich kenne sie nicht.«

»Hat Ihr Verlobter keine Namen erwähnt?«

Larissa Valin überlegte. »Namen? Nein, Namen nicht, aber er traf sich mit wichtigen Leuten, und er hat gesagt, daß demnächst die Dollars reichlicher fließen würden. Wissen Sie«, sagte sie fast entschuldigend, »Fred brauchte immer viel Geld für seine Oldtimer. Der war närrisch nach Autos.«

»Und warum sollten ausgerechnet Dollars fließen und nicht D-Mark oder Francs?«

»Ein internationales Unternehmen sei das, hat er mal gesagt. Warten Sie – Caritas, ja, das hat er gesagt.«

Freiberg sah sie verwundert an. »Wer soll das sein – die Caritas?«

»Ach nein, nicht diese Christen. Caritrust oder so ähnlich heißt der Verein. Mit denen wollte er groß zusammenarbeiten. Aber ob daraus was geworden ist, weiß ich nicht.«

»Wann haben Sie ihn zuletzt gesehen?«

»In der vorigen Woche. Mittwoch war es wohl. Aber wir haben nichts Geschäftliches besprochen.« Sie weinte wieder und griff nach den Taschentüchern. »Es war ganz privat, da war nur Liebe angesagt.«

»Seither haben Sie ihn also nicht gesehen?«

»Nein. Er hat nur gesagt, daß er einige Zeit im Ausland zu tun habe. Ich solle mir keine Sorgen machen, er sei nun mal ein halber Zigeuner.« Larissa Valin schüttelte immer wieder den Kopf. »Ermordet – warum nur? Warum?«

Kommissar Freiberg stand auf. »Frau Valin, ich bin Ihnen sehr dankbar, daß Sie uns helfen wollen, den Tod Ihres Verlobten aufzuklären. Leider müssen Sie noch für einige Zeit bei uns bleiben, aber das ist wohl eine andere Geschichte.«

Larissa Valin nickte. Als der Beamte des PGD eintrat, legte sie wie hilfesuchend ihre Hand auf seinen Arm und ließ sich mit hängenden Schultern in ihre Zelle zurückführen.

Im Zimmer 306 herrschte eine Weile Stille. Schließlich sagte Fräulein Kuhnert: »Sie hat ihn doch wohl geliebt.«

Freiberg legte die Mappe mit den Bildern auf seinen Schreibtisch. »Die behalte ich einstweilen hier. Wetter! Jetzt aber doppelt aufgepaßt bei Schöbels Werkstatt. Es spricht einiges dafür, daß dort jemand aufkreuzt, um den Mercedes abzuholen. Noch dürfte bei dem oder den Tätern nicht bekannt sein, daß der Tote identifiziert worden ist. Kuhnertchen! Zitier bitte Lupus und Peters her. Außerdem muß ich mit Angelika Lette sprechen – dringend, noch gestern!«

Kommissar Wetter stand ebenfalls auf. »Ich mache mich auf die Socken. Soll ich vorab den Gruppenleiter und GS informieren?«

»Ja, bitte«, bestätigte Freiberg. »Wir müssen ohnehin an einem Strang ziehen. Sag euren Leuten, sie sollen vorsichtig sein. Wir haben es vielleicht mit kaltblütigen Killern zu tun.«

Für Fräulein Kuhnert wurde es eine langwierige Angelegenheit, Kommissarin Lette in Potsdam aufzutreiben. Überall kam sie mit ihrem Anruf ein paar Minuten zu spät. Die Lette hatte mit den Rechtsmedizinern gesprochen, war beim Erkennungsdienst gewesen und hatte sich nach Hause abgemeldet, war dort bis jetzt aber nicht angekommen.

»Ich kann sie nicht auftreiben«, meldete die eifrige Telefonistin entnervt.

»Versuch's mal beim ›Alten Fritz‹, das ist ihre Stammkneipe«, sagte Freiberg. »Dort hat sie Ahrens und mich auch schon hingeschleppt, als wir wegen der ›Hauptstadt-Affäre‹ in Potsdam waren.«

Es dauerte keine drei Minuten, bis die Fahndung Erfolg hatte. »Angelika – Bonn ist dran!« rief Freiberg lautstark in die Sprechmuschel. Er hörte die bekannten Hintergrundgeräusche in der Kneipe und hatte die Szenerie sofort vor Augen. Sicherlich war es wieder voll bis auf den letzten Platz, gewiß stand auch das Telefon neben dem Glas mit den Soleiern, und ganz bestimmt wurde an den Tischen reichlich Hackepeter verzehrt.

»Was ist los, Walter?« fragte die Starke zurück. »Hier herrscht wieder ein Krach, daß man sein eigenes Wort nicht versteht.«

»Halt das andere Ohr zu, dann geht's besser! Wir haben euren Toten vom Babelsberger Park identifiziert!«

Für ein paar Sekunden waren nur die Geräusche des Lokals zu vernehmen. Dann kam langsam die Frage: »Was habt ihr?«

»Deine Leiche identifiziert. Der Tote heißt Fred Schöbel, ist abgebrochener Student, Oldtimerfan, Kfz-Werkstatt-Besitzer und Mitarbeiter eines Unternehmens, das Caritrust heißen soll.«

»Ist das alles gesichert?«

»Davon können wir ausgehen. Er wurde auf dem von dir gefaxten Bild von seiner Freundin erkannt – ohne jeden Zweifel. Kollege Wetter hat die Dame übrigens wegen Hehlerei festgenommen.«

»Ich glaube, das Wichtigste habe ich verstanden. Ist ja ein Kunststück bei dem Lärm hier. Ich gehe zum Präsidium und rufe von dort noch mal an.«

»Gut! Versuch doch bitte, über Caritrust etwas zu erfahren. Wenn ein Mitarbeiter von denen in Potsdam ermordet wurde, gibt's den Laden vielleicht bei euch.«

»Mach' ich! Das ist ja ein Ding. Jetzt identifiziert man in Bonn schon die Potsdamer Leichen. Den Täter kannst du wohl noch nicht mitliefern?«

»Leider nein. Aber sieh zu, daß du den nackten Toten bald nach hier abschiebst, der gehört nämlich uns. Den legen wir neben Helmer ins Kühlfach in der Rechtsmedizin.«

»Wir sind froh, wenn wir ihn loswerden. Ich wollte eigentlich noch ein paar Buletten verputzen, aber jetzt ist mir der Appetit vergangen. Also, bis dann.«

In Bonn hatten Ahrens und Fräulein Kuhnert das Gespräch mitgehört. Freiberg lächelte ihnen zu, als er den Hörer auflegte. »Das war wohl eine Überraschung für die Starke. Aber wir leisten immer wieder gern Amtshilfe für liebe Kollegen. Jetzt aber ran und rausfinden, was hinter Caritrust steckt. Angefangen bei der Industrie- und Handelskammer, dann Bundesamt für Wirtschaft und die Dachverbände. Telefonauskünfte und, und, und! Ihr wißt ja Bescheid. Lupus soll sich drum kümmern, daß die Observierung klappt.«

25

Kommissar Freiberg hatte die Arbeit verteilt; jetzt saß er nachdenklich an seinem Schreibtisch, stützte die Ellbogen auf und ließ die mittleren drei Finger der linken Hand langsam über seine Stirn gleiten. So erfreulich die Identifizierung des Toten aus dem Babelsberger Park in Potsdam auch war, aber damit hatte er auf einmal zwei Mordfälle aufzuklären. Beide Male Tod durch Genickschuß, aber aus verschiedenen Waffen. Ließ das nun auf mehrere Täter in einem System oder auf einen Täter mit zwei Waffen schließen?

Freiberg hatte keinen Zweifel, daß die Liquidierung von Fred Schöbel mit seiner Tätigkeit für das Unternehmen Caritrust zusammenhing. Aber wie? Und daß Helmers Ermordung mit seinem Job als Dealer zu tun hatte, schien auch sicher zu sein. Aber warum? Welche Bedeutung hatten die Nobelkarossen in diesem tödlichen Spiel?

Wenn Helmers Ermordung mit Rauschgift zusammenhing, so überlegte Freiberg weiter, dann konnte Schöbels Tod auch mit seiner Tätigkeit als Hehler von Kirchenschmuck in Zusammenhang gebracht werden. Beide Tätigkeiten lagen zwar meilenweit auseinander, aber könnte nicht Caritrust das verbindende Glied sein? Car hieß Auto, soviel war klar; Trust konnte Vertrauen, Kredit oder auch Treuhand bedeuten – oder sollte das Wort auf eine weltweit agierende Kapitalgesellschaft hinweisen? Oder – auch das war nicht von der Hand zu weisen – hatte sich eine Automafia ganz einfach einen klingenden Namen zugelegt? Vielleicht war es aber auch ganz anders, und ein großer Unbekannter machte in einem sonst soliden Unternehmen ein paar todbringende Nebengeschäfte.

Freiberg griff zum Telefon und rief seinen Kollegen der Kfz-Kriminalität an. Der war schon von Kommissar Wetter informiert worden, daß in Schöbels Werkstatt am Hafen ein gestohlener Mercedes 280 stand, der in einem Mordfall eine Rolle spielen könnte, und daß darum die Zuständigkeit beim ersten Kommissariat lag.

So brauchte Freiberg nicht erst weit auszuholen, um sein Anliegen zu begründen. »Ist euch eine Firma Caritrust bekannt – und wenn ja, wer oder was steckt dahinter?« kam er sofort zur Sache.

»Nie davon gehört«, kam spontan die Antwort. »Aber ich werde versuchen, etwas darüber zu erfahren, und rufe zurück.«

»Es eilt sehr!«

»Das werde ich wohl nie kapieren«, sagte der Kollege. »Eure Klienten sind mausetot, aber es ist immer eilig. Ich tue mein Bestes – du wirst schnellstens bedient.«

Um mit der Kommissarin im Ehrenamt zu sprechen, ging Freiberg ins Vorzimmer und setzte sich auf einen der Stühle, die um den kleinen Tisch mit den Metallbeinen gruppiert standen. Hier war schon manchem wartenden Delinquenten die Zeit lang geworden. Fräulein Kuhnert legte den Telefonhörer zurück und schüttelte verneinend den Kopf. »Kein Caritrust! Industrie- und Handelskammer Fehlanzeige, Dachverbände ebenfalls. Eine Telefonadresse habe ich bisher auch noch nicht ausfindig machen können. Ich glaube, das Unternehmen gibt's gar nicht.«

Freiberg zuckte mit den Schultern. »Es wäre ja auch zu schön gewesen: Mal kurz anrufen, hinfahren, den Mörder festnehmen und die Akte schließen. Doch die Wirklichkeit sieht wieder einmal anders aus.«

Lupus meldete sich als erster zurück. Seine Frau Helga hatte ihn schon vor der Haustür der Erbvilla in Empfang genommen und ihm Freibergs Anruf übermittelt. Sie kannte dieses Spiel seit Jahren und hatte sich damit abgefunden. Ohne große Worte zu machen hatte sie ihrem Wolfgang – der Name Lupus kam nicht über ihre Lippen – ein paar belegte Brote und zwei Äpfel in die alte Aktentasche gepackt und ihn gleich wieder mit einem durchaus ernstgemeinten Kuß verabschiedet.

Kommissar Freiberg wartete schon ungeduldig. Er zeigte ihm die Bilder, berichtete über die Identifizierung des Toten in Potsdam, über sein Gespräch mit Angelika Lette und über den vergeblichen Versuch, das Unternehmen Caritrust ausfindig zu machen. »Ich gehe davon aus«, sagte er, »daß möglicherweise noch in dieser Nacht versucht wird, den gestohlenen Mercedes aus Schöbels Werkstatt verschwinden zu lassen. Wir müssen jetzt am Ball bleiben! Kümmere dich drum, daß Wetters Leute abgelöst werden – ab jetzt ist das unser Bier. Nimm Ahrens und Peters mit raus, aber seid vorsichtig. Wer zwei Leichen auf dem Gewissen hat, wird nicht plötzlich ein Tugendbold. Ich werde Boeremans in Brüssel noch mal anrufen, vielleicht weiß er ja etwas über Caritrust. In etwa einer halben Stunde komme ich nach. Ich nehme meinen Golf – der fällt am wenigsten auf – und suche einen Parkplatz an der Werftstraße. Du kennst ja die Gegend.«

»Kann ich mit rauskommen?« fragte Fräulein Kuhnert hoffnungsvoll.

Freiberg schüttelte den Kopf. »Sorry – aber das geht nicht. Es wäre gut, wenn das Büro besetzt bliebe.«

»Frauenschicksal!« stellte sie lakonisch fest. »Natürlich halte ich Stallwache. Zuerst also eine Leitung nach Brüssel.«

Der *Commissaire en Chef* war noch in seiner Dienststelle. »Von einem Unternehmen Caritrust habe ich zwar noch nie gehört«, sagte Boeremans auf Freibergs Frage, »aber das werden wir sofort überprüfen. Warte mal ein paar Sekunden.« Freiberg hörte, daß im Hintergrund flämisch gesprochen wurde, bevor Boeremans sich wieder meldete. »Meine Sekretärin hat eben im Telefonbuch nachgesehen – es gibt in Brüssel tatsächlich eine solche Firma. Hier, ›Caritrust – Autoimporte‹ ist die genaue Bezeichnung. Leider meldet sich niemand unter dem Anschluß, aber das ist wohl kein Wunder zu dieser späten Stunde. Wir versuchen es sofort morgen früh. Sonst gibt's noch keine neuen Erkenntnisse – leider.«

»Danke einstweilen«, sagte Freiberg. Dann berichtete er kurz über die Identifizierung von Fred Schöbel und dessen Beteiligung am Diebstahl von Kraftfahrzeugen. »Wir werden mit voller Besetzung die ganze Nacht hindurch die Werkstatt beobachten. Und sollte jemand aufkreuzen, der den Mercedes abholen will, nehmen wir ihn fest.«

»Vielleicht ist Schöbel ja auch der Mann, der hier mit Cok Hiddema zusammen den Ministerfahrer festgehalten hat«, sagte Boeremans eifrig.

»Denkbar ist das inzwischen auch«, bestätigte Freiberg. »Ich muß jetzt raus zu meinen Leuten. – Bis bald.«

»Harmlos ist das ja wieder nicht«, stellte die Kommissarin im Ehrenamt besorgt fest. »Hat mein Ahrens mit seinen malträtierten Haaren nicht schon genug durchgemacht?«

»Ich passe gut auf ihn auf«, versuchte Freiberg zu beruhigen.

Er ging noch einmal an seinen Schreibtisch, lud die

SigSauer durch und steckte sie in sein Schulterholster. Diese Nacht konnte lang werden – und gefährlich.

26

Der Bonner Rheinhafen im Norden der Stadt war kein Hafen im klassischen Sinne, sondern ein Umschlagplatz für Massengüter. Die Bezeichnung »Handelswerft« wirkte zwar antiquiert, war aber zutreffend für seine Funktion. Promenierende Fußgänger oder Wandergruppen verirrten sich selten hierher; Bonn-Besucher schon gar nicht.

Schöbels Werkstatt lag etwas abseits der Straße und befand sich in einem desolaten Zustand. Sie hatte schon manchen Besitzer gehabt, aber keiner war damit reich geworden. Als Herberge für Oldtimer erfüllte sie noch ihren Zweck. Es erregte keine Aufmerksamkeit, wenn ein Fan noch spät in der Nacht seinem Hobby nachging und an Autos herumwerkelte. Hier konnte auch schon mal ein »entparktes« Fahrzeug sein Äußeres wechseln und eine neue Fahrgestellnummer eingehämmert bekommen, wenn es für den Absatz im Ausland notwendig wurde.

Zu dieser mitternächtlichen Stunde wirkte das Gebäude verlassen und etwas unheimlich. Im Hintergrund erhoben sich die massigen Speicher der alten Mühle, und die Verladekräne streckten ihre Ausleger wie Finger in den nächtlichen Himmel. Die schmutzigen Fensterscheiben der Werkstatt reflektierten kaum das Mondlicht, und das flache, geteerte Dach unterstrich noch den Eindruck des Provisorischen.

Nichts deutete darauf hin, daß in dieser Nacht die Kripo präsent war, aber die späten Zecher und Liebespaare, die vorübergingen oder sich in dunkle Ecken drückten, hatten alle ihren Dienstausweis in der Tasche und die Pistole im Schulterholster.

Kommissar Freiberg hatte seinen Golf kurz vor der Endschleife der Straßenbahn abgestellt. Wenige Minuten später traf er auf Lupus, der ihm das Werkstattgelände zeigte und die Standorte der Beobachter erläuterte. Sie hielten über ihre Handfunkgeräte Kontakt untereinander. Ahrens hatte sich im Garten eines Nachbarhauses so postiert, daß er das Fenster im Blick hatte, durch das Kommissar Wetter schon zweimal eingestiegen war. Peters steckte auf dem Gelände eines nahegelegenen Kokslagers und fluchte über den Staub, der sich überall festsetzte. Lupus hatte bisher den Eingang der Werkstatt beobachtet und überließ jetzt Kommissar Freiberg seinen Platz auf dem Bock eines abgestellten Kutschwagens. »Ich gehe rüber zum Bauhof und behalte von dort aus das Haupttor im Auge«, sagte er. »Wenn der Wagen da rauskommt, schieße ich ihm die Reifen kaputt.«

»Richtig!« bestätigte Freiberg. »Wir werden doch nicht tatenlos zusehen, wenn vor unserer Nase eine geklaute Nobelkarosse abtransportiert wird. Hoffentlich ist der ganze Aufwand nicht für die Katz.«

»Wenn schon«, tröstete Lupus, »dann schreiben wir auch diese Überstunden in den Schornstein. Wenigstens ist die Nacht nicht kalt.«

Die Zeit schlich dahin. Die Straßenbahn brachte nur noch wenige Fahrgäste hierher zur Endstation und zog quietschend ihren Kreis durch die Rückfahrschleife. Von der Autobahnbrücke waren hin und wieder Motorengeräusche zu vernehmen. Die »Rheinharfe«, wie die Friedrich-Ebert-Brücke genannt wurde, weil sie wegen der Pylone und Stahlseile wie eine überdimensionale Harfe aussah, kam nie zur Ruhe, doch Grau-Rheindorf schlief.

Gegen zwei Uhr tauchten Autoscheinwerfer auf, und ein Taxi, aus der Innenstadt kommend, hielt vor der Eckkneipe, aus der sich der letzte Zecher schon vor einer Stunde verabschiedet hatte.

Der Herr im dunklen Anzug zahlte, ließ sich vom Fahrer seinen Koffer geben, wartete, bis das Taxi abgebogen war, und ging dann zielstrebig auf die Tür vom Wohnteil der Werkstatt zu. Den Schlüssel mußte er schon in der Hand gehabt haben. In Sekundenschnelle hatte er aufgeschlossen und war im Innern verschwunden.

Kommissar Freiberg gab die Beobachtung über Funk weiter. »Ein Mann mit Koffer im Gebäude. Abwarten!«

Lupus schob seine Waffe zurecht, ließ sie aber noch gesichert. Ahrens drückte sich durch die Büsche noch weiter vor, so daß er mit wenigen Schritten das eingeschlagene Fenster erreichen konnte.

Im Wohnteil blieb es dunkel, nur in der Werkstatt ging das Licht an. Die kleinen Fenster saßen so hoch, daß sich nicht erkennen ließ, was drinnen vorging. Hin und wieder waren Geräusche zu vernehmen – mal schepperte Blech, ein Motor heulte kurz auf, dann fiel eine Fahrzeugtür ins Schloß. Es hörte sich an, als ob an einem Fahrzeug gearbeitet würde. Nach dem abermaligen Aufheulen des Motors herrschte Stille. Das konnte nur der Mercedes 280 gewesen sein – Oldtimer klangen anders.

Freiberg meldete sich bei Ahrens. »Kannst du erkennen, was der da drinnen treibt?«

»Nein, es scheint, als ob er an einem Auto arbeitet. Ich gehe ran und riskiere einen Blick durch das Fenster.«

»Sei vorsichtig, der Mann ist bestimmt bewaffnet.«

»Verstanden!«

Ein paar Sekunden später meldete sich Lupus. »Der Mann in der Werkstatt versucht das Tor zu öffnen. Noch ist es geschlossen, es scheint zu klemmen.«

Freiberg bestätigte den Empfang der Meldung. »Bleib dicht dran. Du hast gehört: Ahrens sieht nach, was da läuft.«

Auf der nahegelegenen Straße fuhr ein Cabriolet Richtung Rheindorf. Die vier Insassen, zwei Männer und zwei Frauen, sangen laut gegen den Fahrtwind an. Die Geräusche verklangen, nachdem der Wagen abgebogen war.

Ahrens hatte sich an das Fenster mit der zerbrochenen Scheibe herangepirscht. Er schob es langsam auf und steckte seinen Kopf hindurch. Zu sehen war nur das kleine Büro, vollgestopft mit Kraftfahrzeugzubehör. Eine Tür auf der rechten Seite, die wohl in die Werkstatt führte, stand etwas offen. Durch den Spalt fiel ein wenig Licht auf das Durcheinander.

Ahrens konnte nichts erkennen, er mußte näher ran. Kurzentschlossen schaltete er sein Funkgerät stumm und stieg durch das Fenster ein. Als er versuchte, die Tür weiter aufzuschieben, klirrte es hinter seinem Rücken. Ein Reststück der eingeschlagenen Scheibe hatte sich aus dem brüchig gewordenen Kitt gelöst und war auf dem Boden zersprungen.

Noch bevor Ahrens in Deckung gehen konnte, wurde die Tür aufgerissen. Der Mann im dunklen Anzug stand im schwach beleuchteten Durchgang und hatte eine Pistole in der Hand. »Hoch die Hände!« sagte er drohend.

Ahrens hatte keine andere Wahl. Er stand wie versteinert und gehorchte.

Die nächste Frage des Mannes ließ erkennen, daß ihm gar nicht die Idee gekommen war, einen Polizisten vor sich zu haben. »Was treibst du hier – Autos klauen?«

Ahrens gab sich verängstigt und stammelte: »Ich wollte ... die Oldtimer ... immer schon mal ...«

Jetzt kam es darauf an, ob der Mann ihm glaubte.

Wenn er den ungebetenen Besucher nach einer Waffe absuchte und diese oder das Funkgerät fand, konnte es übel werden.

»Du Scheißkerl! Wenn ich dich hier wie eine Ratte abknalle, habe ich in Notwehr gehandelt«, zischte der Mann. »Aber du sollst deine Chance haben. Ich mache mir nicht gern die Hände schmutzig. Sieh mal zu, daß du das verdammte Tor aufbringst. Dieser Werkstattfritze hat mich sitzenlassen. Ich brauche dringend meinen Wagen. Nun mal dalli, dalli!«

Ahrens hatte keinen Blick für die an der Seite stehenden Oldtimer. Die Pistole war nur knapp einen Meter hinter seinem Rücken. Vor diesem Tor, das wußte er, lauerte Lupus, und dem saß die SigSauer ziemlich locker, wenn es darum ging, einen Mörder zu stellen. Ahrens hatte keine Lust, zwischen zwei Feuer zu geraten. Darum machte er sich sehr gemächlich ans Werk. »Das Tor ist ohne Werkzeug nicht aufzuhebeln. Ich brauche eine Stange oder ein Rohrstück«, sagte er.

»Dann such es dir«, sagte der Mann und trat einen Schritt zurück. »Aber komm mir damit nicht zu nahe, sonst mache ich den Finger krumm.«

Ahrens kramte einen Stapel Eisenteile durch. In der Hoffnung, daß man ihn draußen hören würde, sagte er: »Mit dem Schaleisen hier müßte es gehen.«

»Also mach schon!« tönte es in seinem Rücken.

Der rechte Torflügel hatte sich im Laufe der Zeit gesenkt, die obere Fitsche war in den Schweißnähten fast durchgerostet und saß nur noch an ein paar Punkten fest. Ahrens setzte das Eisen an, winkelte es ab und schob den Flügel Zentimeter für Zentimeter nach außen. Das Knarren und Quietschen wirkte in der nächtlichen Stille doppelt laut. Nach schweißtreibendem Einsatz hatte er es endlich geschafft, beide Torflügel aufzuschieben.

»Komm zurück!« rief der Mann aus dem Hintergrund der Halle.

Lupus hatte die Aktion beobachtet und den Ruf gehört, konnte aber nicht erkennen, wer das Tor aufgeschoben hatte. »Chef, da sind zwei Männer am Werk«, meldete er über Funk. »Das Tor ist jetzt offen. Ich nehme an, sie werden gleich rausfahren.«

Freiberg rutschte unruhig auf seinem Kutschbock hin und her. »Aber es ist nur einer reingegangen – der Mann im dunklen Anzug. Mensch, Lupus, der Kerl hat sich doch wohl nicht unseren Ahrens geschnappt?«

»Das sieht nicht nach einer Geiselnahme aus, die beiden arbeiten zusammen.«

»Ahrens, bitte melden«, sprach Freiberg eindringlich ins Mikrofon. »Ahrens – sofort melden!«

Wenn Ahrens mit seinem Funkgerät auf Empfang war und frei reden konnte, hätte er sich jetzt melden müssen. Das Schweigen war beredt genug.

»Lupus! Äußerste Vorsicht. Mir ist nicht klar, was sich da drinnen abspielt. Ich steige von meinem Bock und versuche, hinter den linken Torflügel zu kommen. Daß du mir ja kein Ding verpaßt. Schieß erst, wenn der Wagen ein paar Meter vom Haus weg ist.«

»Verstanden!«

Ahrens hatte immer noch das Schaleisen in der Hand, und das war eine gefährliche Waffe.

»Schmeiß sofort das Ding in die Ecke!« forderte der Mann mit der Pistole.

Es machte einen Höllenlärm, als Ahrens das Werkzeug über den Boden rutschen ließ.

»Und jetzt setzt du dich hinters Steuer und fährst mich nach Köln. Und denk dran – ich sitze neben dir und halte die Pistole in deine Rippen. Wenn du ein braver Junge bist, lasse ich dich unterwegs raus.«

In der Stimme des Mannes schwang Hohn mit. Ahrens wußte, daß er das Aussteigen wohl nur um Sekunden überleben würde. Aber er wußte auch, daß der Mercedes draußen von Lupus in Empfang genommen wurde, und das war eine gefährliche Angelegenheit für den Fahrer. Der unerwartete Befehl, den Wagen zu fahren, bot aber auch eine Chance, die es zu nutzen galt. Wie hatte doch das Plakat im BGS-Ausbildungszentrum gelautet: »Ein Crash-Kurs kann Leben retten!« Das mußte jetzt bewiesen werden.

»Einigermaßen fahren kann ich«, sagte Ahrens, »nur wäre mir ein Oldtimer lieber.«

»Quatsch nicht! Pack erst mein Gepäck in den Kofferraum, dann klemm dich hinters Steuer, und ab geht's!«

Der Mann setzte sich auf den Beifahrersitz, die Waffe auf seinem Schoß. »Nun fahr schon!«

»Und das Tor? Muß das nicht wieder geschlossen werden?«

»Fahr! Dieser Scheißladen interessiert mich einen Dreck!«

Ahrens ließ den Motor an und legte den zweiten Gang ein. Dann gab er Vollgas und ließ ruckartig die Kupplung kommen, so daß der Mercedes mit einem Satz durch die Werkstatt schoß. Jetzt umfaßte er das Lenkrad ganz fest, nahm den rechten Fuß vom Gas und wuchtete ihn auf die Bremse. Die Reifen quietschten, und die Räder blockierten. Der Mann im dunklen Anzug flog vom Sitz und knallte gegen die Windschutzscheibe. Und doch löste sich noch der Schuß. Er verfehlte Ahrens um wenige Zentimeter und schlug in die Verkleidung zum Motorraum ein.

Kommissar Freiberg sprang mit der Waffe in der Hand hinter dem Torflügel hervor und riß die Beifahrertür auf. Aber von dem Schützen ging keine Gefahr mehr aus. Ahrens hatte ihm durch seine Fahrkünste eine Spezialnarkose verpaßt, die mit Sicherheit die zu erwartenden Schmerzen noch eine Weile hinauszögern würde.

Jetzt stand auch Lupus auf der Fahrerseite am Wagen. »Nun steig schon aus, großer Fahrkünstler. Du hast ja dem Herrn neben dir ganz schön die Fresse poliert.«

Ahrens schüttelte sich und lachte erleichtert. »Der Dummkopf war nicht mal angeschallt. Und von Beschleunigung und Fliehkraft hat er wohl noch nie was gehört.«

Kommissar Freiberg ging um den Mercedes herum. »Hat nicht Wetter gesagt, die Nummernschilder seien abmontiert? Der hier hat aber doch Kennzeichen aus Potsdam.«

»Genau – P steht für Potsdam«, bestätigte Ahrens. »Jetzt wird mir auch klar, was die Geräusche zu bedeuten hatten. Der Kerl hat die Schilder mitgebracht und vor Ort montiert. Er trägt sogar Wildlederhandschuhe bei der Arbeit.«

»Los, Freunde, angefaßt!« sagte Freiberg. »Wir legen ihn erst einmal auf Schöbels Couch.«

Es waren wohl die nicht besonders sanften Griffe, die dazu beitrugen, das Bewußtsein des Opfers ein wenig zu aktivieren. Der Mann stöhnte und blinzelte. »W...as ist?« stammelte er, bevor ihm die Augen wieder zufielen.

»Der sieht ja aus wie 'ne abgestochene Sau oder wie für 'nen Horrorfilm präpariert«, stellte Lupus fest, als der Transport sein Ziel erreicht hatte. »Meinem Magen zuträglich ist das jedenfalls nicht.«

Ahrens ging zur Tür zurück. »Ich hole den Verbandskasten.«

»Vorsicht am Wagen!« rief Freiberg ihm nach. »Den muß sich noch die Spurensicherung vornehmen.« Dann durchsuchte er die Taschen des Mannes. In der Brieftasche steckte viel Geld; viertausend DM, mehrere tausend Dollar und noch größere Beträge in französischer und belgischer Währung. Der Reisepaß lautete auf den Namen Marek Lepinski und war in Brüssel ausgestellt. Der Fund in der Seitentasche des Jacketts stimmte Freiberg richtig high: eine Intercity-Fahrkarte von Potsdam nach Bonn.

Lupus ging zum Spülbecken und ließ kaltes Wasser in einen Topf laufen. Dann griff er nach dem Handtuch, tauchte es ein und klatschte es dem Mann ins Gesicht. »Wach werden – munter, munter!«

Inzwischen war auch Peters vom Kokslager gekommen. »Das war vielleicht eine dreckige Angelegenheit! Ich muß mir erst die Hände waschen. Was hat es hier gegeben?«

Kommissar Freiberg informierte ihn mit wenigen Worten. »Im Auto liegt noch die Pistole, mit der dieser saubere Herr Ahrens abknallen wollte. Warte bitte am Wagen, bis Erbach mit seinen Leuten anrückt. Bis dahin darf nichts verändert oder angefaßt werden.« Dann ging Freiberg in den Nebenraum, wo das Telefon stand. Nachdem er den Notarzt alarmiert hatte, forderte er zwei Streifenwagen an, um den Tatort abzusperren. Danach wählte er die Nummer seines Vorzimmers. Die Kommissarin im Ehrenamt war sofort am Apparat. »Kuhnertchen, wir werden wohl in einer knappen Stunde zurück sein. Bitte, versuch alles, daß ich dann Kommissarin Lette in Potsdam am Telefon habe. Außerdem muß ich in Brüssel anrufen. Dieser Lepinski ist der Mann, hinter dem auch Boeremans her ist.«

»So spät noch?«

»Aber sicher! Unser Freund wird glücklich sein, wenn er hört, daß wir ihm eine Menge Arbeit abgenommen haben.«

Inzwischen hatte Ahrens die Wunden des Mannes notdürftig versorgt, und Lupus warf angewidert das blutgetränkte Handtuch in das Spülbecken. »Herr des Himmels, wie sehen unsere Killer in letzter Zeit aus! Ihre Köpfe sind in einem Zustand, daß sie nicht mal Rede und Antwort stehen können. Dabei hätte uns dieser Marek doch soviel zu erzählen.«

Freiberg versuchte, einige Fragen zu stellen, bekam aber nur ein Lallen zu hören. »Das ist nun schon die Nummer drei fürs Krankenhaus«, stellte er fest und wandte sich mit den nächsten Worten an Ahrens. »Du sorgst dafür, daß zwei Uniformierte abgestellt werden, die nicht von seiner Seite weichen. Der darf uns auf keinen Fall entwischen! Und dann brauche ich dich im Präsidium.»

27

Der Verletzte war abtransportiert, und Hauptkommissar Erbach mit seinen Experten vom Erkennungsdienst hatte von Schöbels Werkstatt Besitz ergriffen. Die Mordkommission zwängte sich in Freibergs roten Golf, um die ungastliche Stätte zu verlassen. Peters blieb als Verbindungsmann zurück.

Zu dieser Stunde zwischen Nacht und Tag war die Stadt zur Ruhe gekommen. Nicht die Fahrzeugschlangen und die Pulks von Fußgängern prägten das Bild, sondern die fast leeren Straßen im Licht der Neonleuchten. Das Präsidium lag wie ein dunkler Klotz vor der Rampe der Konrad-Adenauer-Brücke. Nur undeutlich hoben sich jenseits des Rheins die Konturen des Siebengebirges vom Horizont ab.

Schon auf dem Flur vor Zimmer 306 stieg den Spätheimkehrern der Kaffeeduft in die Nase. Die Kommissarin im Ehrenamt wußte, was ihren Mannen guttun würde, und hatte entsprechend vorgesorgt. Zum üblichen Kleingebäck hatte sie Dauerwurst und Knäckebrot aus dem eisernen Bestand serviert. Wenn sie geahnt hätte, in welcher Gefahr ihr blonder Ahrens sich befunden hatte, wäre die Begrüßung noch herzlicher ausgefallen, aber auch so fand Lupus sich bemüßigt festzustellen: »Gleich frißt sie ihn auf!«

Die Kuhnert fuhr blitzschnell herum und streckte ihm die Zunge heraus. »Finden heute nacht noch Vernehmungen statt?« fragte sie dann manierlich.

»Nein, dafür haben wir später noch Zeit«, antwortete Freiberg und gähnte hinter vorgehaltener Hand.

»Wir liefern die Mordbuben neuerdings mit schweren Dachschäden und Sprachstörungen im Krankenhaus ab«, ergänzte Lupus. »Aber besser, Marek Lepinski liegt dort als dein Ahrens.«

»Was war denn los?«

Kommissar Freiberg berichtete, wie bravourös sich »unser Ahrens« des Killers entledigt hatte. Die Kommissarin im Ehrenamt bekam ganz weiche Knie, als sie hörte, daß der Schuß ihn beinahe erwischt hätte.

Ohne jeden spöttischen Unterton fragte Lupus: »Mensch Ahrens, was hast du dir bei diesem Manöver eigentlich gedacht?«

Der zuckte leicht mit den Schultern. »Ohne in die Bude einzusteigen hätte ich nichts sehen können. Als die Scheibenreste runterfielen, war Lepinski im Vorteil, später dann ich, weil er so oberschlau war, mich ans Steuer zu lassen. Gefährlich war nur die erste Sekunde, als er beim Anfahren gegen die Rückenlehne gepreßt wurde. Aber da hat er noch gedacht, einen Stümper neben sich zu haben. Bei der Bremsaktion, das wußte ich aus den Crashkursen, wird von der Fliehkraft auch die Waffe nach vorn geschleudert. Zielen konnte der Mann damit nicht mehr, nur noch abdrücken. Und ihn hat die Fliehkraft ja auch ganz schön mitgenommen.«

»Das kann man wohl sagen«, bestätigte Freiberg. »Aber ein Wagnis war es trotzdem. So, und jetzt sehen wir uns mal die Brieftasche des lädierten Herrn etwas genauer an.«

Das reichlich vorhandene Bargeld kam in eine Beweissicherungstüte, die Lupus mit einem breiten Klebestreifen verschloß. Aus den mitgeführten Papieren wurde klar, daß Marek Lepinski in Brüssel das Unternehmen Caritrust vertrat. Hier mußte Boeremans nachfassen. Unter den zahlreichen Telefonnummern fand sich auch eine mit der Vorwahl für Potsdam.

»Heureka!« rief Freiberg. »Das wird die Starke interessieren. Ist sie zu erreichen?«

»Ja, sie wartet auf den Anruf«, bestätigte Fräulein Kuhnert.

»Dann her mit ihr!«

Das Gespräch lief ohne Schnörkel. Aus dem Lautsprecher kam die Antwort: »Ihr habt ein dickes Lob verdient. Noch vor dem Frühstück werden wir wissen, wer hinter der Telefonnummer steckt und woher die Kennzeichen stammen. Was ist mit der Waffe?«

»Die muß erst von der KTU untersucht werden. Das wird allerdings ein paar Stunden dauern. Noch ist die Spurensicherung draußen bei Schöbels Werkstatt. Du bekommst sofort Nachricht, wenn wir Ergebnisse haben. Tschüs, Angelika.«

Beim *Commissaire en Chef* in Brüssel meldete sich eine Frau, deren Stimme so schwer von Schlaf war, daß Freiberg ein schlechtes Gewissen bekam. Er brachte seine Entschuldigung vor und fragte, ob der Gatte zu sprechen sei. Statt ihrer Antwort ließ sich nach einiger Zeit Boeremans vernehmen. »O Freund Walter, wie müde muß man eigentlich sein, bis man eine Nacht durchschlafen darf?«

»Das hat sich meine Kollegin in Potsdam bestimmt auch gefragt. Ich habe vor ein paar Minuten mit ihr gesprochen, und sie hat sich gern stören lassen. Darum schnell zum Grund meines Anrufs.«

Freibergs Bericht war kurz. »Marek Lepinski ist der Mann von Caritrust. Über diese Firma werden offenbar weltweit gestohlene Luxuswagen verschoben. Ich nehme an, daß die Entführung des Ministerfahrers samt Staatskarosse auf sein Konto geht.«

Boeremans antwortete hellwach: »Gute Nachricht zu später – oder besser zu früher – Stunde. Den Laden werden sich meine Leute sofort gründlich vornehmen. Danke für die Störung.«

»Entschuldige mich bitte bei deiner Frau.«

»Schon gut, sie ist nächtliche Ruhestörungen gewöhnt. Meinem Minister werde ich den Fahndungserfolg der Kollegen aus Deutschland aber erst nach dem Frühstück schonend beibringen. Mach's gut.«

Starker Kaffee hat eine doppelte Wirkung: Er putscht schnell auf, läßt aber schon bald die Müdigkeit wie Blei herabfallen. Nachdem die Euphorie verflogen war, wirkten Freiberg und Ahrens matt und grau. Sogar der kompakte Lupus schien ein paar Pfunde verloren zu haben. Nur die Kommissarin im Ehrenamt war munter wie immer.

»Es hat keinen Zweck, daß wir die Sache noch einmal durchkauen«, stellte Freiberg fest. »Wir müssen erst die Erkenntnisse der Spurensicherung und der KTU haben. Wie ich Erbach kenne, wird er uns sehr schnell deutlich machen, daß wir ohne ihn nicht weiterkommen. Und damit dürfte er, verdammt noch mal, recht haben.«

»Die Attacke auf meinen Ahrens reicht aber doch aus, diesen Lepinski in den Knast zu bringen, oder?« fragte Fräulein Kuhnert rachedurstig.

»O ja, das reicht«, meinte Freiberg und hielt die Hand vor den Mund, weil die Müdigkeit ihn übermannte. »Und wenn wir jetzt bei ihm auch noch die Waffe gefunden haben, mit der Helmer erschossen wurde, dann...«

Fräulein Kuhnert nickte. »...gibt's lebenslänglich für diesen Schuft! Außerdem wünsche ich ihm die Pest an den Hals.«

Das war ein Wort ganz nach Lupus' Geschmack. »Mit diesem frommen Wunsch sollten wir die Sitzung beenden«, meinte er und sah seinen Chef fragend an.

Kommissar Freiberg erhob sich und gab damit das Zeichen zum Aufbruch. »Also dann – um zehn geht's weiter.«

Drei Frauen hatten ihre Männer wieder. Walter Freiberg war auf Zehenspitzen in seine Wohnung an der Brentanostraße geschlichen, hatte sich kurz gewaschen, für Sabine einen Zettel auf den Tisch gelegt und war dann wie ein unwillkommener Gast auf der alten Couch im Gästezimmer unter die Decke gekrochen. Der kleine Reisewecker würde ihn um Viertel nach neun aus dem Schlaf reißen, dann saß seine studentische Hilfskraft längst an ihrem Schreibtisch in der Universitätsbibliothek. Zum Glück lag die neue Wohnung so günstig zum Präsidium, daß er in zehn Minuten bequem auch zu Fuß im Dienst sein konnte.

Lupus hingegen mußte schon mit einer halben Stunde Anfahrt rechnen. Aber dafür wohnte er mit seiner Helga, die ihm auch kirchlich angetraut war, in einer beeindruckenden Villa mit Garten und altem Baumbestand im Godesberger Diplomatenviertel der ehemaligen Bundeshauptstadt. Das Haus in der Kronprinzenstraße war das Vermächtnis einer dankbaren Tante. Auch in dieser Nacht stand ein kräftiges Essen bereit, aber Lupus trank nur eine Flasche Bier, duschte lauwarm und legte sich dann zufrieden ins Bett. Er drückte seine Helga einmal kurz und murmelte: »Zehn Uhr im Präsidium.« Auch wenn sie gern noch etwas mehr von ihm gefühlt hätte – er schlief sofort ein.

Ahrens und seine Octopussy, die Kommissarin im Ehrenamt, die nie mit dem Vornamen angesprochen und immer noch Fräulein genannt werden wollte, waren durch den Fußmarsch bis zu ihrer sturmfreien Bude im Schwalbengarten wieder munter geworden. Der Tag hatte viel Kraft gekostet, doch sie waren jung, und die Freude über die Befreiung aus der Gefahr ließ sie ihre Liebe doppelt genießen.

Nach der Rückkehr des Erkennungsdienstes von Schöbels Werkstatt liefen im Präsidium die kriminaltechnischen Untersuchungen ab. Die Überprüfung der Waffe und der Fingerabdrücke aus dem Mercedes dauerte bis in die Morgenstunden.

Nicht ausgeschlafen, aber begierig auf Neuigkeiten von der KTU, traf sich Freibergs Team pünktlich um zehn in Zimmer 306. In den von Lupus mitgebrachten Zeitungen nahmen Mausers Berichte über die Aushebung der »Lokomotive« einen breiten Raum ein. Die Festnahme von Marek Lepinski und der »Ahrens-Crash« würden das Thema einer Pressekonferenz des Leiters GS um elf Uhr sein.

Wie sooft, wenn der Kaffee serviert wurde, war Hauptkommissar Erbach zur Stelle. Fräulein Kuhnert hatte schon eine Tasse für ihn bereitgestellt, denn heute wurde er sehnlichst erwartet. Auch dieses Mal kam er mit einer durchsichtigen Plastiktüte, in der er eine Waffe schwenkte, und legte sie behutsam auf den Tisch.

»Hallo, Freunde – ich habe euch ein paar interessante Ergebnisse mitzuteilen«, posaunte er fröhlich los. »Ah, danke für die herzliche Aufnahme beim ersten K. – Einen guten Kaffee habe ich wirklich verdient.«

»Ohne deine epochalen Sprüche bekämst du auch einen«, sagte Freiberg. »Jetzt aber her mit den Ergebnissen! Ist das die Pistole, mit der Andreas Helmer erschossen worden ist?«

»Nein!« antwortete Erbach steif.

Kommissar Freiberg sah ihn fassungslos an. »O nein, das darf doch nicht wahr sein!«

Erbach packte die Waffe aus. »Das ist eine Beretta, Modell 951, neun Millimeter. Sie war die Standardwaffe der italienischen Offiziere. Nicht mehr taufrisch, die Kanone, aber immer noch sehr wirksam.«

»Verschon uns mit diesen Nebensächlichkeiten«, mekkerte Lupus. »Sag uns lieber, warum das, verflucht noch mal, nicht die Tatwaffe ist.«

»Weil Helmer damit nicht umgebracht wurde«, antwortete Erbach erschöpfend.

»Dann wäre ich also das erste Beretta-Opfer geworden«, stellte Ahrens fest.

»Nein!«

»Mensch, nun rede doch endlich Klartext!« fuhr Freiberg seinen Kollegen an.

Erbach lächelte überlegen. »Mit dieser Waffe wurde in Potsdam Fred Schöbel erschossen.«

Um den Tisch herum sahen sich alle verwundert an. Dann sprang Freiberg wie befreit auf. »Na also. Erbach, du machst es einem ja nicht gerade leicht mit deiner Art, die Dinge häppchenweise zu servieren, aber das ist doch schon was! Hast du noch mehr Überraschungen auf Lager?«

Auch die nächste Antwort kam kurz und knapp. »Ja!«

»Und?«

»Darf ich jetzt wieder auf meine Art berichten?«

»Gleich gibt's Schmackes!« drohte Freiberg lachend. »Also schieß los!«

»Wir haben im Mercedes nicht nur Fingerabdrücke von Lepinski und unserem Crashkünstler Ahrens gefunden, sondern auch von… nun rate mal, von wem.«

»Andreas Helmer«, sagte Freiberg.

»Richtig.«

»Erbach, du bist ein Götterbote.«

»Bitte keine lästerlichen Sprüche. Das war eine lange Nacht für meine Leute. Ich war auch noch nicht zu Hause.«

»Danke«, sagte Freiberg. »Du bist immer zum Kaffee eingeladen.«

Erbach wandte sich zur Seite. »Und die liebe Kommissarin im Ehrenamt wird mich dann auch anlächeln?«

»Aber gewiß doch! Für ein ›lebenslänglich‹ tue ich fast alles«, antwortete die Gefragte und schob ihm die Schale mit Kleingebäck zu.

»Und jetzt bitte noch einmal die Verbindung nach Potsdam«, forderte Freiberg.

Fräulein Kuhnert hatte die Telefonnummer im Kopf und wählte gleich vom Apparat ihres Chefs aus. Am anderen Ende meldete sich Kommissarin Lette. Freiberg übernahm und schaltete auf Lautsprecher.

»Ich wollte dich in dieser Sekunde anrufen«, sprudelte sie los. »Wir wissen, wer zu der Telefonnummer gehört, die du uns durchgegeben hast: ein Adrian Hirsche aus Babelsberg. Der Mann hat eine Kfz-Klitsche und hat für Lepinski die Kennzeichen besorgt. Und…«

»Sehr schön, Angelika, aber hör doch erst mal, was es hier Neues gibt für euren Fall«, unterbrach Freiberg den Redefluß.

»Wenn du meinst…«

»Wir haben das Untersuchungsergebnis der KTU.«

»Ist das wichtig für uns?«

»Ich glaube schon, aber urteile selbst.« Freiberg legte

eine Kunstpause ein. »Mit Lepinskis Pistole, einer 9-mm-Beretta, ist Fred Schöbel erschossen worden.«

»Unser Mann im Babelsberger Park?« Die Überraschung ließ ihre Stimme lauter werden. »Mensch, Walter! Ihr löst unsere Fälle durch Fernaufklärung, das nenne ich Amtshilfe! Hat dieser Kerl auch Helmer umgelegt?«

»Davon sind wir überzeugt, auch wenn er für diesen Mord nicht die Beretta benutzt hat. Es muß noch eine zweite Waffe geben. Vielleicht sagt Lepinski etwas dazu, wenn er wieder vernehmungsfähig ist. Jedenfalls hat die Spurensicherung zweifelsfrei festgestellt, daß Helmer mit dem gestohlenen Mercedes 280 gefahren ist, der in Schöbels Werkstatt stand und den Lepinski letzte Nacht abholen wollte. Kollege Erbach, den du ja kennst, ist hier und läßt herzlich grüßen. Das Team vom ersten K. übrigens auch.«

»Dito – und nochmals vielen Dank für eure...«

»Angelika, du wolltest uns noch etwas mitteilen«, erinnerte Freiberg, um weitere Dankesbekundungen abzuwenden.

»Ach, das sind jetzt doch nur Petitessen. Dieser Adrian Hirsche leugnet, etwas von dem Mord in Babelsberg zu wissen. Er will einem Bekannten mit dem Besorgen der Kennzeichen nur einen Gefallen getan haben. Was natürlich von vorn bis hinten gelogen ist! Wir haben bei ihm allerdings noch etwas gefunden, auf das wir uns keinen Reim machen können: einige Schmuckstücke – Edelsteine mit und ohne Fassungen. Angeblich stammt alles von einer Erbtante.«

Freiberg lachte. »Das soll er seiner Großmutter erzählen. Wir kennen die ›Erbtante‹. Sie heißt Larissa Valin, war Schöbels Freundin und hat eine Boutique in Bonn. Für sie hat Schöbel unter anderem auch gestohlenen Kirchenschmuck aus Polen besorgt. Dieser Adrian Hirsche steckt bis über beide Ohren mit im Dreck. Gib ihm ordentlich Zunder, und er wird auspacken!«

»Worauf du dich verlassen kannst. Also noch mal...«

»Mach's gut!« sagte Freiberg schnell und legte auf. Dann verschränkte er die Hände hinter dem Kopf und strahlte seine Tischrunde an. »Jetzt ist mir einiges klargeworden.«

»Kannst du uns teilhaben lassen an deinen Erkenntnissen, oder ist das geheime Chefsache?« fragte Lupus spöttelnd.

»Also hört zu: Letztlich liegen die Strukturen und Motive des Falles ziemlich einfach«, dozierte Freiberg. »Andreas Helmer und Fred Schöbel haben für Lepinskis Caritrust gestohlene Luxuswagen durch ganz Europa chauffiert. Dann wurden sie ein zu großes Risiko für die Automafia – Helmer wegen seiner Nebengeschäfte mit Rauschgift, Schöbel wegen seiner Nebengeschäfte mit gestohlenem Kirchenschmuck. Fazit und Ende für beide: Genickschuß!«

»Kein Widerspruch, Euer Ehren«, sagte Lupus.

»Und die Staatskarosse des Europaministers?« fragte Ahrens. »Die dürfte ja wohl auf Nimmerwiedersehen futsch sein. Wer weiß, wem die inzwischen als Statussymbol dient!«

Lupus zog eine der auf dem Tisch liegenden Zeitungen heran und tippte mit dem Finger auf eine Notiz. »Hier! Der Haushaltsausschuß des Deutschen Bundestages hat es abgelehnt, zusätzliche Mittel für die Beschaffung eines neuen Dienstwagens bereitzustellen. Ein Minister, der sich während des Besuchs in einem zweifelhaften Etablissement sein Fahrzeug stehlen läßt, so hat der Vorsitzende unwidersprochen festgestellt, müsse sich für den Rest der Legislaturperiode mit einem Wagen aus der Fahrbereitschaft begnügen.«

»Da haben die Erbsenzähler wieder mal zugeschlagen! Das sind ja ganz herbe Leibesstrafen. Die steht ein Politiker nur durch, wenn er aus der Not eine Tugend macht«, überlegte Freiberg laut.

»Vielleicht parkt demnächst bei Kabinettsitzungen vor dem Kanzleramt ein Wohnmobil oder ein Solarfahrzeug.«

Die Stimme der Kommissarin im Ehrenamt ließ tiefes Mitgefühl erkennen. »Der arme Mann – wie soll der jetzt Deutschland repräsentieren?!«